上海故事会文化传媒有限公司 SHANGHAI STORIES CULTURS MEDIA Co., LTD

故事会

一只绣花鞋

悬念推理系列
Suspense Inference Series

上海故事会文化传媒有限公司
上海文艺出版社

图书在版编目（CIP）数据

一只绣花鞋 /《故事会》编辑部编． -- 上海：上海文艺出版社，2017（2019.4重印）
（故事会·悬念推理系列）
ISBN 978-7-5321-6392-2

Ⅰ.①一… Ⅱ.①故… Ⅲ.①故事-作品集-中国-当代 Ⅳ.①I247.81

中国版本图书馆CIP数据核字(2017)第138881号

书　　名	一只绣花鞋
主　　编	夏一鸣
副 主 编	吕　佳　朱　虹
责任编辑	吕　佳
发稿编辑	吕　佳　朱　虹　姚自豪　丁娴瑶　陶云韫
王　琦　曹晴雯　刘雁君　赵媛佳　黄怡亲
装帧设计	周艳梅
责任督印	张　凯
出　　版	上海文艺出版社
出　　品	上海故事会文化传媒有限公司
（200020　上海市绍兴路74号　www.storychina.cn）
发　　行	上海文艺出版社发行中心
（上海市绍兴路50号）
印　　刷	上海中华印刷有限公司
开　　本	787×1092　1/32　印张8
版　　次	2017年7月第1版　2019年4月第2次印刷
书　　号	ISBN 978-7-5321-6392-2/I·5110
定　　价	25.00元

版权所有·不准翻印

上海故事会文化传媒有限公司 出品（00635） www.storychina.cn

上海故事会文化传媒有限公司所有图书可办理邮购，免收邮费(挂号除外)
汇款地址：上海市南绍兴路74号(200020)　收款人：上海故事会文化传媒有限公司出版发行部
联系电话：021-64338113
如发现本书有质量问题，请与印刷厂质量科联系 T.021-65376981

编者的话

一、中华民族自古以来便有讲故事的传统。五千年的文明绵延不断,五千年的故事口耳相传,故事成为中华民族弥足珍贵的精神财富。

二、创刊于1963年的《故事会》杂志是一本以发表当代故事为主的通俗性文学读物。50多年来,这本杂志得风气之先,发表了一大批脍炙人口的优秀作品,许多作品一经发表便不胫而走、踏石留印,故而又有中国当代故事"简写本"之称。

三、50多年来,这本杂志眼睛向下、情趣向上,传达的是中华民族最核心、最基本的价值观。

四、为让读者在最短的时间内阅读最大面积的精品力作,《故事会》编辑部特组织出版《故事会·悬念推理系列》丛书。

五、丛书分为如下八本故事集:《百慕大航班》、《刀尖上跳舞》、《非常推理》、《交换杀人》、《蔷薇花案件》、《死亡游戏》、《一只绣花鞋》、《致命三分钟》。

六、古人云:登东山而小鲁,登泰山而小天下。对于喜欢故事的读者来说,本丛书的创意编辑将带来超凡脱俗的阅读体验。

《故事会》编辑部

目录
Contents

危情·疑案
- 新婚恶作剧 ………………………… 2
- 叫一声"同志" ……………………… 7
- 恶魔归来 …………………………… 12
- 邪门的小红帽 ……………………… 16
- 亲密伙伴 …………………………… 20
- 箱子里的秘密 ……………………… 25
- 金凤钗和银餐具 …………………… 29
- 囚车上的遭遇 ……………………… 35
- 钻石大劫案 ………………………… 40
- 决战凯旋门 ………………………… 45

神探·谜案
- 见习刑警的奇遇 …………………… 71
- 烧钞票 ……………………………… 77
- 没有主人的宴会 …………………… 82
- 一只绣花鞋 ………………………… 90
- 珍珠案 ……………………………… 96

目录
Contents

  真正的杀招 …………………… 103
  照片里的秘密 ………………… 108

密谋·奇案

  稻草命 ………………………… 121
  死得好玄乎 …………………… 126
  舌头疑案 ……………………… 131
  陷阱 …………………………… 137
  锁的较量 ……………………… 142
  鬼魂告状 ……………………… 151
  和推磨有关的奇案 …………… 156
  擦亮你的眼睛 ………………… 161

铁证·悬案

  花红胜血 ……………………… 185
  盖错印章的画 ………………… 190
  列车上的逃犯 ………………… 195
  雾都之夜 ……………………… 202
  致命的漏洞 …………………… 209
  座位号 ………………………… 215
  谋杀植物 ……………………… 222
  铁证如山 ……………………… 227

危情·疑案
weiqing yian

危机时刻,有人惊慌失措,有人却在重重迷雾中寻找真相……

新婚恶作剧

雷伊劣迹斑斑，是监狱的常客。这一次，他费尽心机，偷了一件连衣裙，男扮女装，总算从牢里逃了出来。可是，他前脚刚逃出大门，狱警们后脚就带着警犬追上来了。

雷伊这身打扮，自然不敢走大路，他连滚带爬地穿过一片松树林，暂时把警察甩在后面。可接下来怎么办呢，穿着连衣裙怎么见人？他趴在松树林边上朝外看，顿时像发现新大陆一样地欢呼起来——原来前面是一个酒店，有一片很大的停车场。雷伊只要抢到一辆车，就能安全逃脱，远走高飞了。

说来也巧，这时正好有一辆"突突"作响的老式轿车开了进来。这辆车已经挺旧了，模样怪里怪气，更滑稽的是，在车的后保险杠上有一块牌子，写着"新婚大喜"几个字。雷伊可管不了那么多，他估计这种车子容易打火，而且很少装有警报器什么的，正是自己理想的猎物。

　　车子停了下来，车门打开，里面走出一男一女，果然像是一对新婚的夫妇。他们说说笑笑地跑到车子后面，准备打开后盖取行李。雷伊在心里催着他们快点拿好行李进酒店去，把车留下。但那个新郎却突然停下来，用手抓起保险杠上的那块"新婚大喜"的牌子，大声骂道："我要勒死我那个兄弟！我们从新奥尔良开到这里，一路上的人看到这块牌子，都把我们当成疯子了！"他喊着，打开行李箱把牌子扔了进去。新娘在旁边笑着问："你弟弟什么时候把这牌子放上去的呢？我们怎么都不知道？"新郎气呼呼地说："还不是趁着给我们擦车的工夫，把那块板子贴上去的！他从小就喜欢恶作剧，这次我还以为他发了善心呢，结果狗改不了吃屎！"新娘说："这个促狭鬼，应该关起来才是！我们回去以后再找他算账吧。"

　　这时候，远处追捕雷伊的狱警们又赶上来了，狗叫声越来越响。雷伊急得满头大汗。

　　那个新娘也听到了，问丈夫："你听，狗叫得很厉害，出什么事了？"新郎侧耳听了听，说："别管它，咱们进酒店去吧，我都累坏啦！"两个人从行李箱里拿出行李，有说有笑地走进了酒店。

　　他们刚一进屋，雷伊像是听到了发令枪，用百米冲刺的速度奔向汽车。几秒钟之内他就把车发动起来，开上了公路。听着后面的狗叫声渐渐远去，雷伊的脸上露出了笑容。更让他高兴的是，他在车的后座上找到一件男式夹克和一条羊毛毯，他穿上夹克，把毯子盖在腿上，刚好遮住了原来的连衣裙，这下即使有人看见他，也不会产生怀疑了。

　　一个小时后，雷伊发现油箱快空了，只好开车从大路上下来，准备找一个修车铺。不久,他在一个小镇边看到一个破旧的加油站,就把车慢慢开了进去,还"嘀嘀"揿了两下喇叭。

一个穿着法兰绒衬衫和牛仔裤的姑娘从一辆别克车下面钻出来,跑到窗前,问:"需要帮忙吗,先生?"

雷伊瞪了她一眼,没好气地说:"检查一下油路,把油箱加满,快一点儿,我可没多少工夫。"

那姑娘也瞪了他一眼,走到一个车门那儿,从把手上抓过一条纸巾,然后向他吆喝:"你不把车盖弹开我怎么查看油路!"

雷伊一边在心里骂:"死丫头,看我以后回来收拾你!"一边手忙脚乱地在控制盘上找,好一会儿才找到了打开车前盖的按钮。

那姑娘冷冷地看着雷伊忙活,然后慢吞吞地检查了一下油路,说:"油路没有问题,不过油快完了。"说完,她关上车盖,顺手把刚才那条纸巾塞进口袋,转身朝油泵走去,她边走边扭过头又打量了一下雷伊。

雷伊顿时紧张起来,他低下头假装看地图,但心里七上八下怦怦乱跳:莫非这个姑娘认出了自己?她怎么会怀疑我呢?难道是广播里已经播了我越狱的消息,她知道逃犯的长相特征?

雷伊还在胡思乱想,那个姑娘已经走了回来,不急不慢地给车子加好了油,然后又问:"还有事吗?我要关门啦。"

雷伊暗自松了一口气,连忙大声说:"行啦行啦!"

姑娘点点头:"那好,连汽油一共是20块。"

雷伊本打算不给她钱,开车就走。可是转念一想,那样的话,姑娘一定会打电话让下个关口拦住他,这就贪小失大了。于是他皱着眉头,把钱给了那姑娘,然后发动车子重新上路。

可是车子才开上公路没一会儿,油箱里突然发出"噼噼啪啪"的爆响,然后便停下来不走了。雷伊的心跳到了嗓子眼，他转动钥匙，一次接一次试着发动车子，可是车子就像是死了一样，一动也不动。他怒气冲冲骂道："该死的！"一边从车里跳出来，想要检查一下车子。

就在这时，警灯闪烁，警笛声声，两辆巡逻车从天而降。雷伊见势不妙，撒腿就跑，但身后的警察开枪向他发出警告，他只好乖乖地停下来站在那儿。一大群警察蜂拥而至，两个警察把他摁住，另一个警察拔下车钥匙，迅速打开行李箱，然后向其他人喊道："里面什么也没有！"

可是那两个警察并没有撒手，仍然如临大敌般地用手铐铐住雷伊的手腕。雷伊气急败坏地叫骂道："一定是加油站那个臭娘们告的密！她去弄油的时候给你们打电话了，是不是？她一定是看见了我穿着牢房里的裤子！"

那个警官惊奇地看着他的裤子，说："不是，凯丽倒没提你的衣服，她不知道你就是那个逃犯。"雷伊简直要气疯了："那她为什么报警？啊？我的脸上写着坏蛋两个字么？"

这时，刚才加油站那个姑娘凯丽从后面跑了过来，她来到警官身边，从口袋里拿出一张纸条，上气不接下气地说："这就是我给你说过的那张条子。"

雷伊发现这张纸条就是刚才凯丽从车门上拿走的那张"纸巾"，原来上面还有字呢。他伸着脖子去看那上面写着什么，霎时脸变白了，只见上面分明写着："救命！我被绑架！这是真的！"雷伊扯着嗓门喊道："活见鬼！我根本没绑架过什么人，连个耗子也没有！谁这么缺德啊？"警官朝他喝道："闭嘴！"

凯丽解释道："刚才我给这位先生检查油路时，发现这纸条就贴在后车门的把手上。开始我闹不准要不要把它当回事儿，可我真的担心行李箱里会装着谁的尸体。而且他找了好半天才找到引擎盖开合钮,我就猜想最起码这辆车不是他的,而是偷来的,报警准没错。"

警官呵呵地笑起来:"所以你就给他的油箱里灌了柴油。"

凯丽点点头:"在加油站,我只有一个人,没办法制住他,所以我用柴油代替汽油灌进了他的油箱,等原来的汽油烧完后,柴油流进去,车子就开不动了。可我不明白这张条子是什么意思,难道没有人被绑架么?"

可是雷伊却再明白不过了。这是一个恶作剧!这个恶作剧的作者不是别人,就是那个新郎的弟弟——他在车后贴了块"新婚大喜"的牌子,又在车门的把手上贴了这张纸条,是想和哥哥嫂子开个玩笑,让他们被警察扣下来盘问一番。

雷伊敲着自己的脑袋,恨恨地骂道:"我偷谁的车不好,偏偏要偷这辆要命的老爷车呀!恶作剧,该死的恶作剧!"

(改编:陆建东)
(题图:箭 中)

叫一声"同志"

马海下岗后,考了个驾照,跟着表叔跑货运。这天,叔侄俩到外省一个山区送农肥,完事后,顺便采办了些山货。表叔精神很好,见天色刚黑,决定连夜往回赶。马海开了一天车,很疲劳,正好捎的货不多,厢里有空位,可以把篷布叠起来打个铺,美美地睡上一觉。

天色已是黄昏了,车子途经一个小山坳时,车爆胎了,表叔骂了声"晦气",喊马海下车换胎。这时,从山间小道过来一个小伙子,他有些急切地说:"同志,能搭个便车吗?我要出去打工,这山里中巴少,我没赶上趟。"马海看了他一眼,正想说什么,表叔把嘴里的烟一吐:"行,谁出门没个难的!"

车正修着呢,后面又来了位漂亮姑娘,怯声怯气地对马海说:"大哥,我是来走亲戚的,没赶上车,能不能……"马海还没吱声,表叔又蹦出一句:"上车吧,天都黑了。"

刚换好胎,又走来个背着画夹的中年人,抱怨说:"师傅,我是来山里写生的，没车了，能搭个便车吗？"马海已经困了，便自作主张地说："表叔，帮人帮到底，让他上驾驶室挤吧，让那女的靠窗坐。"

一会儿车就开了，马海躺在厚厚的帆布上，车子晃啊晃的他就睡着了。也不知过了多久，车猛地一停，接着"砰"的一声闷响，马海被惊醒了：怎么，又爆胎了？刚缓过劲来，听到前面不对劲，赶紧下了车，发现情况比他想的还坏：表叔伏在方向盘上一动不动，两个男的抱成一团，正打得不可开交，那女的在路边草丛里到处扒拉，像是在找啥东西。

马海又惊又急，朝两个男人大喊："别打啦！"不料两人都说对方是坏人，马海又去问那个姑娘："这是什么地方？出啥事了？我表叔怎么了？你在找什么？"姑娘紧张地说："是出事了，我在找东西……"马海气坏了，冲上前去对着姑娘狠狠一推："你不救人还有闲心找东西？"这么一说，他才觉得自己忘了轻重缓急，应该先去看表叔，谁知跳上驾驶室一瞧，表叔竟然死了，而且是死于枪杀，右脑上有个弹孔！

这一刻，马海吓得脸都白了，就在这时，他听到那姑娘惊喜地叫了一声："啊，找到了！"马海下车想去问，只见那姑娘端着一个什么东西对准了他，等马海刚看清那是一把枪时，只见火光一闪，一声爆响，马海觉得胸口猛地一震，他这才明白刚才那姑娘是在找枪。他脑袋一热，发疯般地冲了上去。那姑娘开了一枪后，自己也吓愣了，没来得及开第二枪，被马海一拳打倒在地，把枪夺了过去。

马海有枪在手，胆壮了，他把姑娘押了过来，对那两个人大喝："都停手，不然把你们都崩了！"两个人乖乖地住了手，马海又说："你们三个都坐下，我要问话。"枪可不是烧火棍，三个人只得又老老实实坐下了。

马海明白，今天碰到了亡命徒，对这家伙来说，杀一个是杀，杀多了还是杀，枪要落在这歹徒手里，其他的人就别指望活了，想到这里，马海恶狠狠地警告道:"你们谁想站起来,我就开枪!"

虽说晚上有月光,但也看不出这三个人有啥表情。这时,马海开始问话了:"打工的,你先说是怎么回事!"

那打工的开始说起了事情的经过:二十分钟前,这车上了省道,在一个加油站加油,有一辆对面来的车也来加油,那车上的司机抱怨说:"警察真能折腾,大半夜的还设卡检查,抓什么杀人犯。"当时,打工的发现一旁那个画家脸色突然一变,就开玩笑地说:"那杀人犯不会是你吧?"没想到这么一说,那画家还真的掏出了一把枪,说:"既然露馅了,就陪着走一程吧!"还说只要远离了警察,大家都平安,他逼着马海的表叔把车拐进了一条土路。

打工的心想:"这种人啥事干不出来呀,说不定到哪个旮旯里,他就杀人灭口了!"想到这里,打工的就想见机行事。那画家坐在中间,不能两头顾,于是打工的瞅了个空就动手夺枪,哪知被这女的抱住了,马海的表叔赶紧刹车帮忙,就这么一眨眼的工夫,枪响了,子弹打中了马海的表叔,紧接着,打工的抬脚一踢,枪飞出了窗外,女的赶紧下车,打工的也想下车去抢枪,可被画家抱住了,就在这时,马海醒了后走了过来……

打工的讲完,画家开了口:"这故事编得也太离谱了,师傅,你自己就在车上,你信吗?"马海心里想,我当时睡得跟死人一样,知道了还问你们?他对画家说:"你说怎么回事。"

画家说:他因为职业关系,观察人一向很准。一上车,他就感觉"打工的"这家伙不怀好意,一双眼睛老是色眯眯地往姑娘身上瞟,后来又得寸进尺,动手动脚。开始时他和马海的表叔都不知道,听姑娘骂了声"流氓"才明白咋回事。画家想:这车上还有三个大老爷们呢,这也太欺负人了!他气不过,就推了"打工的"一下,马海的表叔更是要赶他下车,谁知这家伙恼羞成怒,突然掏出一把枪,说:"老子刚才只是想解解闷,现在老子非得玩玩她了!"说着,他逼着马海的表叔往岔道里开。看这样子,这不仅要劫色,还想劫财,说不定还杀人呢!画家虽然害怕,但不想等死,于是找了个机会攥住了那家伙的手,马海的表叔也停车帮忙,不想那家伙狗急跳墙,扣了扳机,打中了马海的表叔,紧接着,画家使劲一搡,这家伙的枪脱手了,飞到了车外,这时,马海赶来了……

画家说完,打工的冷笑起来:"说我的故事离谱,我看你编得更离奇!"马海打断了他的话。说:"你们说得都离奇。"现在就剩另外一个证人了,马海一指那姑娘:"你说!"

姑娘说:"画家说的是真的!"话音刚落,打工的突然站了起来,大嚷道:"你不要信她的,我刚才说过了,他们是一伙的!"马海火了,一扣扳机,"砰",枪还真的打响了,子弹打在地上,他一声怒吼:"坐下,老子说过,谁站起来就打死谁!"

马海盘问了三人,还是没有弄清谁是好人,谁是坏人,脑子却更乱了,身子更累了,好想睡觉,突然,他急中生智,说:"你们各说各的,我有办法试,现在,谁敢用手机报警?"打工的急忙声明:"我没有手机。"画家平静地说:"我手机没电了。"女的叹了口气:"我手机欠费。"

巧事都挤一块了,马海并不在意,他继续说道:"我这儿有,你们谁先打?"谁知马海刚从怀里掏出手机,突然觉得不对劲,用手捋捋,上面有个洞,原来刚才那女的一枪打来,是手机替他挡了一下子弹,不然他就完蛋了。马海一想到中枪,胸口突然感觉到异样了,刚才只是麻麻的,现在却像撕裂般的疼,摸一摸,黏乎乎的,全是血,难怪刚才老想瞌睡,原来是血流得太多,他快支撑不住了……

渐渐的，马海感到意识越来越模糊，气也不匀了，再拖下去，自己就先拖死了，干脆赌一把吧，赌输了认命，赌赢了坏人得报应，自己也还有一线希望。终于，他下了决心，用严厉的口气喝道："你们都把鞋脱了，扔远点！"三人把鞋扔了后，马海又吩咐说："打工的，你……你过来，穿……穿上我的鞋，拿着……枪……"

两天后，马海醒了过来，发现自己躺在手术室里。后来转到了病房，马海看到有个人走了进来，是那个打工的，马海有些激动，自己赌赢了！

打工的走到病床旁，说："医生和警察特许我第一个探视，十分钟，我就长话短说了，那个杀人犯和他的情妇已经被抓了，他们在山里躲了两天，还捡了个画夹子冒充画家……我用你表叔的手机报的警……"

马海笑了笑，表示全明白了。打工的又说："我知道你不能多说话，可有一点我一直弄不明白，当时那种情况下，你为什么选择我呢？"

马海又笑笑，说："不赌的话，可能就死了；赌输的话，肯定是死了；如果赌赢了，或许还死不了，你看现在，我不是没死吗？"

打工的很不甘心："别这么绕，既然相信我，总得有个理由吧！"

马海这回不笑了，很认真地说："你刚说要搭车的时候，叫了声'同志'，我相信你是好人。"

打工的有些意外，平时他对这个称呼没有多琢磨，在他家里，爷爷、父亲时常是这么称呼别人的，叫了多少年了，他也不知不觉地叫惯了。

打工的走后，马海才想起忘了问他叫啥，不过，警察会告诉自己的，现在，就叫他一声"同志"吧。他在心里默默地说：再见了，同志，一路平安！

(孙新蜂)
(题图：王申生)

恶魔归来

小镇上的人这几天都高兴得要发狂了,因为镇上有名的恶魔杰克终于被警方抓起来关进了监狱,等着他的将是死路一条。

人们对杰克恨之入骨,他仗着自己身高马大到处生事,打断人家的腿,打瞎人家的眼睛,虽然被关进去蹲了几年监狱,可出来后反而更加劣习难改。这回好了,杰克看中一个外乡人的钱财,敲诈不到就一刀杀了他,这事儿正好被小镇上六十多岁的孤身老人里德太太无意中撞见,里德太太鼓起勇气向警方报案,指证杰克是杀人凶手,这才有了杰克的今天。

不过高兴之余,里德太太总有一丝隐隐的忧郁,因为杰克曾在法庭上恶狠狠地对她说:"该死的老太婆,你等着,我会来找你算账的!"

一个月之后,果然出事了!这天吃罢晚饭,里德太太正在看报,一条消息把她吓坏了:杰克真的越狱了,警方要求大家配合抓捕。里德太太相信杰克越狱后的第一件事,肯定就是回来杀自己,所以吓得脸都白了,她丢掉报纸疯狂地跑进跑出,关好房子里所有的门窗,把灯也拉了,躲在黑暗中瑟瑟发抖。她知道,杰克要杀自己简直比弄死一只猫还容易,她总觉得他那双粗大的手就要拧到自己的脖子了,里德太太决定向警方求助。

大卫警长对这件事很重视,特地派出两名年轻的警员埋伏在里德太太家的花园里。他告诉里德太太,只要她一摇手里的小铃,警员们立刻就会出现在她眼前,里德太太这才稍稍安下心来。这一晚雷雨交加,可是杰克并没有来。

三天过去了,杰克还是没有来。

又过了十天,杰克还是没有出现,不但没在里德太太家出现,而且任何地方都不见他的踪影,杰克好像从这个世界上神秘地失踪了。里德太太坐不住了,只要一想起杰克可能就在某个角落冷冷地窥视自己,她就感到毛骨悚然。

可要命的是,小镇上的警力这时候十分紧张,也不可能长时间守着里德太太,于是大卫警长在安慰了里德太太一番之后,给她留下了一名警员,把另一名带走了。当晚,里德太太仍然熄灭了房子里所有的灯,胆战心惊地从窗帘的缝隙里向外张望,总觉得浓密的树影中,有一张可恶的面孔正在向她狞笑。

里德太太的这种紧张不是多虑,两天后,她真的被这个魔鬼拧断脖子杀死在了床上。可恶的魔鬼嚣张至极,还特地在她身上留了一张纸条,上面是打印了的几个鲜红的大字:我就是杰克,我回来了!而那个被大卫警长留下埋伏在花园里的警员,却对这一切浑然不知。

小镇上的人们愤怒了,纷纷要求警方一定要尽快抓捕杰克,给里德太太一个交代，否则，以后谁还会出头为大家除害？

此时，大卫警长正在外地办案，听到里德太太的死讯深感自责，发誓一定要抓住杰克，亲手把这个恶棍送上绞刑架。回到警局，他调出里德太太被杀害的案情卷宗，仔仔细细地研究起来，希望能从中找到什么线索。看着看着，他浓浓的眉毛渐渐紧锁起来……

几天后，小镇上来了个陌生的老太太，她告诉人们她是里德太太失散多年的姐姐，是听到妹妹被害的消息后特意赶来的，她说她有办法抓住杰克，警方就把老太太暂时安排在镇上的旅馆里。

这天晚上，老太太早早地睡下了，突然一个黑影悄悄地潜入了老太太的房间，那手里握着的尖刀在黑暗中闪着寒光。只见黑影走近老太太的床边，举刀就要刺去，可就在这个时候，突然房间里灯光大亮，几支黑洞洞的枪口对准了他。再看床上，空空的，哪有什么老太太！

大卫警长慢慢走进来，朝来人轻蔑地喝了一声："山姆，果然是你！"

来人是里德太太的侄子山姆。里德太太没有别的亲人，只有这个从小带大的侄子，里德太太本来对山姆寄予厚望，并打算死后把家产留给他，可没想到山姆长大后不学无术，而且喜欢跟着杰克鬼混，里德太太一气之下就把他赶出了家门。大卫警长是在调阅卷宗时发现这个重要线索后才设下的计谋，没想山姆这么轻易就上当了。

大卫警长说："山姆，我知道，为了独吞里德太太的遗产，你一定会来的，而且杀死里德太太的人，其实就是你！"

"大家都知道老太婆是被杰克杀死的。"山姆还想狡辩。

"别玩鬼把戏了，山姆。"大卫警长一字一句地说，"如果我没有猜错的话，杰克也是你杀的。其实你早就在打里德太太钱财的主意了，杰克的越狱给了你最好的机会，大家都知道杰克会来找里德太太报复，于是你趁杰克先来找你的机会把他干了，然后又对里德太太下了毒手。可是你疏忽了，你在干蠢事的同时也为自己的罪行留下了破绽：杰克留下的字条为什么不是手写而是打印的呢？里德太太的脖子被拧断了，可为什么脖子上却没有留下任何指纹——现场指纹都被人有意抹去了。这就不得不让我们思考：杰克一方面扬言自己回来报复，可另一方面却又有意掩盖什么，这不是很矛盾吗？"

山姆傻眼了。

(轻 羽)
(题图：安玉民)

邪门的小红帽

大岛是个贼,这天深夜,他开着车子得意洋洋地疾驰在高速公路上。半小时前,他刚刚神不知鬼不觉地从一家银行的保险柜里偷得了几百万的巨款,被他动过手脚的报警系统起码要在三个小时后才能发现他的杰作,而那时,大岛应该已经搭着凌晨的航班到欧洲度假去了。

这次作案,他事前谋划了三个月,从作案的工具、时间到银行先进的保安系统,他都反复研究过,当然,这条逃跑路线也是他精心选择的。

大岛之所以看中了这条路,一是因为它很偏僻,几乎没有什么关卡,二是因为它是出城最快的一条路。不过,很多混在道上的人传说这条路有邪气,因为有几个兄弟都是莫名其妙栽在这条路上的,甚至有人把这路称为"邪路",说如果加油时站里的人戴着小红帽,那么十有八九就会有凶兆;如果加油站的人戴着小蓝帽,那么行动就会一帆风顺。大岛当然不会信这些个说法,这里路面虽然不宽,但路况却很优良,更何况,这一带的警署都在离公路很远的地方。

当车子的油表显示油已经不多了的时候，大岛看到不远处路边有亮光，应该就是道上朋友提到过的那家小加油站。

大岛把车子径直开了过去，加油站很破旧，连塑料广告牌也都是七零八落的，大岛突然感觉到一股冷飕飕的风从背后吹来，他莫名其妙地觉得有点紧张，手心开始出汗，好像真的有股邪气笼罩了过来。大岛虽说不信邪，可有这样的感觉总不是好兆头，他下意识地把随身带着的手枪打开了保险，藏在座位下面，一旦发现加油站里的人有什么不对劲就一枪崩了他，反正荒郊野外也没有什么过路的人。

车子徐徐开进了加油站，一个少年跑了过来，等到大岛一踩刹车，小男孩立刻问道："先生，您是要加油还是住宿休息？"大岛看见小男孩的头上戴着一顶蓝色的帽子，心里长长地吁了一口气，回答道："加油，快点，我还要赶路呢！"小男孩一边往加油站里的办公室走，一边喊道："姐姐，加油。"

坐在车里的大岛一下子紧张起来，他看见一个女人从加油站的房子里走了出来，她的头上戴着一顶鲜艳的小红帽。大岛的手紧紧按在座位下面的枪上，一动不动。那女人很有几分姿色，一个漂亮妞儿大半夜的出现在这么个破加油站，真让人觉得不协调，不过话说回来，不少司机原本只想加油的，看到她恐怕也会改主意在这儿住上一夜了吧。

大岛正想着，那女人手里端着两大杯热气腾腾的咖啡走了过来，笑眯眯递了一杯给大岛，道："晚上还要赶路，喝杯咖啡提提神吧，我马上替你把油加好。"大岛警惕地接过那杯咖啡，并不喝，冲那女人点了点头道："太好了，谢谢，我还要赶路，你快点给我把油加上吧。"女人嫣然一笑，说："好，三分钟就可以搞定！"说罢，把手中的咖啡杯放到了车顶上,然后戴上手套,开始了工作。她利索地拿起加油机上的输油管,拧开大岛车子的油阀,把油管插了进去。

女人拍了拍手,看着车内的大岛问道:"先生,你还需要其他服务吗?吃饭住宿或者……"大岛果断地摇了摇头:"不用啦,我还要赶路。"女人点点头,转过身去照看油阀,就趁这个时候,大岛把杯子里的咖啡从另外一个车窗给倒掉了,他警惕着呢,这种山野小店,半夜有这么个漂亮女人出来招呼,咖啡里指不定放了些什么。正想着,只听女人朝房子里叫道:"快出来收钱,三十九块,把收据带出来。"说完,女人朝大岛妩媚一笑,然后取下手套,端着咖啡杯回办公室去了。

大岛看见刚才那个小男孩摆弄着一根棒球棍懒洋洋地从屋子里出来了,他的手又忍不住按住了手枪,可小男孩收了大岛的钱,棍子却一直没动,临走时还很客气地说:"先生,祝您一路顺风。"

大岛把车开上了公路,想起同伙说的什么小红帽的凶兆就觉得好笑,看来那些不争气的兄弟八成是栽在了女人手里,喝了那不知道放了什么的咖啡,再多看两眼女人凹凸有致的腰臀,魂恐怕都要飞了,被讹了钱是小事,露了马脚,可不就栽到大牢里去了?

大岛这么想着,很快到了城外,半小时后他就可以开到郊外的机场了,一切这么顺利,大岛忍不住吹起了口哨,车子飞快地往前方奔去。

可是二十分钟后,大岛的口哨声被一阵越来越响的轰鸣声打断,只见车前冒出阵阵浓烟,还有难听的"哧啦哧啦"的声音从发动机里传了出来。他的脸顿时变了颜色。是不是真有邪气呢?虽然已经快到凌晨,可是在空无一人的路上,大岛还是止不住起了一身鸡皮疙瘩。

他的车子被迫停了下来,大岛从车里走出来,打开车盖检查了一会儿,车子的发动机什么毛病都没有。这时候大岛再想起那些道上的传言,开始害怕了，路两边的树木都仿佛怪物似的要朝大岛扑过来，他吓得赶紧钻进了车里。

等了好久，浓雾中终于透出两团灯光，越来越近，有车！他大喜过望地跳下车，跑到路中间去拦，可当他看清楚那辆车的时候，却彻底崩溃了，那是辆警车。当警官掏出手铐时，满面憔悴的大岛已经不想再挣扎了，绝望地垂下了头，心里千后悔万后悔不该不听劝告，选上了这条邪路。警官把大岛押回警署后，又来到了加油站。

在加油站的办公室里，警官朝戴着小红帽的女人笑着问道："这是第十二个了，你可真邪乎啊，用的什么办法？到现在还保密吗？"

女人一边喝着咖啡，一边妩媚地笑道："其实，要怪都怪那些笨蛋自己，深更半夜地到这么个偏僻的路上加油，看见我这样的漂亮女人也不动心，只想早点离开，要么是正人君子，要么就是心怀鬼胎。再说这么晚了，谁不想喝杯热咖啡啊，只有心里有鬼的人才会背地里把咖啡偷偷地倒掉，这次这个更明显了，一只手始终按在那里不动，说实话我还有些紧张呢，应该是把枪吧？"

警官又饶有兴趣地问道："那为什么他们的车子从你这里开出去，最后都会停在路上等我们去'接'呢？输油管什么的都给堵塞了，是不是你们的油有问题啊？"女人笑着说："我是那种贪图小利的人吗？油肯定没问题，而且保证是给他们加足了量的，就是……"

"就是什么啊？""我除了加油，还顺手往他们的油箱里加了一大杯浓浓的热咖啡！"女人调皮地笑了起来。

(华登喜)

(题图：安玉民)

亲密伙伴

故事发生在伦敦,当时,第二次世界大战刚刚结束。

这天上午,市中心的金帝王饭店里客人络绎不绝,穿红色制服、戴红色帽子、着雪白手套的服务员往来穿梭,一切都井井有条,忙而不乱。

这时,从自动门外踱进来一个老人,他穿着体面,头发灰白。最引人注目的是他戴着一副墨镜,左手牵一只狗,右手握一根探路用的竹竿。那只狗始终不离他左右,狗是黑色的,就像墨染过的一样,体形高大,一副王者之尊,只是动作有些迟缓,明显衰老了,但依稀可以想象出它当年的威武和矫健。

"早上好,先生。这里是金帝王饭店,我是大堂服务员。需要帮忙吗?"

一个彬彬有礼的服务生紧跑几步走过来,垂手站立。

"早上好。我要一个单人房间,住三个晚上。"老人停住脚步,扭过头,面向着刚才那个声音。

"愿意为您效劳。可是按照我们饭店的规定,狗不能跟您住在一起。"

"什么?我和艾伦必须在一起。谁也不能把我们分开!"老人本能地拉紧了牵狗的绳子,似乎有人要把狗从他手里抢走。

服务生耐心地解释:"我们专门有人照顾狗,而且是免费的。您在房间内外,有什么困难,工作人员随时会给您提供帮助,但就是不能把狗带到房间里去。金帝王饭店的服务是一流的,我们有我们的规定。"

"我离不开艾伦,艾伦也离不开我。求求你了,规定是死的,事是人办的,你就通融一下吧。况且艾伦绝对不会惹麻烦的,它非常守纪律,非常聪明,有的方面甚至比人都聪明。"老人恳求道。

服务生态度很坚决:"这里是伦敦,别的地方可能可以,到了21世纪可能可以,过50年、100年可能没有问题。可是现在,1946年,在金帝王饭店不行。实在对不起了,先生。"

双方各执己见,争执不休。他们的声音一阵大,一阵小,吸引了很多围观的客人,饭店的总经理也循声走过来了解情况。

老人把探路用的竹竿交到左手,用右手推了推鼻梁上的墨镜,然后在空中来回试探着抓住总经理的胳膊,"总经理先生,求求你了,你就可怜可怜一个瞎子吧,一个在可怕的战争中失明的瞎子。"老人的声音颤抖了。脚下的狗用鼻子来回嗅老人的鞋子,将前爪搭在主人的裤腿上,发出"噢、噢"沉闷的叫声,似乎也在为主人求情。

围观的人无不向盲人投去同情的目光——所有这些,老人当然是看不见的。

经理思考片刻："好吧，我们就破例一次，"然后对着旁边的服务生说，"带这位先生去登记。"

人群这才心满意足地散去，这些人中有《泰晤士报》生活版的记者汉德，他从头到尾地目睹了这一切。

做完一天的采访，汉德回到饭店的房间，开门时忽然听到了隔壁传来狗的叫声，原来盲人和狗就住在他的隔壁。汉德从心底里同情这位因战争失明的老人。和成千万的人一样，汉德也是战争的受害者，在战争中，他失去了两个哥哥和一个弟弟。

汉德下楼的时候从那位盲人的房间经过，下意识地朝门里看了一眼。门开了一道缝，缝隙不大，但足以看清楚里面。汉德先生看了个目瞪口呆，里面的一切他做梦也想不到：房间开着大灯和台灯，那个灰白头发的老人坐在桌旁，狗在他身边。老人手捧一本书，正在仔细阅读，墨镜放在桌面上。

究竟是怎么回事？汉德吃惊匪浅。开大灯，可以说是给狗照亮。那么台灯呢？狗也需要台灯吗？老人的眼睛很明亮，跟常人一样。汉德也听说过睁眼瞎，有的盲人的眼睛外表上挺正常，就是视而不见。可是他怎么还能看书呢？特制的盲文书是用手摸的，而眼前这个老人明明是在用眼睛看！

汉德的胸中涌动着一团怒火。这个骗子，简直令人发指！为了达到个人的一点小小目的，不惜利用人们的善良，骗取人们对战争受害者的同情。

一定要揭穿这个丑恶的骗子，职业的敏感驱使汉德非要弄个水落石出不可。他敲门而入，老人慌乱地把书收好，表情极不自然。

汉德强压怒火，礼节性地打招呼："您好，先生，我住在您隔壁。

很高兴认识您。"

"非常荣幸跟您住一起,年轻人。"

汉德单刀直入,两道犀利的目光直射对方的双眼:"今天早上我在大厅见过您,听到您与饭店服务员的争吵。可是您刚才怎么还看书呢?"站在老人的对面,汉德仔细看,老人的眼睛很明亮。

"既然你发现了,我就告诉你。年轻人,请坐。"老人手指一把椅子,"我撒了一点谎,我不是瞎子。"

老人长叹一声,开始讲述他的故事:"我的确参加了战争,我是上校军官,经过无数次炮火的洗礼。艾伦是条战功卓著的军犬,它出生入死执行了无数艰巨的任务,巡逻警戒,传递情报,搜索敌情,追捕敌人。我非常喜欢艾伦,我们形影不离。本来我和艾伦都到了退役的年限了,后来要是没有艾伦,我就成为炮灰,追随我的部下去了。"老人抚摩着艾伦,眼神中露出无限慈爱。

不知什么原因,汉德想起了阵亡的两个哥哥和一个弟弟。他的心中满是酸楚,不是滋味。也不知什么原因,刚才的愤怒和鄙夷烟消云散了。

"那天我在阵地上勘察地形,丝毫没有意识到危险的来临。这时两发流弹飞来,我还没有反应,或者说来不及反应。此刻身边的艾伦急了,它怒吼一声,前爪腾空而起,后腿全力一蹬,把我扑到地上——就像每次抓敌人一样。"

汉德聚精会神地倾听,瞪大眼睛。

"艾伦刚趴在我的身上,炮弹就炸了。只听轰隆一声巨响,眼前到处是眩目的强光,冲天的气浪把我和艾伦推出10米远。就这样,我们两个都提前退役了。不久战争结束了。"老人缓缓地讲完故事,眼圈一红,眼泪扑簌簌地流下来。身边的艾伦仰起头,咬着冷冷的牙,发出声声长啸,似乎也在追忆当年驰骋沙场的光辉岁月，回忆起一幕幕壮怀激烈的战斗场面。

汉德长长出了一口气，然后说："我全明白了，艾伦屡立战功，又救过您的命，您跟它感情很深。为了时刻把它带在身边，于是您才装成瞎子。"

老人感慨地摇摇头，沉重地说："不光如此，还因为艾伦是个真正的瞎子，一个睁眼瞎，它因为救我而失明了。"

（王宗宽）
（题图：魏忠善）

箱子里的秘密

几年前的一天，厂里发生了一起盗窃案，车间通知我去一趟保卫科。一进保卫科，新来的科长大李开门见山，要我协助他调查我的徒弟小马。我简直不相信我的耳朵，就问："他有什么疑点？"科长说："据他同宿舍的人反映，他有只木箱，以前从没上过锁，前几天他突然加了把大号锁头。别人不在时，他老是凑在箱子前偷偷摸摸摆弄里面的什么东西，一有人来，他忙把箱子锁住，神情也不太自然。"这一说，我倒来兴趣了，便一口答应了下来。

大约过了一两天，小马对我说："师傅，主任要我去机电公司买几套工具。"我说："待会儿我要用几根钢锯条，你把工具箱钥匙留下。"小马从腰带上摘下一串钥匙交给我，匆匆走了。

我把钥匙放在手里掂量掂量，突然想起保卫科大李和我说过的话。我赶到保卫科，把大李叫到宿舍，把钥匙递过去，对他说："大李，打开来看看。"一会儿，箱子打开了，只见箱里有两身衣服，几本技术书，还有一些劳保品和日常生活用品，没有"赃物"。大李仔细搜查了一遍，还是没发现什么可疑的东西。我说："这下小马清白了吧，我徒弟的人品我比谁都了解。"

忽然，大李从箱底拿出一个塑皮笔记本，翻了翻，从扉页里抽出一张彩色照片："哟，这小子还藏着张美人照呢。"我凑过去看，心里顿时"咯噔"一下，那竟然是我妻子的照片！原来小马每天在宿舍偷偷摸摸的，是在欣赏我妻子的"美人照"呢，好家伙，这小子虽然没偷钱，却是个偷情的贼！

说起小马，我有一肚子的话。小马老家在东北，三年前顶替父亲进厂，当时还不满16岁，他手脚麻利，人又机灵，给我印象很好。作为师傅，在工作生活上我一向对他很关照，星期天还常把他叫到家里，让妻子炒几个菜给他吃。

妻子是厂工会干事，负责职工文体活动。她人长得漂亮，性格开朗，又喜欢打扮，对男人很有吸引力。小马呢，风华正茂，比我高大英俊，还比我年轻10岁。这样一对男女在一起没有不走火入魔的。我真傻，以前怎么就一点儿没提防他们？

和大李分手后，我心里烦躁得不行，于是直接回到家里，坐在沙发上发呆。傍晚妻子下班回来，埋怨我说："你回来早，怎么也不做饭？"我说心烦。妻子摸摸我脑门说："不舒服吗？那我来做。"我说："你也别做，我问你一件事：你背着我和小马搞了些什么名堂？"她怔怔地看着我说："我和小马？我们……没搞什么名堂呀。"我说："你别装傻，你偷偷把自己的大彩照送给他，你当我不知道！"她有些生气地说："你胡说什么，我没给过小马任何东西！"我说："你不承认也罢，明天我们一起去找小马,三头对案。"她嚷嚷道:"找谁我也不怕!"

事情争不明白,我们都没心思做饭,也没吃东西。

晚上躺在沙发上,我脑子里乱成一锅粥。我不敢想象,明天当着他俩的面把照片亮出来时,他们会做出什么反应,我又如何收场。但可以肯定:这件事将会在全厂闹得沸沸扬扬。

妻子躺在床上翻了半夜身,忽然坐起来拉亮灯说:"不行,我不能这么平白无故受冤枉,你必须把事情说清楚。"她把家里影集拿出来摔给我,说:"我的照片都在这儿,你心里也有数,你说说,我给了小马哪一张?"我翻了两遍,没发现缺少她的照片,便把下午检查小马工具箱,在他那儿看到照片的经过讲了一遍。她听罢想了想,一拍大腿说:"噢,现在我全明白了。"我要她解释,她气哼哼钻进被窝说:"没啥可解释的,我跟你结婚好几年了,你却对我一点儿信任感也没有。明天找你徒弟解释好了!"

看着她那副理直气壮的样子,我开始感觉到事情不一般,没准真是我弄出了误会。于是我放软了口气说:"不是我不信任你,这就像一个人养了一株非常非常美丽的花儿,他肯定比别人更担心那花儿被谁摘走,你就是我心中的一支美丽的花儿呀。"妻子最大的弱点,就是经不住奉承。她听了我的甜言蜜语,忍不住"扑哧"一声笑出来,"别耍贫嘴!"她捶了我一拳,气也就消了,随即把那张照片的来龙去脉告诉我:原来妻子是一名先进工作者,厂里统一为他们拍了照片,陈列在厂门口的宣传橱窗里,可是妻子发现她的那张照片贴上去不久就被人揭去,她也曾为此纳闷。

"这么说,是小马偷去了你的照片?他怎么会干这种事?"我疑惑不解。妻子吃吃笑着说:"这小伙子准是在犯单相思,他被你老婆给迷住了。"我说:"这太不像话了,说起来你还是他师母呢,明天我找他把照片要过来。"妻子劝我别这样做,"事情一挑明,小马会很尴尬,往后你们师徒之间就没法相处了。我看小马本质上是个好小伙子,他只在心里想想而已,还不会对我做什么越轨的事。再说你偷偷摸摸翻人家的笔记本,还侵犯他的隐私权呢!"我想来想去,最后接受了妻子的建议,把这件事捂了下去。一切如常,像什么也没发生一样。

此后我曾暗暗对小马作了些观察,我发现他在妻子面前,比在别的女人面前显得更加腼腆和局促不安。除此之外,并没有发生什么节外生枝的事情。小马对我这个师傅也一直很尊重。

几年后小马结婚成家,他爱人是我和妻子给介绍的。婚后他们生活很美满,再后来,小马携妻儿调回他家乡附近的一座城市工作。至于妻子的那张照片,小马是处理掉了还是继续保存着,我就不得而知了。

值得庆幸的是,"照片事件"没有给我和妻子的感情以及我与小马的师徒关系带来任何不良影响。

(海　生)
(题图:姜建忠)

金凤钗和银餐具

北宋年间,京城汴梁是个繁华的去处,四海文人、各路英豪、三教九流、士农工商,全部聚集在这儿。林子一大,什么鸟都有。这天早上,周桥上就发生了一桩稀奇事。

一清早,桥上过来一个读书人,铺出一张大纸,说自己是上殿失礼、丢了状元的举子赵锷,实在走投无路,才到这儿来卖诗谋生。一时间围上来不少看热闹的人。

说起这个赵锷,实在命苦。他家境一向贫寒,此番进京赶考,也可说是孤注一掷,变卖了家产,带了老婆孩子,一同来到汴梁,住进城外一家名叫"状元店"的小客栈,一心想金榜题名。前天去应考,好不容易给他考中了头名状元,谁知道乐极生悲,惹出祸端来。这天赵锷进宫谢恩,心中实在是太紧张了,向皇上磕头谢恩的时候,手里捧着的朝笏给跌落在地上。皇帝这几天本来心情不好,现在见这个新科状元慌里慌张,毛手毛脚,居然连个朝笏都捧不牢,顿时把一肚子闷气全出到他头上,当殿下了一道圣旨,将赵锷的状元头衔收回。赵锷好比鸭吃砻糠空开心,当场被剥下状元公的衣冠,重又穿上他自己的那件青布长衫,瘪塌塌走回小客栈。一回到店里,老婆跟他吵架,店主又来讨房钱,弄得他怨煞,走投无路,只好厚着脸皮上周桥来卖诗了。

这时候,一个老公公拨开人群,上前招呼,乐呵呵地说:"既然你是个读书人,就请你以读书人为题,给我写首诗吧。"

赵锷当即铺开纸,磨好墨,提起笔来刷刷刷写下一首诗。老公公接过这首诗一读:"天子重英豪,文章教尔曹,万般皆下品,唯有读书高。"当场赞不绝口,说不愧是块状元公的材料,好!不但诗做得好,这毛笔字也是铁划银钩,老公公二话没说,摸出二百个铜钱交到赵锷手里。

沉甸甸的二百文钱一到手,赵锷的劲头又上来了,眼巴巴地想等第二个主顾。谁知道主顾不见上门,却又惹上了一桩是非。

此时,桥头有个熊腰虎背的壮汉,正拉着一个乡下老头讨债,说是老头向他借了二百文钱,至今不还。而那老头却一脸委屈,说:"我刚刚进城,一不认识你,二没借过你钱,你怎么可以这样诬赖人?"谁知那壮汉一拍胸,说道:"你也不睁开眼睛看看清楚,这汴梁城里谁不知道我李虎,白天吃太阳,夜里吃月亮,南吃狮子北吃象。我说你借了我二百文钱,就是二百文钱,多一文不要,少一文不行!你还啰唆什么?快把钱拿出来!"

赵锷在边上听不下去了,对那壮汉作了个揖,说道:"老哥,看他一个乡下老头,可怜巴巴的,你就饶了他吧。"

李虎一听,嘿嘿一阵冷笑,对赵锷说:"好啊!你既然要管闲事,就得管到底。这钱是不是就由你来付啦?"

赵锷吓了一跳,不觉朝自己胳膊上那串钱看了一眼,那乡下老头却像落水的人抓住了一根救命稻草，竟拉住他不放，苦苦哀求起求。这一来，赵锷倒不好再推辞了，心一横，就把刚到手的二百文钱交给了老头，老头把钱交给李虎，李虎才走了。

围观的人一哄而散，老头拉着赵锷的手千恩万谢，又问他尊姓大名，家住何处。赵锷报了姓名，老头眼睛顿时一亮，连忙作揖道："原来是新科状元，失敬失敬！你的事我听人家说起过，委屈你了。明年再考，定能高中。我借的钱，今夜一定送到你的客店之中。"说罢，两人分头离去。

傍晚，赵锷空着双手回到客店，他老婆怎肯罢休！顿时大吵大闹，非要跟他离婚不可。赵锷有苦说不出，正在长吁短叹，却来了个当差的，问明他就是赵锷，就说："我家老爷借你二百文钱，说你是个好人，故而命我送来十支金凤钗，算是还债，他要你好好用功，明年再考。"

这又是怎么回事呢？原来那乡下老头不是一般的平民百姓，而是谏议大夫张商英。今天上午私行察访，偏偏遇上李虎讹钱，一时无法脱围，幸亏遇到赵锷相救，所以对他非常感激，特意送他十支金凤钗，也算是助他一臂之力。张商英为人谨慎，故意不暴露身份。赵锷收下金凤钗，还不知道恩人的真实姓名呢。

"有钱能使鬼推磨"。赵锷手中有十支金凤钗，什么事都好办了。他当场拿出一支给了店小二，偿还房钱。店小二接过金钗，满脸笑容，马上给他们端来好饭好菜，一家人有说有笑，高高兴兴地吃起晚饭来。

吃罢晚饭，天色早已漆黑，忽听店门口有人敲门，进来一个客人住店，赵锷一见此人，顿时倒吸一口冷气，暗暗叫苦，连忙闷声不响地溜回自己房中去了。你道此人是谁？原来就是今天上午在周桥上横行霸道的流氓李虎。

李虎为何来住店？这里又有一段插曲。

汴梁城里有个杨衙内,有权有势,不可一世,这天想要出城去春游,派身边小厮六儿带了他最喜爱的十双银筷子、十只银勺,到城外先去物色地方预先布置。六儿出城,挑好一片柳树林子,既清静又凉快,稍加布置之后,看看时辰还早,就靠着一棵柳树打起瞌睡来。说来也巧,正好李虎走过,见六儿怀里鼓鼓囊囊似乎有好东西,就伸手去偷,偷出来一看,原来是一套银餐具,极为珍贵,索性一不做二不休,把六儿杀了,包起银餐具,逃之夭夭。到这儿正好天黑了,就打算先在客店住一夜,明天再作道理。

李虎谋财害命的事,赵锷自然不知道,不过一见他这副凶相,想起上午周桥上的遭遇,他心中还是有些后怕,多一事不如少一事,所以赶紧关紧房门,脱衣睡觉。

他老婆不知道门外的事,今天发了大财,哪里睡得着觉!一边收拾房间,一边就哇啦哇啦对赵锷说:"喂,你那剩下的九支金凤钗放在哪里?可千万别丢啦!"赵锷吓了一跳,赶紧去捂住他老婆的嘴,说道:"当心隔墙有耳。那坑人的李虎就住在隔壁房间,你不要命啦!"于是夫妻两人就喊喊喳喳商量起来,最后决定埋在他们房间门口的地下。

谁知道他们做得再机密,也还是逃不过李虎的耳朵。客店的砖墙原来就薄,再加上李虎又是行家,早就心中有了底。深更半夜,等赵锷夫妻呼呼入睡,李虎蹑手蹑脚来到他们住房的门口,抽出刀来轻轻挖地,很快就取出那包金凤钗,随后,又把自己刚才偷来的那包银餐具塞进土中,重新把土盖好。一切就绪,这才跃上墙头,飞也似地逃走了。

李虎逃走不久,就有一伙人来敲门。原来杨衙内发现自己的贴身小厮被杀,心爱的银餐具被盗,自然不肯善罢甘休,当即带了一帮子人在汴梁城里里外外四处搜寻。天刚蒙蒙亮时,正好来到状元店,杨衙内扬着手里的鞭子，立逼店小二把所有客人全部叫来，一一审问。

问到赵锷，赵锷是个老实人，就把金凤钗的事也说了出来。杨衙内一听，哪里会相信，哼！真是太阳西边出了，世上会有这种傻瓜，借你二百文钱，居然会还给你十支金凤钗，分明是在骗人！店小二在一边连忙证明，说确有此事，那人来还金凤钗，他在边上亲眼看见的。

杨衙内还是不相信，一板脸，说："把金凤钗挖出来，让我瞧瞧。"

赵锷无奈，只好领着杨衙内一帮人去挖。这一挖，当然要闯祸了，打开小包，里面分明是杨衙内家的那套银餐具。

赵锷一见，吓得六神无主，只觉得天昏地暗，不由自主瘫在地上。

杨衙内见人赃俱获，顿时大发雷霆，一把将赵锷从地上拎了起来，破口大骂："老实交代，我家六儿是怎么给你杀死的？"赵锷浑身发抖，话也说不明白，"我得到的是金钗，埋的也是金钗，我根本没杀人。"杨衙内见他不肯招供，让手下人给他点颜色看看。手下人如虎似狼地扑上来，将赵锷吊到房梁上，皮鞭棍棒，雨点似地朝他身上打去。赵锷的老婆吓坏了，在边上拼命求饶，杨衙内却铁青着脸，理也不理。不一会儿，赵锷浑身上下，血肉模糊，可怜一个文弱书生，哪里受得了如此毒刑，心一酸，眼一闭，就承认了六儿是他杀的。杨衙内这才吩咐把赵锷从梁上放下来，随即又让手下人拿了银餐具，押了赵锷，将他送进衙门。

杨衙内手眼通天，又加上有赃物为证，这案子很快就定了下来。赵锷"图财害命"，被判死刑，这天就要被处死了。而担任监斩官的正是杨衙内！

法场上阴风惨惨，好不凄凉。赵锷的老婆拖着他那不满十岁的孩子，哭哭啼啼来祭法场。一家人抱头痛哭，惨不忍睹。就在刽子手举起屠刀时，场外传来一声高叫："刀下留人！"众人抬头看去，原来正是谏议大夫张商英,骑着一匹快马,气喘吁吁地赶到。

张商英翻身下马,开门见山地对杨衙内说:"赵锷原是今科状元,皇上知他为人忠厚,又有才学,故而降旨,恕他无罪。"杨衙内两眼一翻,却还是不买账,阴阳怪气地说道:"人赃俱获,他明明是杀人凶手,你这个清官怎么也糊涂起来?"

双方正在争执不下,那边又有人高喊起冤来。那喊冤的原来正是状元客店的店小二,他手里还拉住一个壮汉。店小二说:"赵秀才那天得到别人送给他的十支金凤钗,当即给我一支抵过店钱。今天我拿这支金钗到银匠铺,要想换成银钱,正好遇上这家伙,他拿了九支一模一样的金钗也要换钱,我当即招呼掌柜伙计们一起帮忙,把这人给逮来了。"

张商英一拍桌子,要那壮汉抬起头来。壮汉一抬头,张商英顿时大怒,原来这家伙正是李虎,当初在周桥上耀武扬威,硬要逼着张商英去跳河,想不到天网恢恢,疏而不漏,今天还是撞在了刀口上。李虎抬头一看,上边那个大官不是别人,竟是那天在周桥上被他讹过二百文钱的乡下老头,真是冤家路窄,他知道这一次是逃不过了,一时间冷汗直流,磕头如捣蒜,把他怎么谋财害命,杀六儿,偷银餐具,又怎么在客店里偷听壁脚,挖出一包金凤钗,栽赃害人的经过,一五一十都招认了出来。

真相大白,杨衙内这才无话可说。张商英当众宣判,将李虎处以死刑,立即执行。那九支金凤钗仍旧交还赵锷。一桩冤案,终于昭雪,这个曲折离奇的故事也就在汴梁城里流传开来。

(译写:顾希佳)
(题图:蔡解强)

囚车上的遭遇

费郎兹·肯特干了十几年巡警后被调到警局做了一名押解组长,而且一做又是十九年,他在从业二十多年里几乎从未出过什么差错,当然,也没有什么丰功伟绩,眼看着再过半年就要光荣退休了。

这天,费郎兹与他的搭档斯克特接到一个任务,到医院去把一个叫做卡洛的罪犯押解回监狱。当费郎兹看到罪犯的简历与照片时,觉得有些眼熟,不过,他并没有当回事,罪犯见得多了,难免会有一些相像的人。

在医院门前,负责治疗卡洛的医生告诉费郎兹,卡洛得的是一种严重的肝病,三周前做的手术,还没有完全恢复过来,因此他与斯克特不得不搀扶着卡洛上了警车。

汽车平稳地驶在宽敞的公路上，费郎兹与斯克特坐在后排的左右两边。卡洛戴着手铐夹在中间，仰头呆滞地望着车顶，好像在等待着末日的来临。

此刻费郎兹不经意地瞄了卡洛一眼，正巧卡洛也看了他一眼。突然，费郎兹快速将头扭回到车窗前，他平静的脸上显露出了一丝难以察觉的不安神色，他的心脏狂跳不止，脑海里顿时闪现出15年前的一幕。

那时费郎兹还在做巡警，一天下午，他独自巡逻到一处很偏僻的地方，偶然发现一个青年与一个老家伙正在做毒品交易，便冲上去将他们当场抓获，按照规定，费郎兹应将嫌疑人与赃物一起带回警局。可当他看到那一袋毒品与那捆钞票后，便鬼使神差般改变了主意。当时他的母亲正身患重病，需要一大笔医疗费。

这一念之差使费郎兹撕下胸前的警号，命令青年用皮带将老家伙绑好，然后他再亲自将青年上绑，可这个矮小的年轻人竟然大力反抗起来，费郎兹惊慌之中用枪柄将他打昏了过去，枪柄正好击到青年的鼻子。由于用力过猛，他的鼻子被打豁了，不住地往外冒着鲜血，费郎兹便在惊慌之中逃跑了。这事过去了15年，费郎兹自觉已烟消云散，可刚才他与卡洛对视的那一瞬间，看到了那张似曾相识的脸与那鼻子上的疤痕时，他感到报复之神终于找上门来了。

费郎兹始终不敢把脸转过来，他不知道卡洛是否已认出了他，但他在车前排的反射镜中看到卡洛一直在看着自己，那眼神是如此的怪异，使他很不自在，甚至感到自己身上每一根汗毛都竖了起来，他心中猛地闪出一个念头：如果卡洛认出我并指证我，那，我的好名声、事业、家庭、退休金以及我的一切一切都将会成为泡影。不，我不能让这事发生！费郎兹在苦想着对策,此时卡洛却开口说话了:"先生们,你们愿不愿意在这枯燥的路程中听我讲一个故事呢?"没有人搭茬,他便自顾自地说开了。斯克特正在看一份文件,司机则专心开车。只有费郎兹在洗耳恭听,卡洛说的竟然就是当年那件事的全部过程,费郎兹神经绷得更紧了,他似乎觉得自己已站在了法庭上接受审判。这时,卡洛发出了一阵怪笑:"你们相信我说的吗,我没有说谎,真的,全是真的,说不定那个打我鼻子的人就在你们中间,哈哈哈……"

"闭嘴!"旁边的斯克特厉声说道。

"不,斯克特,让他……让他说下去。"费郎兹说。

谁知卡洛此时猛地哭了起来,一会儿他又说道:"我告诉你们一个秘密,知道那时我为什么要贩毒吗?是因为我母亲,当时她患了一种很难治的病,需要一大笔钱。我想,就干那么一次,得了钱给我母亲治好病我会好好做人。可……可谁知道会发生那种事情,事后,我母亲病情恶化,不久就去世了。而我自此便走上了罪恶的道路。"卡洛说完,冲着费郎兹一个劲地怪笑:"你,你们警察也不是什么好东西!"费郎兹听后,像被兜头浇了一盆冰水,他做梦也想不到,那次他竟是用卡洛母亲的生命换得了自己母亲的生命,并毁了一个年轻人的一生。不过,他还是很清醒,他知道这很有可能是卡洛的心理战术,决不能轻易就范,必须想一个万全之策。

这时,警车已驶到繁华路段,费郎兹猛然想起,他孙子的一架小型钢琴正在这附近的一家乐器修理店里修理,立刻计上心头。他叫司机开到那家修理店附近停下,然后让斯克特与司机下车一起去把钢琴取出来,斯克特为难地说:"我们在执行命令,这样做会受到处分的。"费郎兹把票据塞给斯克特:"放心吧伙计,我是你们的头,一切由我负责。"

看到斯克特与司机走进修理店，费郎兹立刻对卡洛说道："听着，现在我把你的手铐打开。"说着他拿出钥匙，"但你得把我打昏，之后你拿着钥匙可以去任何地方，条件是你必须闭嘴，怎么样？"

卡洛机械地点了点头："好……吧，可……可我没有力气打你，再说，我身上没有一分钱，还有我的肝病使我……"

"好了，不要再说了，没时间了。"费郎兹拿出一些钱塞给卡洛，打开了他的手铐，接着又将车门打开。然后，他闭上眼睛，转过头使劲撞向了车座前的铁棱，之后便什么也不知道了。

等费郎兹从昏迷中慢慢醒来，发现自己正在一辆救护车上，斯克特就坐在他身旁。费郎兹立刻装作非常愤怒的样子对斯克特说："你为什么在这里？你应该去把那个杂种抓回来，他真把我给害惨了。"

"你不必为此担心，"斯克特显得很平静，"罪犯已经被抓住了，因为他没走多远。"

费郎兹听后，似乎感到了世界日的来临，他的心在猛烈跳动着，但还是强忍着从难看的脸上挤出了一丝笑容："是真的吗？真是太好了。我们不必为无法向上面交差而担心了！"

"我不得不问问你，"斯克特一脸严肃地说，"他是怎么把你打昏的呢？"

"啊……是这样。你们进入修理店后，我发现车门没有锁，就在我重新锁门时，那个可恶的家伙趁我不备，用手抓住我的衣领把我给撞昏了。"费郎兹惟妙惟肖地编造谎言。

"你是说，他把你撞昏以后，接着在你口袋里掏出了钥匙，打开手铐后再打开车门逃走了。是这样吗？"

一时间费郎兹脸上没有了任何表情："怎么，难道你怀疑我？"

"不，"斯克特耸了耸肩膀，"只是……你要知道，当时我在车上仔细看了卡洛的病历，他得的是肝病，严重影响了他的视神经，现在几乎是个睁眼瞎，甚至他把眼睛贴到你的脸前也不会看清你的模样……"

此刻，费郎兹的双眼已失去了任何神采，斯克特后来又说了些什么，似乎已经听不见了。

(李　健)
(题图：箭　中)

钻石大劫案

丹尼尔正一个人待在房间里看电视，这时，门外响起了敲门声。

丹尼尔一打开门，黑洞洞的枪口已经对准了他。持枪者用力把丹尼尔推进屋里，然后"砰"的一声将门关上。这个人是个独眼龙，而且长得非常难看，但他手上的戒指却镶着一颗大钻石，价值不菲。丹尼尔对钻石是个内行，因为他是专门切割钻石的。

"你就是丹尼尔吗？"独眼龙问。丹尼尔点了点头。

"很好，穿上外衣。马上跟我走。"独眼龙举起手枪示意他不要有其他的想法。

丹尼尔无奈地按照他说的做了，然后他就被独眼龙强行推了出去，一辆黑色的汽车停在公寓外的停车场，独眼龙不容分说就把他推进后座，立即有人给他戴上眼罩，用绳子绑住他的双手。

丹尼尔从来没经历过这种事情，他真是被吓坏了，为了分散注意力，他就使劲地想搬到他公寓对门的那个新房客。她是一个很精致的女子，身上的香水味很浓,应该是那种五十元一盎司的高级香水,这一个星期以来,他一直想去和她搭话,她看上去是那么的美丽。丹尼尔还发现,她并没有男朋友,真是太可惜了。

汽车行驶了一段路程,突然猛地一下停住了。丹尼尔的思绪被拉回到现实中,他被粗鲁地推下车,带到一栋房子前。可丹尼尔觉得,这个地方很熟悉。丹尼尔正在努力搜索那种感觉时,却被推进一间房间,接着他听到背后的关门声。

然后,有人解开了丹尼尔手上的绳子,强行把他按到一把椅子上。

"现在可以拿下眼罩了。"一个声音说。

丹尼尔拉掉眼罩。向桌子对面望去,那里坐着一个人。那是个五十岁左右的老头,他头发灰白,板着一张脸。丹尼尔迅速地瞥了房间一眼,这个房间很小,并没有装修,只放了一张桌子、两张椅子。墙上也没有挂照片,屋子里有一个窗户,挂着很厚的窗帘。不知道为什么,丹尼尔对这个屋子有一种奇怪的感觉,好像自己从前来过这里。

丹尼尔问那个老头:"你到底是谁?你们为什么把我带到这儿来?"

那个老头说:"你不用关心我是谁。"他接着说,"我知道你是切割钻石的专家,你的声誉很好,在这一行是佼佼者。"

丹尼尔认同地点了点头。

老头说:"有一件事,你得按我说的做,这样你才能安全。"

"我非常愿意合作,"丹尼尔急忙说,"但是,你们到底要我干些什么呢?"

老头露出了满意的笑容,他打开身旁的抽屉,从里面取出一个灰色的铁盒,放到丹尼尔的面前说:"把它打开!"

丹尼尔打开盒盖,里面放着一串钻石项链,看上去得有一百五十克拉，在大钻石的周围，还镶有一百多粒小钻石。

丹尼尔一眼就认出了它："这不是明克斯家的钻石吗？"他说，"难道你们是……"老头只是点点头，并没做出什么具体的回答。

三天前，新闻报道了明克斯家被窃一事。被盗的钻石特别美丽、昂贵，据说全世界有名。

"你把这颗钻石帮我切割了。"老头严肃地说。

丹尼尔并不理解他们为什么要这样做，老头接着做出了解释："明克斯家的钻石太出名，用一般的方法根本处理不了，所以只能分割零售。"老头点着一根香烟，吐出一口烟，"这颗钻石即使分割来卖，也能卖一百多万。"

"这钻石？它根本不值钱。因为它是假的。"丹尼尔说。

老头急得跳了起来："你胡说！这怎么可能？"

丹尼尔拿起项链，仔细看了看。"这明明就是赝品，是亨利做的。"他说，"看来是按保险规则做的，真品谁都没戴过。"

"你对这些钻石怎么会知道得这么多？"老头盯着丹尼尔问。

"我们干切割这一行的都是有来往的，我们之间没有什么秘密，亨利和我是老朋友了。而保险规则嘛，那是很普通的常识。"

老头拿起项链和放大镜，重新研究起那颗大钻石。"我虽然不是专家，"老头继续说，"可是，我的经验也很丰富，这些钻石明明就是真的。"

丹尼尔说："你可能不知道，亨利的手艺非常高明，他做的东西能够以假乱真，虽然这是个假货，但怎么也能值十万。"

老头显然很生气，把项链扔到桌上："就值十万？那好像太少了，真货能值五百万呢。"他看了丹尼尔一眼，脸气得通红，"我不相信这钻石是假的。"

"那这样吧,"丹尼尔说,"如果你还不相信,我可以把它切开,让你仔细地看看。"

老头失望地坐在那里,一根接一根地抽着烟,盯着丹尼尔:"那么你能解释一下明克斯家为什么要把它锁在地下室呢?那个地下室跟城堡一样,非常的坚固。那么真的钻石能放在哪儿呢?"

"我怎么会知道?"丹尼尔说,"你知道我只是钻石切割专家,并不是侦探。"

老头看起来更加的愤怒,他伸手掐住丹尼尔的喉咙:"你给我好好地听着,我还要再找一位行家来鉴定,如果这颗钻石是真的,那你可就死定了。"他就一直这么掐着,直到丹尼尔要透不过气时,才松手。

丹尼尔平静地看着那老头:"你的意思是说要再找个人到这儿来鉴定,如果那人告诉你,这是真的,那么你再把我带到这来,帮你切割,之后再杀我灭口。"

"哦?我为什么要让你切割?"

"我是这一行中最优秀的,如果你随便找一个人切这颗钻石,他的手只要一滑,就会把你的宝物变成一堆不值钱的废物。我想它最好是假的,我可不愿负破坏五百万钻石的责任。"

老头大声地骂了一句,同时使劲地捶了一下桌子,对独眼龙说:"赶紧把他弄出去。"

"老板,我们怎么处理他?"独眼龙问。

老头说:"先不要杀他,带他回家吧,我们可能还需要他。"

话音刚落,丹尼尔又重新被绑起来,罩上眼睛。丹尼尔听见开门的声音,大约过了几秒钟,他就被带到出口。在等候开门的瞬间,他闻到了一股熟悉的气味,就是这个气味,让丹尼尔知道自己现在身在何处了。

回去的路程很短。汽车突然停了下来,独眼龙将丹尼尔的手腕解开,然后一把将他推下了车。然后,绑架他的那辆汽车急驶而去。

摘下眼罩后,丹尼尔发现自己正站在一条胡同里。这条胡同离他的住处没多远。于是,丹尼尔就顺着胡同回到了家。

丹尼尔开门的时候,用眼角的余光斜了斜对门曾经让他心动的那个公寓。那里面一点动静都没有。他走进屋里,迅速地拿起电话。

他给警察局打了电话:"你们马上就能找到明克斯家丢失的钻石,它的新主人现在住在海洋车道139号2楼G室。这座公寓有两个出口,你们来的时候一定要把两个门都围住,马上行动!"说完,他就挂了电话。

不到五分钟,警察就到了。丹尼尔从窗户里看到有两个警察大步地走到对面公寓大声地敲着门。

对面传来了一阵骚动,紧接着从大楼后面又传来了更大的响动。几分钟后,警察押着那个老头和独眼龙出现了,他们的手上戴着手铐。

第二天,明克斯家的钻石失而复得的消息成为本城的头条新闻。

警察还会捉到对面公寓那个可爱的女人吗?虽然他不希望她被抓到,如果没有她,警察根本就抓不到那两名歹徒。要感谢她身上昂贵的香水,向丹尼尔透露了线索。在那个小城市,很少有人用得起如此名贵的香水。

当然,那颗钻石是真正的明克斯家的钻石。

而且,丹尼尔口中的亨利也不是什么钻石行家,他只是丹尼尔熟悉的一家餐厅的厨师。

(编译:秋　风)
(题图:佐　夫)

决战凯旋门

怪异水晶灯

这天在法国巴黎上空,骄阳灿烂,晴空万里。天空中一只只彩色气球悬吊着一条条白底红字的标语,随风微微飘荡;凯旋门像一位彪悍威武的勇士耸立在明星广场上,迎接世界瞩目的国际航空博览会在这儿隆重举行。

这次博览会上,全世界有几十个国家派出自己最先进的飞机新产品在这里作飞行表演。他们的空中铁鹰将在这儿各展风采,试比高低。同时有一百多个国家派出自己的代表团,前来挑选订购最感满意的飞机。

中美两国联合研制了"华波"型全天候直升飞机,两国还组成了飞行表演队。根据中美双方协议,飞行表演队的队长是中国的罗天健,副队长是美国的劳伦斯,电子机械师叫詹尼。

罗天健,年仅28岁,身材魁梧,国字脸上那对剑眉犹如利剑一样,炯炯有神的大眼睛更使他显得刚毅沉着。他们一行20人抵达巴黎时，已是夜幕降临了。他们住进了离凯旋门不远的霍尔大道上的香格里拉大酒店。罗天健、劳伦斯和詹尼3人住在9楼909套间里。

他们在出席中美两国驻法国大使的接风宴后，便回到房间里，漱洗之后，一起来到客厅。

客厅宽敞豪华，四周是苹果绿色碎花墙纸，墨绿色的波斯地毯上，摆着几套法式沙发。客厅正中高悬着一盏造型别致的莲花形水晶吊灯，花蕊由一个个多面体的水晶珠组成。灯闪亮处，晶莹夺目，熠熠生辉。透过一侧的落地长窗，可以尽收巴黎的美丽景色。

三人在水晶灯下呷着咖啡，打量着客厅里的装饰。劳伦斯指着水晶大吊灯，感叹地说："这水晶灯既明亮，又不刺眼，反倒使人产生一种梦幻的感觉，难怪这酒店叫做香格里拉。"罗天健也仰头仔细望着水晶灯，突然，在他的脑海里闪过一个想法：这多棱面的水晶珠组成的花蕊，多像显微镜下苍蝇的复眼呀！这么一想，他那双剑眉不由微微皱起。

这时詹尼耸耸肩说："罗先生，我们是不是再重温一下飞行表演的方案？"劳伦斯也把双手一摊，附和道："是呀！罗先生，这飞行方案修改了好多次，有一些细节我怕记不牢。"

"这……"罗天健点了点头，起身走进自己的小卧室，打开小皮箱，但他取出的不是飞行表演方案，而是一个打火机。他回到客厅，坐了下来说："我太累了，来，大家先抽支烟，等会儿再研究方案吧！"说完他从衣袋里掏出包"大中华"香烟，从中抽出两支递给了劳伦斯和詹尼。

劳伦斯和詹尼接过香烟，罗天健拿起打火机，"啪"地揿了一下，给他俩点燃了香烟以后，把打火机凑到嘴边，点着叼在嘴上的香烟，但他的眼睛却向打火机的中间部分瞥了一下。这一瞥，他的心不禁抖了起来。

原来，这打火机其实是一个微型的探测器。刚才，罗天健趁点火之机，看到打火机上的电磁波指针摆动了几下，停留在中间的位置上。这就是说，房间里有东西正发射着电磁波。罗天健拿着打火机在厅中故作悠闲地踱着步。指针的跳动表明，离水晶灯越近电磁波越强。他又故意踱步走进小卧室。打火机上红外线指针仍有摆动。

罗天健明白，无论在客厅和寝室都已处在别人偷窥监视之下。他蹙眉沉思了一下，又走进卫生间。再看打火机上电磁波和红外线两档的指针退到了"零"的位置。

怎样才能把这一发现告诉给劳伦斯和詹尼呢？罗天健搔着脑袋思索着，忽然，他的目光停留在那边的马桶上，陡生一计，便从卫生间里探出脑袋，向劳伦斯和詹尼招手道："你们看，马桶坏了。"

当劳伦斯与詹尼进了卫生间，罗天健压低了声音，严肃地把这套间里有窃听器的事告诉他们。

劳伦斯与詹尼听了又惊又急。罗天健微微一笑说："别急！他有过墙计，我有上天梯！"接着，他小声地把自己的打算告诉了他俩。

劳伦斯与詹尼听了哈哈大笑，他们出了卫生间，回到客厅。劳伦斯现出一副缺乏信心的样子说："罗先生，我是第一次到巴黎上空作飞行表演，下边那么多行家看着，我怕飞不好，现在还是把我们的飞行方案拿出来再熟习熟习，让我把细节再记下来。"

"好，待我去隔壁房间把约翰逊也叫来。"罗天健讲完就出了909套间。约翰逊是这次地面指挥塔的指挥员，熟习飞行方案当然要他也在场。

过了一会儿，罗天健和约翰逊进来了。罗天健从小卧室里取出飞行表演方案示意图，在客厅正中的茶色玻璃茶几上摊开。在那明亮的水晶大吊灯下，几个人一遍又一遍地研究飞行表演的路线和其中的技术细节。

第二天，罗天健、劳伦斯带着中美联合飞行表演队，到国际航空博览会总部报到去了。

异国遇情侣

罗天健他们报到后，又进行了模拟试飞，等到一切都准备就绪，便让大家浏览巴黎的名胜古迹，轻松轻松，以便以最佳的状态参加即将到来的飞行表演。

劳伦斯和詹尼各自出去逛大街了。罗天健便一人来到仰慕已久的卢浮宫这个举世闻名的艺术博物馆。

罗天健走进大门，穿过一段长长的大理石前厅，登上十多级石阶，迎面而来的是安置在石级顶端平台正中的胜利女神尼卡雕像。只见她手持号角，站在船头，展翅欲飞，似向远方报告胜利的喜讯。这使罗天健内心涌起一阵喜悦：啊，胜利女神尼卡，多么吉祥美好的象征！

卢浮宫里，达·芬奇的《蒙娜丽莎》，提美的《照镜子的少妇》，卜逊和罗伦的风景画，萨尔登的静物画，杜美埃的漫画……一朵朵盛开的艺术奇葩，使罗天健目不暇接，叹为观止。

罗天健刚在一尊高两米零二的大理石塑像面前停住，突然听到不远处传来一个女人的叫声："天健——"罗天健循声转过头，见一米开外站着一位少女，只见她穿一件吊肩带白背心，上面披一件通花网状短袖外套，仅过膝盖的白裙下是一对白色的麂皮高跟鞋。她那鹅蛋形的脸蛋薄施粉黛，经过精心剪修、描过的双眉透迤到鬓边，一双眼睛好似荡漾着两泓秋水，微卷的长发上戴着巴黎女人最流行的白帽子，上面斜插着一根黄翎毛，双耳挂了两颗蓝宝石耳坠，不时的晃晃荡荡，十分显眼诱人。

罗天健惊愕地说："啊，你是——"那女郎已上前握着他的手腕摇了几摇："天健，你不认得我了？我是朱小菁呀！"

"朱小菁？"罗天健的心弦重重地震了一下。不错，站在面前的的确确是罗天健日思夜念的恋人。但在她身上，往日的天真烂漫已被雍容华贵替代了。罗天健的心里涌出了一股难以名状的潮水，他轻声地说："小菁，你变了！"

朱小菁却坦然大方地答道："来到这世界花都定居，谁能不变？这在中国叫做入乡随俗，对西方世界来说，这叫同化。"她顿了顿，急切地问道，"天健，这一年中，我寄了20多封信给你，但总不见你的回信，真令我担心死了。"

"可是，我一封也没收到，这一年多我工作调动频繁，一会南方，一会北方，东奔西走，而且住地多是深山边陲或沙漠戈壁，通邮很不方便，这一年来我连给父母的信也很少写。"

"啊，原来如此！我还以为你已另有新欢，把我忘了呢。"朱小菁说着，指指面前一尊维纳斯雕塑，说："天健，你知道吗？我每个星期天都要到卢浮宫里来，我在这爱神塑像前停留时，就想到我俩以前那难忘的相恋日子。"

罗天健见朱小菁虽身在外国，心里还时刻想念着自己，胸中不由涌起了一股暖流。

朱小菁望望外面天色已黑，就热情地提议："天健，到我家去坐一会吧，我家就我和我伯父。"说着不容罗天健作答，便伸手挽住罗天健的手,"走吧!"

朱小菁带着罗天健走进家门,她的伯父朱仲棠一见罗天健就站了起来,极有礼貌地招呼罗天健坐下。两人交谈了一些人情世故后,朱仲棠看了看墙上的电子石英钟,像想起了什么,忙歉意地说:"啊,我今晚要代表公司与一位英国客商谈判,少陪了。小菁,你在家做些好吃的东西,好好招待罗先生。"说完告辞出门走了。

望着朱仲棠离去的背影,罗天健问朱小菁:"小菁,你伯父来法国多久了?""在我出世之前他已经来了。""他家还有什么人?""他无儿无女,去年我伯母去世后,他孤单一人,无依无靠,就叫我申请移居巴黎,一来与他相依为命,二来使我能深造美术。""他是干什么工作的?""我也不大清楚,听说他是地中海银行的股东之一,近年又做什么电子设备生意。"朱小菁有点奇怪地问,"你一见面就查根问底,天健,你是来查档案的吗?""不,我只是顺便问问。"

朱小菁进入厨房,不一会就用盘子捧出了晚餐。

罗天健看看盘中的西餐,又扫了一眼餐厅里的摆设,轻轻一笑说:"小菁,我看你吃的、住的、穿的,已经全盘西化了。"

"全盘西化?"小菁玩味地自言自语了一句,然后脸上浮现出诡谲的笑容,说,"你这话错了,我还有一样东西没有西化。""什么东西?"

"你随我来。"朱小菁说着站起身,领罗天健进了一间房间。

这房中靠墙角是一张高级摩力克暗花布造的席梦思床,上面放着一张淡黄色拉舍尔高级毛毡,一条镀镍的衣柱上挂着几套女裙和一条丝质女睡衣。房间充溢着巴黎高级香水的香味。毋庸置疑,这就是朱小菁的卧室。

罗天健再环顾四周,墙壁上都挂满了裸体女子画幅。他上前细看,其中有西班牙戈雅的《裸体玛蛤》，法国库尔贝的《裸女》，意大利提香的《丽达与天鹅》及拉斐尔的《加拉蒂亚的凯旋》等等，几乎成了油画的展览馆。

罗天健仔细地观赏了一会后，转身问道："小菁，你叫我来就是让我看这些油画吗？"

"不，你看看那东西！"朱小菁用手往桌子上面一指，那上面有样东西被一块猩红绒布盖着。

罗天健好奇地迈步上前，用手揭开上面的绒布，顿时差点"啊"叫出声来。

这是一幅人物肖像，浓眉大眼，英俊的脸庞，头上戴着一顶飞行帽。这正是罗天健自己！他感到奇怪，因为他从未寄过这类照片给小菁，因此他诧异地问："你是怎样画出来的？"

"我是用心画出来的，是蘸着自己的心血画出来的！"朱小菁讲这话时声音是那么轻柔，那么委婉，那么情意绵绵。罗天健被她的深情感动了。他不由地冲口而出："啊，小菁，你真是——"

朱小菁仰望着罗天健那双英俊的大眼，继续柔声说道："你说我全盘西化？看，我的心没有'西化'。我伯父曾介绍一家大公司的年轻总经理给我，他的各方面条件都不错，但我一口回绝了。我的心仍向着你。"

"你这话可是真的？"

"真的。"说完朱小菁把身子一靠，就依偎在罗天健的怀里。一阵心贴心的沉默，两人的目光同时透过窗外，眺望着巴黎那美丽迷人的夜景……

罗天健用手轻轻抚摩着朱小菁的秀发，充满感情地说："小菁，你身在异国他乡，难道真的对我还是一往情深？"

朱小菁紧紧握着罗天健的手："天健，难道重洋能阻隔爱情吗？你不相信？你剖开我的心看看吧！"说完她把他的手拉到自己胸前，罗天健像触电一样，只觉得一股异样的热焰，通过自己的手传遍了全身。这时，朱小菁微仰着秀美的脸，双颊挂着两朵红云，一双乌黑明亮的眼睛里，闪耀着炽热的火花，嘴里喃喃细语："天健，我爱你，我爱你呀！"

热血在罗天健胸中沸腾。一年来，日思夜想的恋人乍然相逢，被封闭的爱恋的火顿时从心底喷溅出来了。他双手捧住小菁的脸，头一低，两对灼热的唇片就紧紧地贴在一起……

一股盼望已久的幸福涌泉在朱小菁的心里翻涌，她已无法抑制自己了，她一用力，竟然把宽带背心的吊带扯断了。那背心连裙子一下子就从上身滑落到脚下，她像饮了醇浓的烈酒，双颊涨得绯红，呼吸节奏加快了，她顺势转身躺到席梦思床上，眼中闪着湿润的晶亮的光，说："天健，裸体的艺术是最美最美的，来吧！我的一切都是你的，等这一天我已等得发疯了！"

罗天健与朱小菁已相恋多年，但从未领受过这如火一般的情爱，更没见过她这洁白如玉的胴体。他虽是个军人，但他有七情六欲，此时他只觉得自己的喉咙发干，心怦怦猛跳。他不能自已地走近床边，俯下身子，小菁从床上跃起，双手紧紧地勾住他的颈脖，双眼含情，期待着那场渴望已久的暴风雨。

忽然，仿佛有一道闪电从罗天健的脑海里一闪而过：朱小菁与自己早已断了通讯联系，这一年来，她在巴黎这个世界艳都经历些什么呢？今天她这异乎寻常的举止，是积蓄多时纯真爱情的总爆发，还是什么？他又想到过几天自己就身担重任，驾机作飞行表演，更要保持旺盛的精力和专注的情绪。

一想到这些，他出了一身冷汗，那如火焰般的热情骤然熄灭了，他轻轻掰开小菁围箍着他脖子的手,后退了几步说:"小菁,我们还没办过结婚手续,不能这样。"说着,他坐到一边的椅子上,掏出香烟,点燃后,猛地吸了一口。

朱小菁惊愕地问道:"怎么啦?在巴黎盛行性解放,可我把圣洁的贞操一直保留到现在,为的是奉献给你!"朱小菁说着,从床上起来,走到衣柱边取过长睡袍,披在身上,慢慢走到罗天健面前。突然,她"扑"跪在地上,用手抚摸着罗天健的膝盖,仰起了头,眼里流露出痛苦失望的神色说:"天健,你不爱我了?"

"不!"罗天健轻轻地摆了摆头,用手抚弄着朱小菁那似瀑布散落在肩头上的秀发说,"小菁,我这次来巴黎担子很重,你既然爱我就应该谅解我,支持我。请相信,我的心不会变的。"

听罗天健这么说,朱小菁才长舒了一口气,脸上露出了笑颜,缓缓地从脖子上解下了一条金项链,递到罗天健面前:"天健,我们相爱多年,这就作为我送给你的定情礼物吧!"

罗天健低头一看,见是一条金灿灿、亮澄澄的金项链,那砣坠是两个桃形交叠上面各镂刻着一个中文的"心"字。两心交界处镶着一颗猫眼绿宝石,在灯光辉映下,璀璨晶莹,光彩夺目。罗天健觉得有点奇怪,便问:"在法国也有人制造用中文刻字的项链?"

"这是伯父替我订造的,"朱小菁娇嗔地噘着樱桃小嘴,"你看这砣坠心连心,这是我们爱情的象征。"说完就把金项链塞到罗天健手里。罗天健接过来随意用手抛了抛,觉得份量好像不对:"小菁,你这金项链是纯金的吗?"

朱小菁说:"那当然啦,你这人,总是疑神疑鬼的。"

罗天健沉思了一下,就把金项链塞回了小菁的手掌心:"小菁,你的心意我领受,但这项链现在我不能收。"

"不收?为什么?"朱小菁的自尊心受到了极大的刺伤,眼眶里盈溢着泪水,说,"你不收我的定情礼物,就是嫌弃我,不爱我!来,我给你戴上。"说完,朱小菁把金项链围到罗天健的脖子上。

罗天健用手挡开说:"小菁,订婚是人生大事,我想把我们的订婚仪式搞得庄重一些。这样吧,待我参加博览会后,我去买只订婚戒指,到时由你伯父当证婚人,我们交换订婚礼物,好吗?"说完,他把小菁搂在怀里,在她的脸颊上轻轻吻了几下。

听罗天健这么说,朱小菁破涕为笑了。她撒娇道:"那你替我把这项链戴上。"罗天健用手指戳着她的鼻尖,说:"你真鬼!"说完就把项链套在了朱小菁的颈项上,把扣子搭上。接着两人又是一阵热烈的亲吻后,朱小菁送罗天健乘上出租小轿车,目睹轿车消失在茫茫的夜色之中。

血洒电话亭

送走罗天健后,几天来朱小菁一直处在甜蜜的遐想中,这天天刚亮,她在睡意朦胧中被一阵急促的敲门声惊醒,她急急穿好了衣服,拉开门,见朱仲棠满面倦容,双眼布满了红丝,站在卧室门口。小菁奇怪地问:"伯父,这么急敲我的门,有什么事?"

朱仲棠脸上露出焦急而痛苦的神色说:"小菁,你快去通知罗天健,他有生命危险!"

"什么?"一听这话,朱小菁惊骇得双眼圆睁,"伯父,你、你说什么?"

朱仲棠决断地说:"罗天健他们有生命危险。他们的'华波'直升飞机上天后要爆炸!""爆炸?为什么会爆炸?"

朱仲棠脸上的肌肉抽搐了一下，那道花白的眉毛也蹙了起来，语调变得愤慨："杜尔他们在飞机上放了定时炸弹。"

朱小菁的心颤抖起来，好像这定时炸弹已在自己的心胸炸响，忙上前一步，攥着朱仲棠的手，追问道："那个定时炸弹是什么样的？""就是那条……那条同心金项链。"

"什么？就是那条金项链？"朱小菁顿时气愤交加，怒视着朱仲棠责问道，"既然是定时炸弹，你为什么还要我送给罗天健，为什么？为什么？"

朱仲棠的脸颊羞惭得通红："这都怪我一时糊涂。当时我也不知道里面藏有定时炸弹，我也被杜尔他们利用、欺骗了。"

"他们真卑鄙！"朱小菁怒骂了一句，忽然她想起了什么，急急问："炸弹什么时候爆炸？""上午8时半！"

朱小菁一看墙上的壁钟是6点40分。她马上奔到客厅那边，给香格里拉大酒店拨电话。但是话筒里老是报出"忙音"，朱小菁越是心急，电话越是打不通。"怎么办？"朱小菁急得又是跺脚，又是搔头，急出了一身冷汗。

还是朱仲棠年纪大，见过世面多，他出了个主意："我们赶到香格里拉大酒店去找他们，好吗？"

事到如今，也只好这样办了，朱小菁急急换了衣服，快步随朱仲棠奔到车库，开动了那辆深蓝色的"福特"牌小轿车，驶出了大街。这时，天地间正弥漫着薄雾，车灯似一把利剪，剪开了迷雾，向着香格里拉大酒店飞速驶去。

可是朱仲棠他们没有注意到，离他们家不远处，停着一辆黑色小轿车，里面正坐着杜尔派来的三个带了手枪的职业杀手。他们见朱仲棠的汽车驶出之后，就启动汽车，尾随而去。

杜尔是谁？他为何要向罗天健下毒手？

原来，法国有一家新崛起的私人联合飞机制造公司，年轻的董事长叫杜尔，是个诡计多端、心狠手辣的角色。他为了使他们公司制造的"天神"号直升飞机成为这次博览会上的空中霸主，就指派亲信搜集各国飞机的技术情报。当他了解到中美联合制造的"华波"直升飞机比他们的"天神"先进时，他决心打败"华波"。首先他在香格里拉大酒店安装窃听器，当此阴谋被罗天健识破时，他恼羞成怒，又利用朱仲棠的侄女朱小菁与罗天健在国内的恋爱关系，谎称以窃听为名，让朱仲棠把装有定时炸弹的连心金项链给朱小菁，让她送给罗天健。当这一手又失败后，他把攻击目标转向机械师詹尼和副队长劳伦斯。他们施美人计引诱，胁迫詹尼上钩，再通过詹尼把金项链弄到劳伦斯手中，让他在不知不觉中带上了天。

朱仲棠是位侨居法国40多年的法籍华人，是飞机制造业的技术权威。他爱自己的事业，于名于利他都希望自己设计制造的"天神"能成为世界第一，因此，他虽觉得杜尔采用窃听窃取情报不够光明正大，但他权衡利弊后同意了。但他做梦也没想到杜尔会用定时炸弹欲使罗天健机毁人亡。当他得知杜尔的阴谋后，他惊呆了。于是，他不顾一切地把这一骇人听闻的消息告诉了侄女朱小菁。

再说朱仲棠和朱小菁急急驾车驶到香格里拉大酒店，一停稳，朱小菁就拉开了车门，跳下车，旋风般地奔向电梯间，登上电梯，直升9楼，出了电梯，急匆匆奔到909套间门前，用手猛捶房门，边敲边大声呼叫："天健！天健！"

谁知房里没人应声，而朱小菁的呼叫声却惊动了值班的红衣侍者，他上前施了一个礼,问道:"小姐,你找谁?"

"罗天健!""罗天健先生?是不是中美联合飞行表演队的?"

朱小菁点点头:"是!是!他们人呢?""他们天没亮就出去了。"

朱小菁想到罗天健他们准是去飞行基地了。于是她一个转身又急乘电梯下到底层,风风火火地出了酒店,对迎上来的朱仲棠说罗天健他们已去博览会飞行基地了。她用手抹了抹额角上的汗珠,焦急地说:"我们驶车去博览会飞行基地找他们。"说着便用手拉了拉朱仲棠。谁知朱仲棠却立着不动,用手指着大厅那边说:"你看!"

朱小菁定睛一看,大厅的一隅摆着1台36寸大屏幕彩色电视机,节目主持人正满面春风地向观众介绍:"巴黎国际航空博览会正式开幕!"

开幕式地点设在巴黎东南方的巴黎盆地上,这也是国际航空博览会的飞行基地。这时,来自世界一百多个国家的代表团以及前来观看热闹的巴黎市民和各国的旅游者约3万多人,早已把基地看台塞满了。

此时虽说已快8点,巴黎大地仍被薄雾笼罩着,按原来抽签排定的次序,打头炮的恰恰是中美联合飞行队的"华波"直升飞机。

这时,朱小菁和朱仲棠从电视大屏幕里清清楚楚地看到罗天健与劳伦斯已穿好飞行服,正在待命启航了。目睹着罗天健的音容笑貌,咫尺荧屏,却不能把这阴谋毒计告诉他知道。朱小菁心里急得如火燎火烧,一时不知如何是好,只是一味跺脚,一迭声地问朱仲棠:"怎么办?怎么办呢?"

朱仲棠也是心急如焚。他知道从香格里拉大酒店到航空博览会飞行基地,开轿车至少需半个小时,驱车前往面告已来不及了。眼下唯一的办法就是打电话。朱小菁听说打电话,立即就朝服务台走去。她刚抬步,就被朱仲棠拉住了。朱仲棠早就知道香格里拉大酒店是杜尔的巢穴之一，他断定在这里打电话，肯定是打不出去的。

于是，他小声对朱小菁说："这里有暗哨，不能在这儿打电话。我们到大街的电话亭去打吧！"说完连拉带拖把朱小菁拖到小轿车里，猛踩油门，小轿车似飞箭般闪进了车流之中，像条鲇鱼左穿右越，最后拐进一条僻静的街道，在路边一棵梧桐树旁的一座电话亭停住。

朱小菁跳下车，快速冲进电话亭，抓起话筒，查问到国际航空博览会总部的电话号码。她手在颤抖，额上的汗水顺着脸缓缓流着。她顾不得揩抹汗水，只是一个劲地拨着电话，一次、二次、三次，终于拨通了。朱小菁急切地问："你是国际航空博览会总部？""是的，你有什么事吗？""请通知'华波'直升飞机不要起飞，他们的飞机上有定时炸弹！"

对方一听，大吃一惊，但又怀疑是歹徒故作恐吓，便反问道："你是谁？干什么的？"

此时朱小菁突然发现有一辆黑色轿车在街口停住，车里的人正往这边探头探脑。她暗暗一声惊叫：不好！跟踪的来了！于是，她以最简短的话来说明自己的身份："我是驾驶员罗天健的未婚妻，叫朱小菁。"

对方一听，马上问道："炸弹什么时候爆炸？"

朱小菁刚张口回答，不料电话线路传来"咔嚓、咔嚓"杂音。话送不出去，急得她对着话筒拼命叫喊。而更叫她急的是，她看见那辆停在街口的黑色轿车，向她猛冲过来。就在她焦急如焚时，电话通了，她马上大声回答："上午8点半！"对方又追问："定时炸弹是什么样的？"

朱小菁只讲出一个"是——"字，"砰砰砰"一阵枪声，震得她身子一阵摇晃，倒在地上。她的身上像蜂窝一般，多处中弹，鲜血如涌泉四下喷射！

这黑汽车里的歹徒，是杜尔派来的杀手！杀手们猛扫一阵，确认已打死了电话亭里的朱小菁和汽车里的朱仲棠后，便驾起汽车风驰电掣般地逃走了。

朱小菁倒在地上，觉得浑身如利剑刺心，她痛苦地挣扎着爬了起来，又重重地摔倒在地上。在她眼前金星四溅，层层白雾弥漫而来，她发现自己身上有几处地方鲜血汩汩喷涌，她知道自己中了歹徒的枪弹了。她感到自己已无力支持。可是，在她那昏沉沉的脑子里，突然出现了罗天健。她仿佛看到直升飞机在空中爆炸，听到罗天健的凄厉惨叫……

爱情的力量是伟大的，她用牙齿狠狠地咬着嘴唇，忍着难言的痛楚，用左手艰难地支撑起鲜血淋淋的身子，喘着大气，伸出颤巍巍的右手，去抓那个摇晃的话筒，一次，两次，三次，那电话筒终于被她抓住了。她把嘴巴贴着话筒，以惊人的毅力和意志从嘴里断断续续地挤出那句话："定时炸……炸弹……就是金……金项链……"说完她手脚一蹬，头一歪，倒在血泊之中，闭上了眼睛。殷红的鲜血，从电话亭里慢慢流淌出去，染红了巴黎的街头，带着悠悠的爱，也带着绵绵的恨……

朱小菁为了救情人，直至生命的最后一刻，仍是那么顽强执著。但她永远不会知道：她以爱情力量拼死挤出的那个"秘密"已毫无价值了，因为电话筒在歹徒们乱枪扫射时已经被击坏了。罗天健和劳伦斯的"华波"直升飞机正展翅飞上了天空。

生死显英杰

坐落在巴黎东南方盆地的国际航空博览会飞行基地，这时四周挂满了五光十色的各国国旗，准备参加表演的飞机在宽阔机场一边一字排开，作了编号。观礼台上，不同肤色的各国客商他们正拿着各国飞机的"简介"在细读，在交头接耳，议论着参赛飞机性能的优劣。为了更好地了解这些飞机的特性，各个代表团根据航空博览会指定的飞行路线，把自己的人分成5个小组，分散在不同地点，以高倍望远镜来观察飞机的各种表演，赛后再集中综合观测结果，选定自己订购飞机的计划，提交大会及意向的制造厂商。

　　进行首飞的"华波"直升飞机已准备就绪，罗天健与劳伦斯穿着飞行服，显得格外英武，气宇不凡。他俩迈进驾驶室，罗天健和劳伦斯分别坐在正副驾驶员的座位上，两人充满信心地微笑着对视一眼，会意地点了点头，就套上了飞行面罩，扣上了护目镜。

　　8时整，指挥塔用无线电下达了"起飞"的指令，罗天健启动了高压旋钮，又按下了启动钮，巨大的涡轮机转动越来越快，发出急速的隆隆声，自转旋翼桨叶伸展起来，各种仪表的指针也在摆动着。罗天健用右手一拉驾驶杆，"华波"直升飞机在几万双充满期待或好奇的目光中拔地而起，徐徐地升上了天空，围绕指挥塔作了3个规定动作的回旋之后，就像一只矫健敏捷的苍鹰作单向侧飞，闭翼旋翻，360度急转等高难动作，博得了下面几万名观众的惊叹和喝彩。

　　就在万名观众喝彩之时，博览会总部接到了朱小菁的电话，知道中美合制的"华波"直升飞机带着定时炸弹上了天。当接话者继续追问定时炸弹的形状、大小时，电话戛然而止，尽管大声呼叫但仍没有回音。

　　博览会总部的几位头头得知这情况，焦急非常，立即开了紧急碰头会，在仓促中做出决定：马上通知飞机上的驾驶员，让他们寻觅出定时炸弹，排除险情，万不得已时就飞往西北方向人烟稀少处降落，驾驶员急速离机，任由飞机爆炸。

当飞机上得到这一紧急通知时,一向稳重的劳伦斯立时骇得眼睛瞪大了,心里发出一阵痉挛,一看手表,哟,已是8点12分,离炸弹爆炸的时间只有18分钟!

罗天健得知这个消息,也极惊愕。在飞机起飞前,他和詹尼把飞机的每个部件都作了严格细致的检查,并没有发现异物。这"定时炸弹"藏在哪里呢?他稍一思索,就对劳伦斯说:"驾驶的事全交由我负责,你再仔细检查一下驾驶舱。"

劳伦斯应了一声就离开了副驾驶座,在驾驶舱里查找起来,但他翻遍了一切可能藏匿物件的地方,却一无所获。他一看手表:糟啦!离爆炸时间只有10分钟!劳伦斯无可奈何地说:"找遍了,也没有发现定时炸弹,快飞到那边降落,弃机逃命吧!"

"弃机?"罗天健何尝不珍惜自己宝贵的生命呢?在这危在旦夕的生死关头,他想到临行前领导对自己寄予的殷切期望,他深知一旦弃机造成的恶果。他觉得能够争取就一定要争取,哪怕只有一丝的希望,也要争取百分之百的成功。他紧皱剑眉,眨了几下眼睛,对劳伦斯说:"你驾驶飞机向西北方向飞,要坚持到最后两分钟才可降落,待我再寻找一下。"

劳伦斯应了一声,就上前顶替了罗天健的位置。他手握操纵杆,但眼睛则紧盯着飞行手表上的秒针一格一格地跳跃着,仿佛秒针每跳一格,自己便靠近死亡一步,紧张得额头上的黄豆大的汗珠直往下掉,他觉得闷热得太难受了,就松开了飞行服上的衣扣,用左手掏出手帕不停地抹着汗,绝望地恳求罗天健:"剩下两分钟降落太危险了,不如现在就降……降落……"

罗天健正为搜寻无所发现而心急火燎,听劳伦斯这么说就直起了腰板,说:"不……"可话没说完,他觉得一道金光在眼前一闪而过:啊,这是什么?他猛然想到这定时炸弹会不会就在人的身上?于是他就发问:"劳伦斯,你身上有没有带异物进飞机?""带异物,没有!"

但罗天健此时已发现劳伦斯松开衣扣的飞行服里有一道金黄色的亮带。他清楚与劳伦斯相处以来,他一直没见过他颈项上戴东西,因此警觉地上前问道:"你脖子上戴的是什么?""金项链。"

罗天健追问:"金项链?怎么我一直没有见你戴过金项链?什么时候买的?""不是买的,是奖的。"

罗天健心中的疑团更大了:"什么时候奖的?""昨天晚上,在火烈鸟游艺场,我射击打中目标奖的。"

"给我看看!"罗天健向劳伦斯伸出了手,劳伦斯把金项链摘下来,递了过去,罗天健一看,啊,这金项链多眼熟,砣坠是两心交叠,上刻中文"心"字,两心交界处镶嵌着绿宝石。

罗天健辨认出来了:这正是那天晚上朱小菁要送给自己的定情信物,自己还亲手给小菁系上脖子呢!怎么会挂到劳伦斯的颈脖上呢?他明白了,同一条金项链,通过两条不同渠道,目的都是针对"华波"直升飞机!无疑这肯定是破坏者酝酿好的阴谋。他马上想到朱小菁送这"定情信物"的情景,他认定朱小菁也是阴谋集团的一个成员,不禁惊出了一头冷汗,气愤地冲口而出:"卑鄙!"

劳伦斯见罗天健拿着金项链神色不安,就问:"这金项链——"

罗天健肯定地说:"是定时炸弹!""根据呢?"

罗天健把金项链向上抛了抛:"黄金的比重是19.3,而这金项链质感不够,这可以说明它的砣坠里有夹层,定时炸弹就藏在里面。"

劳伦斯马上取过金项链,贴在耳朵上,却听不到定时器走动的"嘀嗒"声。罗天健又接着说:"这肯定不是机械定时,而是以液晶作定时的高爆炸弹!"

"这……"劳伦斯信服地点了点头,示意罗天健坐回驾驶员位置上,他打开驾驶舱,右手抓住金项链刚要从空中扔下去,不料罗天健大喝一声:"不行!"

原来,虽说此刻雾气弥漫,但罗天健仍隐约可见下面的密密麻麻的建筑物,这是巴黎的卫星城区。在这人口稠密的地方扔下炸药,肯定会造成居民的伤亡。

"那怎么办?"劳伦斯把拿着金项链的手缩了回来,当他看到手表上离爆炸时间仅有两分钟时,拿着项链的手颤抖起来,脸色惨白,说话的声音也哆嗦了:"你快点想办法呀!快点!"

罗天健看到大雾下有一条闪亮的长带,这是塞纳河,于是,他镇静地说:"我把飞机贴塞纳河作超低空飞行,你瞅着河中无船只,就把项链扔下河去!"罗天健说着把驾驶杆向前用力一推,直升飞机猛地抖了抖,就似断了线的风筝往下坠落。罗天健的眼睛紧盯着高度计,当指针指着20米处时,罗天健再一摆弄驾驶杆,直升飞机就贴着水面作超低空飞行,看到河面没船只行驶时,罗天健喊了一声:"扔!"

劳伦斯一听到罗天健那声吆喝,就把项链从开启了的驾驶舱往下狠狠一扔。

罗天健随即把驾驶杆向后一拉,直升飞机抬起了头,朝前飞去。就在飞机上升之时,只听后边"轰"的一声巨响。劳伦斯回头一看,只见塞纳河中爆起了一条两丈多高的水柱。

"好险呀!"劳伦斯与罗天健擦了一把头上的冷汗,不约而同地欢叫了起来。

"华波"直升飞机终于死里逃生了,它贴着塞纳河打了一个旋,又钻进雾中,往回飞去。

长空剑出鞘

罗天健和劳伦斯怀着喜悦的心情向指挥塔报告了已清除定时炸弹的消息,指令员约翰逊夸了一声"好",就命令他们按原定飞行方案,听指令进行表演。

"华波"直升飞机又钻进了大雾之中。忽然,无线电耳机传来了一阵阵"咯、咯、咯"响声。"怎么,哪里出毛病了?"劳伦斯听了这响声,不由又焦急起来。但没有指令,在能见度低的雾天中很难飞行呀!罗天健屏息细听。一会,讯号又恢复了,且声量比原来更大,简直要把耳朵震聋了。他俩不得不把音量调节器调小了些。

这时,他们听到指挥塔向他们下达了一个又一个的指令:"向东,爬升100米,向左拐42度,下降250米……"他俩按照指令一一照做了。

"加速,朝前直飞!"指挥塔又传来了指令。罗天健加大了飞行速度,飞机似脱弦之箭往浓雾的深处射去。忽然,罗天健发现面前竖立着一个黑影。这是什么东西?他用力眨了眨眼,再往前望去,那黑影越来越大。他忙侧过头问劳伦斯:"你看到前边有什么?"

劳伦斯也正为眼前突然冒出的黑影大惑不解,听到罗天健问他,就答道:"前面有个黑影。"再看导航仪的扫瞄雷达上也现出了一个亮点。他们感到奇怪:按飞行图,转了两个拐弯后,这一带应该是空旷的田野,根本不会有高山,这是什么黑影?

随着飞机向前冲刺,黑影越来越大,就像浓雾中浮起一座大山,迎面压了过来。这时,罗天健看清了:那黑影原来是巴黎空中巨人——塞纳河南岸的艾菲尔铁塔。然而指挥塔的指令仍然在一个劲地命令他们"全速前进"。

罗天健低头一看导航仪里的高度表,指针指着的高度是250米,啊,艾菲尔铁塔高320米,而飞机正似箭般向铁塔射去,罗天健一咬牙说:"不能再听指挥塔的指令了!"但这时要拉回节流阀减低飞机的飞行速度已来不及了。他当机立断,把身子往后一仰,用尽全身力气把驾驶杆死死往后拉尽。飞机的机头猛地向上抬起,在一阵震耳的吼叫中,直升飞机贴着艾菲尔铁塔顶端,就像鱼肚贴着刀锋那样呼啸而过。

罗天健紧攥驾驶杆的右手也紧张得渗出了汗,他看到多普勒导航仪中,"爬升率"已达每秒25米。如果是一般的直升飞机,爬升率充其量不超过10米,早就会撞到铁塔之上,机毁人亡了。

在艾菲尔铁塔附近的各国观察小组,目睹这一惊险镜头,初时无不为之捏一把汗,后来都禁不住欢呼起来,又是惊叹又是赞赏。

"好险!又一次死里逃生!"劳伦斯紧揪起的心又放了下来。这时,指挥塔又传来了指令:"往回转180度,侧飞空翻,下降85米,朝前直飞!"

罗天健感到奇怪了:指令员约翰逊为什么擅自改变飞行表演方案呢?但身在空中,受人指挥,罗天健只好遵令而行。不一会,艾菲尔铁塔的巨大黑影又朝自己迎面扑来,而指挥塔的指令仍然在一个劲叫着"加速前进"。这次,罗天健已经有了经验,他又果断地抬高了飞机,从艾菲尔铁塔顶端飞掠而过。

罗天健忍不住问劳伦斯:"这是怎么搞的?指挥塔怎么老是出差错?"

劳伦斯也大为光火,骂道:"这个该死的约翰逊,我看他发神经病了。我表演完后非得狠狠揍他一顿!"

今天的飞行表演，发生这么多怪事，不由得令罗天健陷入深深的思索：他早就发觉多普勒自动导航仪和声纳定位仪的指针无规则地乱动，究竟地面发生了什么事？大地震？不像！是指挥塔里的约翰逊故意暗害自己？这也不大可能！他知道约翰逊是美国有名的导航专家，他们往日的模拟演习和试飞都配合得很好，何况若这次导航出差错对约翰逊也不会有好处。那究竟是什么原因呢？

这时，罗天健又听到指挥塔传来了约翰逊的指令："往回转180度，侧飞空翻……"他细细品着这声音，突然心里陡然亮堂。罗天健知道约翰逊的英语发音是美式的，而指挥塔现在的"约翰逊"发出的指令的发音中，有个别音节略带有英式英语的发音。

这时，一向细心的罗天健从指令中已得出了一个令人发怵的结论：一个假的约翰逊正在代替真的约翰逊发出指令，要把"华波"直升飞机引向死亡的道路，想到刚才跳动不定的仪器，罗天健蹙眉沉思，断定一个比原来指挥塔更大的电磁波发射场覆盖了指挥塔的指令信号。

"啊，我们内定的呼唤密码、频率、波长，别人怎么会知道呢？"罗天健与劳伦斯稍作商量后，决定追查这企图把自己引向死亡的电磁波讯号发射点。

罗天健猜测没有错。杜尔用美人计诱使詹尼上钩，从他手中得到中美飞行表演队的呼号密码、频率等秘密后，他设计出好几个波浪形的连续可行的方案，以备一计不成，再施一计。今天早上，他指派杀手枪杀了朱仲棠和朱小菁，堵绝了一切可能"漏风"的渠道。接着，他怀着必胜的信念，看着自己导演好的戏开场。他原想亲眼欣赏"华波"直升飞机在空中开花的情景，却没料定时炸弹被罗天健扔进了塞纳河。他通过无线电监测器知道这一消息，恨得他牙齿咬得咯咯作响，便下令以强力电磁波覆盖指挥塔的呼号,把罗天健的"华波"直升飞机引向地狱之门。

杜尔做事是十分缜密的,方案由他与心腹们仔细推敲制订。他们把电磁波发射仪安装在一辆冷藏车里,停放在明星广场不远的布洛涅树林里,四周布置了许多小轿车作警戒线。这地点是博览会指挥塔电磁波的盲区,它就像手榴弹爆炸时,着弹点地面有一个小小的扇弧面是避弹的安全盲区一样。机场指挥塔的任何电磁波仪器都不可能测出这干扰区的方位。谁知百密总有一疏,那个模仿约翰逊作指令的语言专家,他那自己无法掩饰的英式英语发音被机警过人的罗天健识破了。

罗天健驾驶着直升飞机,从上下左右各处调整着方向,以电磁波扬效仪去寻觅电磁波发射场的方向,终于发现了浓密的绿色树冠上,伸出了一条锅形的亮晶晶的天线。他立即断定,电磁波就是从这里发射出来的。

劳伦斯咬牙切齿地说:"用强力反脉冲电磁波来击毁它!"但罗天健做一个手势制止了他。为应付外来电磁波的侵扰,"华波"直升飞机内增加配备了这样的反脉冲装置。只要在2000米的距离内开启那电钮,直升飞机就会发射出强大的反脉冲电流,把对方发射电磁波的仪器销毁。

罗天健觉得,就这样把破坏者的仪器击毁,太便宜了它。斩草不除根,祸患始终留存着。他决心把那看不见的歹徒从锅里端出来示众。他沉思了一下,故意听从下面电磁波的指令作适当的飞行,另方面,却悄悄地开启了超微波发射器,向中国和美国驻巴黎大使馆同时作了报告。

中美两国的大使早已在博览会的机场仰头遥望天际,察看"华波"直升飞机的表现。两国大使馆的留守武官接到这紧急情报后,立即决定由中方通知法国安全部；美方去通知国际警察组织。

现代化的通讯效率是十分高速的。不到两分钟，法国安全部就与国际警察组织联合采取了行动。8辆警车、80辆摩托呼啸出动了，在空中"华波"直升飞机超微波通讯的指挥下，以箍桶式向布洛涅树林进行了包围。

当围歼的警车与摩托缩小包围圈时，杜尔布下的放哨小轿车向树林深处的冷藏车发出了警报。冷藏车里的歹徒们立刻惊慌地企图强行冲出包围圈，但已为时晚矣。警察们用枪击穿了冷藏车的轮胎，当即被人赃俱获了。

这时，太阳出来了，云雾散尽，长空万里，满月形的巴黎城在罗天健驾驶的直升飞机下显得那么壮观。塞纳河在阳光映照下，似一条闪光的银链逶迤地嵌在巴黎的胸前。

罗天健驾驶的"华波"直升飞机，又与博览会指挥塔取得联系，延时作了出色表演后，飞过西岱岛上著名的宗教建筑巴黎圣母院，越过精美绝伦的凡尔赛宫，掠过雕有狮座情侣的亚历山大三世桥，飞到了明星广场上空，那雄伟屹立的凯旋门像舒展笑脸，欢迎着空中勇士的胜利凯旋。

杜尔精心策划的阴谋彻底破产了。警方从"冷藏车"开始，顺藤摸瓜，穷追不舍，终于追到了杜尔身上，杜尔因有朱小菁的命案牵连而锒铛入狱。

杜氏公司的"天神"号直升飞机虽然性能优良、设备先进；但由于杜尔阴谋败露，杜氏飞机制造公司也声名狼藉。

朱仲棠在遭歹徒枪击之时，头部和身上多处受伤，但未击中要害。所以当即得路人救助，送进医院，经过急救，终于化险为夷。他在法庭上成了杜尔策划阴谋的一个有力人证。

　　罗天健在飞行表演之后，回到地面，受到人们热烈的欢迎和致意。当他知道朱小菁为救自己，不惜舍命奔走，血溅巴黎街头，又悲又愧，连夜赶到了医院，看到朱小菁身上密如蜂窝的弹孔，这位七尺热血男儿，"扑通"跪在小菁的遗体前，抚尸放声大哭，在场的人见此情景，也不禁潸然泪下。

　　在离开巴黎回国的前夕，罗天健买来一只订婚用的金戒指放在一束"毋忘我"的鲜花中，奉献在朱小菁的灵前，寄托无限的哀思……

(何初树)
(题图：张恩卫)

神探·谜案
shentan mian

真正的神探,不仅拥有智慧和勇气,更能为正义代言,替死者伸冤……

见习刑警的奇遇

跟踪目标

小成警校毕业到分局刑警队已经三个多月了,还没遇上一个案子,心里不禁有点着急。

这天是周末,到了傍晚,警长老何来了,他让小成穿上便衣,一起到步行街去走走。小成一听就知道是有情况,一下来了精神,一步不落地跟在老何后面。

老何压压头上的鸭舌帽,轻声对小成说:"看到前面那个'爆炸头'没有?我们刚从内线得到线索,这家伙的水很深,后面可能有大鱼。"

小成顺着老何的指点看去，只见街边一间台球室里，一个留着"爆炸头"发型的青年正弓着身子打球。

两人不远不近地注视着"爆炸头"，这家伙一打就是两个小时，然后懒懒地走出台球房，混入街上川流不息的人群。突然，本来走得好好的"爆炸头"一个闪身，影子样一下闪进街边一家迪斯科舞厅，老何和小成连忙买了舞票，跟着走了进去。舞厅里灯光昏暗，"爆炸头"搂着一个穿裙裤的小姐在飞快旋转……老何朝小成摆摆头，带着小成走到一个角落，说："那小子看来还在泡时间，从迹象看，他的接头地点可能就在这附近。我一个人在这里盯着他就可以了，你到街对面那座7层住宅楼里，找个视线最好的位置，盯住这边，没准能发现来跟他接头的人！"

小成出了迪斯科舞厅，观察了一下方位，急忙朝街对面那幢7层住宅楼走过去，按响了702室的门铃。

702室

702室门铃一直响了快一分钟，这户人家的房门才缓缓打开，一个戴眼镜的男人满脸困惑地看着小成，小成连忙拿出证件，说："我是警察。"

男人说："你走错门了吧？"

小成和气地说："很抱歉打扰了你，我正在执行任务，需要在你家窗口观察对面街上的情况。"

男人绷紧的脸上这才露出笑容，夸张地打了个手势，把小成让进客厅。小成打量一番客厅，走到窗前，俯视着下面的迪斯科舞厅。

这时，身后传来那个男人的声音："请喝茶。"小成道了一声谢，回身接过茶杯,顺手放在窗台上。那位男人退后几步,站在客厅中央,有点手足无措地看着小成。

小成对他说:"我可能还要呆一会儿,你把客厅的灯关了,自己看影碟吧。"

男人点点头,却没有关灯,直接到电视柜跟前开DVD,但他摸索了好半天,电视屏幕上却始终出不了图像。小成走过去一看,按了遥控器上的一个按钮,图像一下就出来了。

男人尴尬地笑了笑,说:"平日都是我老婆在摆弄……"

因为有老何在那边盯着,小成的注意力倒也不需要特别高度地关注对面街道,他朝电视柜旁看了看,那里是一个书橱,里面摆了些医学书籍,就问:"你是医生?"

男人点了点头,没做声。

小成又转过头,端起刚才放在边上的茶杯,送到嘴边正要喝下去,突然一阵风吹过,卧室的房门发出"吱——"的一声响,慢慢开了,小成转过头,只觉一股热气从卧室涌出来,夹杂着一股气味,一个红外线烤火炉正发着通红的光……

那个男人迅速站起身,跑过去一把拉上了卧室的门。

小成耸耸肩:现在还是十月天,这男人开着红外线烤火炉采暖,真是怪癖!

这时男人又走过来,问小成:"你杯子里的水冷了吧?我给你换杯热的?"

小成忙说:"不用,不用。"他边说边端起杯子,正要喝,突然龇了龇牙,现出一种痛苦的表情,对男人说:"真倒霉,我讨厌的胃又疼起来了。你有'苯乐来'吗?这药我一吃就好。"

男人困惑地问:"'苯乐来'?"

小成说:"'苯乐来'就是'扑炎痛'。"

男人连忙说:"有的,有的。我这就找出来,你赶紧吃了吧。胃痛可不是闹着玩的。"说着,他拉开书橱中间的抽屉,手忙脚乱地翻起来。

小成走过来,从书橱上面的格子里拿出一个药瓶,问:"这个是不?"

男人抬起头,伸手来接药瓶,突然,小成变戏法似的亮出一副手铐,只听"咔咔"两声响,手铐已经牢牢地戴在男人的手腕上。

这男人的脸色"刷"地一下白了,问:"你,你这是干什么?"

小成紧紧拽着这男人,走到卧室门口,一把推开房门,顿时,一阵热浪夹着股臭味涌出来,房间里,一个男人躺在血泊中……

那男人顿时目露凶光,扬着戴手铐的双手就向小成砸过来,小成侧身避开,抓住手铐往后一翻,只听那男人一声惨叫,一双手顿时给翻到背后,躺倒在地,再也不能动了。

过了不久,门口突然响起三声轻轻的叩门声,这时,死猪一样躺在地上的男子突然狂叫起来:"有'条子',快跑!"

小成急忙奔到门口,猛地拉开门,只见刚才盯着的那个"爆炸头"正在转头往楼下狂奔,小成大喝一声"站住",跟着往楼下追去。

"爆炸头"像只不要命的兔子,往楼下狂奔,哪晓得刚下了两层楼,便吃了一个绊子,"咚"地一声啃在地上,紧接着被一个人狠狠地压在身下。小成赶过来,见压住"爆炸头"的正是老何,连忙上去帮着绑起"爆炸头",对老何说:"快,楼上还有一个。"

两人拖死狗一样把"爆炸头"拖到702室,那个被小成铐住的家伙正在挣扎着往外逃,刚好被堵了回去。

"爆炸头"对着那男人狂骂:"杜子玉你这个王八蛋,我按照老鬼的指令赶来给你送'路条',你竟然招了'条子'来抓我!"

我服了

杜子玉?那不是公安部A级通缉犯吗?老何连忙搜"爆炸头"身上,很快在他身上搜出一张仿真度极高的假身份证和一本假护照,上面正是那个男子的照片,再一细看那男子,不禁哈哈大笑起来:"哈哈,鼻子垫高了点儿,眼睛弄大了点儿,下巴上还塞了一团肉。杜子玉呀杜子玉,想不到你把窝安到我们这儿了。"

杜子玉没有理会老何,而是死鱼一样翻翻白眼,对小成说:"兄弟,我流窜天南地北十余省,一路上害了八九条人命,没想到来贵地不到两天,却栽在你手上。你是怎么发现我的?"

小成哈哈一笑,说:"你的第一个疑点,是不会操作DVD机,当然,有些居家男人也有这个可能,但紧接着,我发现你在十月天还在卧室开红外线烤火炉,这太违背常理了。"

"即使违背常理,又能说明什么问题?"

小成说:"我当时只觉得反常,还没想透是什么问题,于是接着试探你,借口胃病发了,要服用'苯乐来'。可你虽然承认是医生,却不晓得'苯乐来'就是'扑炎痛',更不知道'扑炎痛'是治疗关节炎的药,并不治胃病。这说明你根本不是医生,也不是这个房间的主人!接着,我想起了发生在莫斯科的一个案例,作案人故意开烤炉使室内气温升高,加速尸体腐败,使侦缉人员不能准确判断被害人的死亡时间。那阵开门时跟热浪一起涌出的异味,我判断很可能是尸臭,于是,趁你找药分神的当口,给你铐上了手铐……"

"爆炸头"听到这里又气得大骂:"杜子玉你这个王八蛋,你每个地方呆不了两天就要跑路的,你还烤尸体不让发现死亡时间干什么?你他妈完全是脱裤子放屁……"

杜子玉回应道:"你懂个屁,快给我闭嘴。"

一旁的老何这时恍然大悟,说:"怪不得各地公安机关抓捕你时总是慢一拍,你虽然不在乎被我们发现是凶手,但你掩盖了作案时间,其实就是掩盖了你的行踪。真是天网恢恢啊,你真是个聪明人,可你的跟头正好栽在你的聪明上。"

小成又笑笑,说:"其实你还有一个大破绽,就是你太想让我喝下那杯水了,虽然请人喝水是人之常情,但你几件反常的事一起做下来,在最后请我喝水时还是露出一丝迫不及待的表情。好在我几年警校的饭没有白吃,嗅出了当时的危险……"

杜子玉绝望地耷拉下头,说:"兄弟,我服了……"

(石维明)
(题图:刘斌昆)

烧钞票

马丁是市警察局的一名侦探,他每个星期都会到离警察局不远的一家小餐馆吃饭,这家餐馆虽然不大,但环境温馨,饭菜也很可口,餐馆的女老板名叫路易丝,她待人亲切,一对美丽的蓝眼睛里似乎总是含着微笑。

可是,最近一段时间,马丁注意到路易丝和以前不一样了,她看上去心事重重,蓝眼睛也失去了动人的光泽。这天,路易丝甚至把别人点的菜端到了马丁的桌子上,马丁忍不住问她是不是遇到了什么麻烦。路易丝苦笑着说,其实也不是什么大不了的事,但这事让她心里憋得难受。马丁疑惑地看着路易丝,路易丝犹豫了一下,说:"您是我的老顾客了,我相信您。"她接着说,"我想问您一个问题,您见过有人烧钞票吗?那是真的钞票,他把钞票烧着玩,还用来点香烟……"

路易丝说的这个烧钞票的人,就是对面饭店的老板阿尔伯特。阿尔伯特开着一家气派的豪华饭店,他曾向路易丝求过婚,可路易丝拒绝了。前一段时间,路易丝的饭店周转不灵,阿尔伯特主动提出借给她五万元钱,路易丝感激地接受了。现在她正在努力分期付款还清债务,每月要还五千元。真正让她难受的,不是那些债务,而是她还钱时那套可怕的仪式:阿尔伯特要求路易丝必须向他支付现金,他按约定的时间来收钱,一拿到钱,他就当着路易丝的面,得意洋洋地把钞票一张张地烧掉。他的目的就是要让路易丝眼看着自己辛苦挣来的钱被烧掉而感到难受。

"他脑子有毛病!"马丁气愤地说,"下次我要到场,亲眼目睹他的所作所为。"

"阿尔伯特巴不得有人看着呢。"路易丝说,"如果你想看的话,我不拦着你。"

马丁吃完饭就告辞了,可他忘不了这件事,他每次走到这条街上,都可以看到那两家饭馆。他仿佛可以看到一个沉默的女人,艰难地挣着每一分钱,而对面一个胖男人则站在门口看着她,脸上一副得意的神情。

接下来一段时间,马丁没再去路易丝的餐馆吃饭,在想出办法帮助路易丝之前,他不忍再看到她忧郁的神情。

这天,马丁正在翻看一个案子的卷宗,突然觉得有个地名很熟悉,他想起来了,路易丝和阿尔伯特的饭店就在那条街上,突然,马丁的脑海里产生了一个大胆的设想。

经过几天的准备,马丁再一次来到了路易丝的餐馆,路易丝见到马丁显得很高兴。吃饭的时候,马丁说,自己一直记着路易丝上次说的事情,不知能不能亲眼目睹一下还钱的场面，当然，她不必告诉阿尔伯特自己是警察。路易丝同意了，她很高兴能有个可靠的人陪她度过这段难熬的时光，她打算向阿尔伯特介绍说，马丁是自己的一位朋友。

还债的时间定在餐馆关门后半小时，马丁来到路易丝的餐馆，从厨房进入里面。他走进餐厅时，发现两人都已经坐在那里了，阿尔伯特的样子让马丁想起中国的弥勒佛，胖胖的，笑容可掬，只是那笑容就像是贴在脸上的一张画。路易丝则表情严肃，显然，她不愿意向对方屈服。

整个还钱的过程非常正式，他们俩都非常有礼貌，路易丝的手提包里放着一个大信封，马丁一坐下，她就掏出信封，从桌子上推过去。

"五千元。"她说，"这是收据，已经填好了。请你签个字。"

谁也没有说什么不得体的话，但是，空气却非常凝重。

阿尔伯特直勾勾地盯了路易丝一会儿，他似乎在等待什么，也许是想看到一丝后悔的表情吧，但是，他什么也没有等到，于是他拿起信封打开，五叠崭新的钞票落到桌面上。马丁看着那些钱，当然，这算不上是一大笔钱，不过，对于马丁和路易丝这样的人来说，这可是辛辛苦苦挣来的，很不容易。

马丁悄悄瞥了路易丝一眼，她纹丝不动地坐在那里，等着收据。

阿尔伯特开始数钱，他那样子就像赌徒在数一叠牌，好像每张钞票都是活的，可以看出，他酷爱钞票。"没错。"他最后说，把那叠钱放到口袋中，然后在收据上签了字，交给路易丝，路易丝把收据放进手提包，站起身就要走。

这时，阿尔伯特发话了："等一等。"他说，"我想应该先抽一支烟。"说着，他掏出一叠钱，用一只手按着，拿出香烟盒让烟，马丁拿了一根香烟，路易丝没有拿。阿尔伯特向前探过身，马丁也探过身，等对方点个火，但是，阿尔伯特笑着撤回了打火机，"这样更好。"他说着，从那叠钱里面抽出一张，点着了，伸了过来。马丁努力使自己保持镇静，没有露出吃惊的样子，看着那张钞票烧完，阿尔伯特又拿出一张钞票点着。

看到对方不为所动，阿尔伯特开始说起来。他谈到开餐馆的艰难，得起早贪黑，忙个不停，顾客又总是那么挑剔，真是不容易啊。他这么说是针对路易丝的，故意让她难受。但是，路易丝仍然一动不动，紧闭双唇。

看到这一招也不灵，阿尔伯特突然抓起整叠的钞票，使劲摇起来。路易丝紧咬牙关一言不发，连眼睛也不眨一下。马丁担心地瞥了她一眼，等他再转过头时，阿尔伯特已经点着了那叠钞票，他邪恶地笑起来："你觉得怎么样，路易丝？你想说什么？"

路易丝仍然一动不动地坐着，眼看着那叠钞票在燃烧。

马丁再也忍不住了，他走上前，猛地打落阿尔伯特手中的钞票，这一下，几百张钞票四处乱飞——地板上、桌子上，到处都是，燃烧的钞票照亮了整个餐厅。

阿尔伯特突然疯了一样去追那些钱，想不到他那么胖的人，动作会那么敏捷。可是马丁的动作更快，他俯身抓起一张烧了一半的钞票，对着灯光把它举起来一看：只见钞票上的油墨都化了，流到了中间。

接下来是长久的沉默，阿尔伯特呆呆地一言不发，马丁把手放到他的肩膀上，拿出了手铐："终于抓到你了。我们一直奇怪，是谁在这条街上造假币。当我听路易丝说有人在烧钞票时，就决定深入调查。"

路易丝张大了嘴，看着这一幕，陷入了茫然。

马丁温和地说："路易丝，你的钱现在都好好地装在他的口袋里呢。他烧掉的这些是做坏的假币，每个造假币的人都有做坏的时候，一般情况下，他们会悄悄地把这些钱销毁。可是，阿尔伯特想烧掉你的钞票来刺激你，做坏的假币正好可以让他派上这个用场！"

"你、你是怎么发现的？"路易丝惊讶地说。

马丁笑着说："路易丝，我调查过了，阿尔伯特是个很吝啬的人，他不会舍得烧真钞票。要知道，警察也可以是心理学家啊！"

(推荐者：成　铃)
(题图：安玉民　梁　丽)

没有主人的宴会

自古只听说没有不散的宴席,还没听说过没有主人的宴会。可这事还真有人碰到过,谁?日本东京某周刊杂志社副编辑兼新闻记者,33岁的小早川正彦。

8月1日早晨7点半,精明果敢的小早川走进办公室,文件包刚放好,传达室便送来了一封信,小早川拆信一看,可就牛犊子叫街——懵门了。写信人与他不沾亲,不带故,无名无姓,却要花好几万元来宴请他小早川。信是这样写的:

小早川正彦先生:
　恕我冒昧,特邀请您于8月1日下午五时来伊豆东海岸津滨东都饭店吃顿便饭,共享这愉快的一夜。

请持本函示饭店的守卫者,自有人作导。附上车资二万元,万勿推却,谢谢。

7月23日海

小早川手拿信,就同黑夜里下黑雪,让人不明不白。他使劲抖了抖信,"忽啦"一下真的从信中掉出了两张一万元的现钞!这下小早川为难了:去吧,怕有人捉弄他;不去吧,钱又没办法给人家邮回,咋办?还是社长山本横一来得爽快,他接信一读就乐了,说:"嘀,人家花钱你坐车,人家付款你吃饭,这么好的事打着灯笼哪儿去寻。去!"小早川这两天劳累过度,确实需要休息。事情赶巧,机会来到,一石二鸟,加上社长趁机劝导,小早川这才应承了下来。

当天下午5点半,小早川来到河津,找到东都饭店,上了五楼'贵宾室',屋里早已就座的二男二女一见,一齐站起来招呼:"坐,主人先生。""什么,主人?"小早川糊涂了。主人不是几位吗,怎么是我呢?小早川赶紧把信掏出来放到桌子上,非常有礼貌地说:"我从东京来,是应邀来赴宴的,让诸位坐等了这么久,真不好意思。""啊,你也不是主人?"小早川不解地看着他们,问道:"诸位也是来赴宴的?""对呀。"先前坐着的四个人说着,各自伸手从包里掏出了一封封邀请信。

小早川一看,嘀,大年初一吃饺子——大家还真是一个样,都是来赴宴的。其中一位50来岁的绅士叫越川宗十郎,从横滨来,是一家贸易公司的董事;那位学生模样的男青年叫香山士郎,从长野来;27岁的女子驹井西诺是从名古屋来;木岛节子是位贵妇人,从东京来。这下可好,五个人都成了化缘的和尚——莫名其妙:怎么宴会没有主人?!闷坐了一会儿,小早川想到去问饭店经理,便说:"各位,我们不能这样坐着,更不能不明不白地吃了饭一走了之。咱先去问问饭店经理再说,好不好?"小早川一提,四个人都点头同意,五个人一起来到了经理室。

东都饭店今天才开业,上上下下,男男女女忙了个灵魂出窍。经理大岛川一更不例外,这阵儿刚回到经理室,忙里偷闲想喘口气,正赶上五位不速之客赶到,只好匆匆迎接道:"女士先生们请坐,敝店才开张,有什么不周之处请多多指教。"小早川很有礼貌地回答道:"打扰经理先生,我们想知道五楼贵宾室里是哪位设的宴会?我想您会给我们满意的答复。"没想到经理听了头像拨浪鼓似地摇了起来,道:"真不好意思。我也没见主人的面。不信,各位看看这封信好了。"经理拉开抽屉,抽出一封信递给了小早川。小早川接过信来一看,信上写道:

东都饭店大岛川一经理先生:

来函请经理先生于8月1日下午5时于贵饭店五楼"贵宾室"设一桌五人宴席,代为招待下列五位女士、先生。他们是:东京的小早川正彦、横滨的越川宗十郎、长野的香山士郎、名古屋的驹井西诺、东京的木岛节子。并呈上饭资及住宿费20万元,不足部分,日后再补,望务必费心招待好以上五位贵客,切切。

7月 23日   海

秃头上的虱子明摆着,主人根本就不想在宴会上露面!

一回到贵宾室,驹井西诺就忍不住了,只听她气呼呼地说:"不是说让我来商量一件重大的秘密吗,怎么又躲起来了?敲着空碗唱大戏——拿我们来穷开心。"木岛节子也挺生气,她说:"是呀,说是要和我说说我丈夫的事情,谁知道原来是耍人!"香山士郎年轻,喜欢痛快,像这样米汤锅里洗澡——糊里糊涂地赴宴,太无趣,这时发牢骚说:"嗨,我是个喜欢别人招待的大傻瓜,可没想到受骗上当。"越川宗十郎听了却不以为然,他哈哈大笑着说:"花了人家的钱,吃了人家的饭,还来埋怨人家,有点不大近人情了吧!看汹涌澎湃的大海,主人不来我们还不是照样快活。"香山见小早川沉默不语,便说:"小早川先生,您的意见呢?"小早川叹了口气说:"玩玩是不错,只是我还有件没有头绪的案子等着我回去办呢。"听说小早川在办一件案子,大伙都想让他讲出来,也好解解闷。

一个月前,小早川为采访带着几位摄影人员到歌山县白滨温泉"忘归庄旅社"住下。大约夜里两点,他们几个人正猜拳行令豪饮威士忌,忽然窗外传来吵吵嚷嚷的人声,小早川打开窗子一看,灯光下边的柏油马路上正躺着一位少女,满头满脸的血,人死过去了。一打听,原来这女子叫久留米铃子,25岁,是忘归庄旅社515号房间的房客。她手提包里有三封遗书。一封写给父母,一封写给姐姐,一封给公司里的主管领导,说她爱上了有妇之夫,不能自拔,要到忘归庄旅社来自杀。死者手里还捏了一方写有"S·K"字样的手帕。

香山听完,很失望地说:"这是6月20号晚上的事,不新鲜。"小早川感到吃惊,马上问香山:"你怎么知道?""那天我在那里住过呀。""什么?6月20号你在忘归庄旅社住过?"小早川突然意识到了什么,转身向在座的其他三位道:"对不起,诸位,请问6月20号还有哪位在忘归庄旅社住过?"三个人都不解地点了点头说住过。小早川一跃而起,满脸激动,叫道:"原来如此,我明白谁是主人了!"四个人莫名其妙地看着他。小早川看着大家,一字一顿地说出了一个人的名字,四个人可就傻眼了:八只眼睛八盏灯,四张嘴巴四扇窗,老半天都没合得起来。

小早川说的这人不是别人，正是久留米铃子的姐姐！据小早川了解，久留米铃子自杀的时候，她姐姐正在国外旅行。姐姐回国后知道了妹妹的死讯，痛不欲生。出国前姊妹二人长期住在一起，感情甚笃，现在妹妹死了，姐姐全力以赴操办了妹妹的丧事，不想从中发现了破绽。妹妹不是自杀，是他杀！为证实自己的结论，姐姐做了多方努力，她要查出凶手，为妹妹报仇。今天这场别出心裁的宴会，便是姐姐的有意安排。

小早川这么一说，几个人可就泥菩萨身上长草——慌了神了。你想，贵客变成嫌疑犯，搁馊了的香菇面，吃起来还有什么味？越川不满地向小早川说："小早川先生，我不明白，就算是他杀，她姐姐干吗不找张三，不找李四，偏偏把我们五位骗来？难道她怀疑我们五个人里面有一个真凶？"

小早川肯定地点了点头说："正是这样。"说着，他先把自己的名片拿出来放到了餐桌的中央，又对其他四人说："请各位也把你们的名片拿出来吧。"

几个人你看看我，我看看你，身不由己地掏出名片放到餐桌上。小早川说："各位不妨看一下我们五位的名字的缩写是什么。"大家拿眼一瞅，乖乖，都是 S·K！小早川说："这就是久留米铃子的姐姐怀疑我们五位的理由。看来她查阅了6月20日在忘归庄旅社住宿的所有人，发现我们五个人的名字缩写与手帕上的 S·K 相同，于是她怀疑我们，想会会我们。不过她为什么不肯公开露面呢？"

问题搞大了，屋里的五个人，现在留也得留，不留也得留，谁走谁就等于自供自己是凶手了。

这时候侍者进来收拾杯盏碗筷。小早川向侍者说："请打电话叫警察来一下。"唱戏的进局子，小早川竟动开了真格。这可吓坏了驹井，她战战兢兢地问小早川道:"小早川先生,莫非您已经知道凶手是谁了?"小早川肯定地点了点头。"谁?"八只眼睛一齐投了过来,就像八盏探照灯似的,恨不能一下子探出小早川心里的秘密。

等侍者一走,木岛不自然地坐回原座后,小早川说:"久留米铃子的姐姐把五个相同发音的人集中起来,因而迈了关键性的一步。下一步我们可以十分容易地把圈子再缩,缩成两个人。""哪两个人?"小早川把眼光从驹井身上移到木岛身上,又从木岛身上移回到驹井身上,半天才说:"两位女士!"

"什么?你凭什么敢这样放肆?""你不怕我们控告你?"驹井和木岛全都激动得跳了起来。小早川说:"控告嘛,我倒不怕,理由嘛,也有一点,两位女士是不是静下来听一听啊?"

小早川不紧不慢、不冷不热的几句话逼着驹井和木岛只好乖乖地坐下来。小早川这才一字一顿地说:"久留米铃子自杀的时间是深夜两点,房门一定关得牢牢的,只有女人才有办法叫开门。试想,一个男人半夜叫一个女人的门,结果会怎样呢?这是其一。其二,手帕对男人来讲,是件实用品,擦汗用的,擦完汗口袋里一塞,没了用处。手帕对女人来说,却是一种小小的道具,拿在手里以助说话的姿势。凶手行凶时,手里拿的正是这种小道具,在亲亲热热和久留米铃子说话,冷不防地把久留米铃子推下窗去,手帕是一直握在手里的。久留米铃子绝望中本想抓住她的手腕,不想只抓住了这方手帕。正是这方手帕帮助了我们,暴露了凶手。"

越川还不满足,非要打破砂锅问到底,说:"小早川先生,您这话还不能自圆其说。我不明白,既然久留米铃子留下了三封遗书要自杀,为什么凶手还要害她呢?难道凶手不知道这一切?"小早川拿眼睨了一下驹井，惋惜地说："是啊，凶手并不知道久留米铃子要走绝路，当然更不知道她留下了三封遗书，不然的话，她何必自找麻烦。"香山好奇心又起，不觉开口道："凶手要杀久留米铃子，那她们之间一定有什么深仇大恨了？"小早川撇了撇嘴说："久留米铃子爱上了这位妇人的丈夫。女人嘛，对第三者插足的仇恨往往很深很深。可这位妇人哪里知道，在她和丈夫吵闹之后，久留米铃子早已毅然决然地和她丈夫分手了。"

讲到这里，小早川出其不意地问木岛："木岛夫人，您说对吧？"木岛一直在用心听小早川的分析，听小早川唤她，条件反射似地惊叫了一声："原来他俩早已分手了？"突然她醒悟到了什么，脸色一下子变得惨白，立刻瘫倒在椅子上，嘤嘤地啜泣起来了。

驹井见状，深深地叹了一口气说："没想到事情会这么复杂。"接着郑重其事地说，"我没有丈夫，独身。"小早川听了，十分坦然地笑道："我要查的就是这个，完了。"一会儿，警察来了，小早川向趴在桌子上抽噎的木岛一努嘴，木岛被带了下去。

剩下的四个人呆呆地站着，恍若梦中。突然，越川高兴地大叫起来："小早川先生，不要骗我们了，您肯定是这次宴会的真正的主人。"小早川轻轻摇了摇头，笑着向驹井说："驹井小姐，怎么，您还不想公开您的身份吗？"驹井一愣，接着嘻嘻地笑了，说："我就知道逃不过你眼睛的。"她转身看了看越川和香山，说："小早川先生太机敏了，所以我一直担心被他揭破身份，便绞尽脑汁来逢场作戏，不想还是被他认了出来。"

越川、香山又是一愣，原来驹井西诺才是那个不肯露面的宴会主人！

小早川说的不错，驹井回国后发现妹妹的死不是自杀而是他杀，并由手帕想到了凶手的姓名，于是到旅社查了住宿登记簿，发现了四个 S·K 发音的名字。驹井苦苦思索了几天，最后断定凶手就是这四个人中的一个。

但真凶到底是谁呢？无法确定。最后她想先与这四个人见见面，摸摸底再说。她想到了宴会，在嘻嘻哈哈的友好气氛中兴许会得到点什么。只是她没有考虑出进一步的行动方案，生怕宴会上找不出凶手，自己反而被动丢丑，这才不得不隐去真实的身份。谁知宴会上小早川意外地帮了她大忙，导致了这次宴会出奇的成功。

越川一听可就埋怨开了："我说驹井小姐，您这一隐姓埋名，我们可就苦了。这场惊心的宴会把我都吓出了一身冷汗呢。"驹井笑着说："对不起，诸位先生。下次我一定邀请你们到名古屋来，我要名符其实地当一回真正的宴会的主人，给各位压惊，怎么样？""好！"立刻，贵宾室里荡漾起了一片舒心的欢笑……

（改编：温福生）
（题图：袁银昌）

一只绣花鞋

河北定州有个庄稼人,名叫大根,二十来岁年纪,娶了个十八岁的妻子枣花,生得漂漂亮亮的,谁见了都要称赞几声。人人说大根真是好福气,能娶上这么个好妻子。

枣花漂亮,大根自然非常疼爱她。不过也是因为枣花实在太漂亮了,为此,大根脑子里的那根弦一直紧绷着。

这年秋收完毕,枣花娘家的村子里请了个戏班子来演戏酬神,枣花的父亲派人来接闺女回娘家。

枣花回娘家,才住了三天,大根就熬不住了。急匆匆赶到丈人家去接媳妇,说是老娘操劳过度,老毛病发了,要枣花赶紧回家。

枣花一听,不乐意了,嘟起嘴巴说:"社戏今天是最后一夜,你就让我看完吧。婆婆生病,夜里也没啥事情好做的。我明天一早就赶回来,总也耽误不了什么的吧?"枣花的几个小姐妹也在边上帮腔,都说大根哪像个大男人,小里小气的不像话。

大根回家,总觉得这口气咽不下,非要想办法报复报复不可!于是又趁着夜色,一个人悄悄地赶到了枣花娘家的村子里。

到那儿一看,社戏早开了场。枣花家有间矮房子正好在戏台对面,枣花跟她娘家的几个小姐妹们正坐在房顶平台上看戏。台上演的是《张骨董借妻》,演张骨董的艺人很会做戏,惹得枣花老是咧开了嘴笑个不停。谁知道枣花越是开心,大根就越是懊恼。他老远看见枣花在指手划脚地说笑,就一个人从人堆里曲曲弯弯地挤过去,躲到了屋檐下。这时候场上黑咕隆咚的,戏台上又敲着震耳的锣鼓,谁也没注意到大根。再说枣花看戏看出了神,不知不觉地就把两只脚都挂到了屋檐下。大根一抬头,正好看到枣花的一只脚,就踮起脚跟,悄悄地把枣花的一只绣花鞋给脱了下来。枣花一门心思在看戏,竟一点也没有觉察。

大根把这只绣花鞋藏在怀里,再也没有心思看戏了,就又挤出人群,急急忙忙赶回家,关门睡觉,连老母亲也不给她说,心里在想,明天早上枣花回来,非要好好羞辱她一番不可,谁叫她不肯跟我一起回家的。

再说枣花,忽然觉得脚上怎么凉飕飕的,一摸,鞋子没有了!这可如何是好?村子里这么多亲戚,张扬出去,满身都是嘴也辩不清的。枣花想到这里,哪里还有心思看戏?就一个人悄悄地下了屋,到房里找了一块布包了脚,跟爸妈说,得马上赶回家去。爸妈觉得奇怪,却又拗不过这个宝贝女儿,走就走吧,反正是别人家的人了,也管不住。又听说女儿脚里没力气,就派了一个大妈,牵了头驴送她。

到了家,婆婆还没睡,一开门就说:"咦,你男人说你要明天才回来的,怎么你摸黑就赶来了?"枣花笑笑说:"听说你病了,怕你着急,所以就急急地赶了来。"说完话,她谢过送她来的大妈,打发她上路回去,就一个人悄悄进了屋。原来枣花心里有个打算,就想趁着黑夜赶回家,悄悄换上一双鞋,神不知鬼不觉的就可以把这事遮掩过关。谁知道她这事骗得了爸妈、骗得了婆婆,却骗不了大根。为啥?这鞋不就是大根脱去的吗。

枣花进屋,不敢点灯,摸黑就去找鞋。大根早就惊醒了,他翻身坐起,劈头就扔过去一句话:"我还以为你跟那戏子跑了呢,还回来干啥?"枣花知道男人生气,也不答辩,就想等大根快睡,好去找鞋。谁知大根就是不睡,又说:"怎么不点灯?"枣花一惊,连忙说:"夜里没火种。算了,你先睡吧。"

大根怎会听她的,一骨碌爬起,就去点灯。这下,什么都看清楚了。大根只当不知道,故意说:"咦,你的脚怎么肿了?来,让我瞧瞧。"枣花还想蒙混,伸出那只穿鞋的脚去。大根眼疾手快,一把拽住另一只脚,问道:"鞋子哪里去了?为什么包了块布?"

事到如今,还有什么话好说。枣花只好低下头,脸上红一阵白一阵的,恨不得找个地洞来钻。大根呢,正好借题发挥,就指桑骂槐地大吵大骂起来:"好哇,你男人跑老远路来请你,你摆架子不肯回来。你在戏场上搞的什么名堂?你是瞎子吃饺子,自己心里有数。鞋子明明穿在你的脚上,你不情愿,别人能脱下来吗?哼!你以为你长得漂亮,就该我来求你吗?如今你干出这种丑事来,还值几文钱?就是你跪下来求我,我还不要你呢。"大根越说越得意,憋在肚子里的闷气全借着这个由头发泄了出来,心想这样一来,枣花在他面前就再也不敢摆架子了。

谁知道大根的如意算盘却打错了,你想,这种事也好开玩笑的吗?女人最怕的就是这种事,如今却偏偏遇上了。枣花年纪还轻,怎么想得开?一时冲动,就挂了根布条子悬梁自尽了。

等到大根发觉不对头,再爬起身去寻人,枣花的身体早已经冰凉冰凉的了。大根一阵惊慌,赶紧把枣花抱下来,又后悔又害怕,七想八想,忽然想到枣花是深夜回家的,邻居都不知道,索性把尸体藏起来,再到她娘家去要人,这事岂不就跟我没牵连了吗?于是一不做二不休,背起尸体朝外走,来到关帝庙门口,把尸体朝水井里"扑通"一扔,转身就回了家。

第二天,他也没跟老娘打招呼,一个人就上枣花娘家去了。到那儿一问,丈人说枣花昨夜就回去的,大根硬说没见回来。翁婿两人越说越不投机,拉拉扯扯就告到官府。

定州知府姓胡,人却一点也不胡涂,一来二去,就弄清了事实真相。

胡知府忙派差役去井里捞尸体,捞上来一看,这回连大根也傻眼了,不是自己妻子枣花,却是一个光头和尚,周围的人都认识他,就住在关帝庙里,名叫了空。

了空和尚怎么会死在井里的呢?说起来这里有一段插曲。原来枣花被扔进井里的时候,凑巧搁在一块水浅的地方,头颈里的带子反倒松脱了。井里又冷,正好使她苏醒过来,用手一摸,四周全是水,这是什么地方?弄不明白,只好"哇啦哇啦"喊救命。五更头,了空和尚早起提水浇菜,听得哭声,就到井边来看。一问,是大根的老婆枣花,都认识的,就扔下长绳子,想拉她上来。枣花力气小,又受了惊吓,心慌意乱,怎么也攥不紧那绳子。正在这时候,又过来一个木匠师傅,说这还不好办,让和尚也下井去,把绳子缚在枣花腰里,不就拽上来了吗?和尚一听,是有道理,就照办了。谁知道那木匠把枣花拉上来一看,哟,这么漂亮!不觉起了邪念,就假惺惺扶枣花到那边高墩上休息,说自己还要去拉和尚上来。枣花不知是计,言听计从。那木匠回去,找了块石头狠命朝井里一砸,正好砸在和尚头上,和尚当即一命呜呼。等到枣花发觉,要想逃,已经来不及了。木匠又是恫吓,又是哄骗,说枣花已经上了贼船,别无他法,只有跟着他远走高飞,才是唯一出路。

那木匠家中光棍一人,就住在村口,倒也僻静,两个人准备先躲上一两天,等过了这个风头,就远走高飞。第二天,枣花对木匠说:"我脚上的鞋子全丢了,怎么办?"原来,枣花的一只鞋,是看戏时丢的;还有一只鞋,是陷在井里的污泥之中,从井里上来时,又掉了。没有鞋,怎么走路?木匠是光棍,家中自然没有女人鞋子,只好到外面去想办法。

木匠出门一打听,人们都在说枣花失踪和了空和尚死在井里的事。大家虽然并没有怀疑木匠,木匠毕竟有心虚,哪里还敢声张要搞一双女人鞋子的事,只好东转转,西逛逛,寻找适当的机会。到傍晚的时候,木匠走在田埂上,忽然眼睛一亮,看见路边扔着一双女人的绣花鞋,不觉欣喜若狂,连忙朝四周一看,见没有行人来往,就悄悄拾起来,揣在怀里,回家去了。

回到家,把鞋子递给枣花。枣花一看,不觉又是一愣,怎么搞的?这不就是我自己穿的那双鞋子吗?一只丢在戏场上,一只丢在井里,怎么全跑到你手里来了呢?

枣花刚想开口问,早有两个差役破门而入,二话没说,就把木匠捆绑起来。原来,这正是胡知府设下的计谋,在发现和尚尸体之后,只从井里找到一只绣花鞋,和大根手里那只正好是一对。胡知府是聪明人,早就心中有了数,估计枣花没有鞋,一时也走不远,就故意把鞋扔在路边,引凶手上钩。这不,木匠是病急乱投医,为了找鞋,反而上了钩。

到了这一步,案情终于大白。木匠杀人,自然一命抵一命,判处死刑。

大根因此被判罚劳役,吃足了苦头。枣花呢,从此不想再跟大根在一起过日子了。胡知府倒也很同情她,当堂判他们夫妻离婚。后来,枣花又改嫁了一个老实人,日子倒也过得蛮好。

(顾希佳)
(题图:张恩卫)

珍珠案

清朝乾隆年间,京城出了一桩珍珠案。

有一家当铺,在京城里算是数一数二的大字号。这天早晨刚开门板,一前一后进来两个人,前面那个二十多岁,穿绸挂缎;后面那个三十来岁,布衣布鞋,手里提着个黄绫包袱。只见前面那个来到当铺的高柜台前面,扭过身子把手一伸,后面那个家人模样的人连忙解开黄绫包袱,从里面拿出个盒子。前面那个接过盒子,往当铺的高柜台上一举,说:"当当。"

当铺掌柜接过盒子一看,是楠木做的,一尺来长,三寸来宽,盒盖儿上雕着花,漆得净光瓦亮。再打开盒子一看,他立时呆了,里面装的是一串儿珍珠,整整十颗,都有小鸽蛋那么大,个顶个亮得晃人眼睛。掌柜的五十来岁了,十几岁就在当铺里作营生,见过的珍珠上千颗,可从来没见过这样大、这样晃眼的,只听说古代有过,论价值少说也值一万两银子。掌柜的看呆了,对当当的说:"这么贵重的东西,不该当呀!"

当当的说:"有点儿急用。"

掌柜的怕上当受骗,又仔细看了看两个人,不像小偷,更不像强盗,前面那个是有钱人家的公子,准是出了用钱的急事儿,一时凑不上,才领着家人来当的,这就合计起生意来:"你打算当多少钱?"

当当的说:"这一串儿珍珠,照时价少说能卖一万两银子,可这是我的传家之宝,不能卖,就到你这儿当了,弄两千两银子应急,用不上一个月就来赎。"

价值万两银子的宝贝才当两千两银子,太便宜了!掌柜的本想立时成交,可他知道柜上银库里的银子只有两千两,要是接了这份儿当,再来当当的就没有银子付了,这就讨起价来:"一千八百两吧!"

当当的听了,把嘴一撇,踮起脚,伸手从掌柜手里夺过楠木盒子,说:"一千八百两?一千九百九十九两也不当,你把宝贝当成石头了!京城里有的是当铺,偏在你这棵歪脖树上吊死?走!"

两个人转身就往外走。掌柜的怕这件宝贝落到别的当铺,连忙喊:"别走,别走,好商量,好商量。"

两个当当的头也不回,出了当铺的大门。掌柜的急了,从高柜台后面跑出来,撵出门外,拦住当当的,说:"好商量嘛,两千两就两千两。"

当当的回来了,把楠木盒子交给掌柜的。掌柜的问:"多久来赎?"

当当的说:"一个月为期吧!"

掌柜的说:"那好。照当铺的规矩,当贵重的东西担风险,两千两银子一个月得抽佣一百两。"

当当的挺爽快地说:"就照你们的规矩办,多多少少咱不在乎!"

掌柜的叫伙计开了当票,自个儿到账房支了一千九百两银子,连当票一块儿交给当当的,两个当当的一前一后走了。

正在这时候,掌柜的一位老朋友从外地来了,掌柜的没顾得把这件宝贝入库,随手拿着,和朋友一块儿进了客厅。他高兴啊,这家当铺,一天抽佣一百来两银子就算大进项,今个一项就抽佣一百两!再说,当当的要是到期不赎,这宝贝就成自己的了,转手就能卖上一万两,那可就发大财了!因为高兴,也没跟老朋友说几句见面话,到客厅坐下就显露出来:"我得了件宝贝。"

老朋友要见识见识这件宝贝,掌柜的就打开楠木盒子。这一看,差点儿背了气。怎么啦?盒子里装的不是那串儿珍珠,是十个石头蛋儿。上了当,受了骗,真是打雁没打着,反叫雁儿啄了眼!他顾不得接待老朋友,拿起装着石头蛋儿的楠木盒子就往外跑。他在京城的大街和胡同跑了一天,连晌午饭都没吃,也没看见那两个当当的影儿。人到急眼的时候,精明的也都傻了,京城那么大的地面,那么多的人,骗你的人还能叫你看见?

傍黑,掌柜的耷拉着脑袋回来了,没心没肠地陪着老朋友喝了几盅酒,吃了点儿饭,就仰着身子躺在炕上瞅着屋脊愣神儿。老朋友给出了个主意:"人们都说刑部尚书刘墉刘大人是个清官,你就到刑部衙门报个案,刘大人要插手这个案子,准能破。"

几句话提醒了掌柜的。是啊,刘墉刘大人在当时是出了名的清官,什么案子都能断个水落石出,连难破的无头案都破了不少,破这个珍珠案有什么难的?就这么办。

掌柜的一宿没睡觉,第二天日出卯时,就拿着装石头的楠木盒子到刑部衙门门口等上了。那天,刘墉正在审一个杀人案子,直到巳时才轮到掌柜的上堂。他把前情后景一说,刘墉要过楠木盒子,看了外面看里面,又掂量了掂量,冷不丁把眼一瞪,把楠木盒子往堂下一摔,成了两瓣儿了!刘墉又拍了几下惊堂木,大声说:"你有眼无珠,把假的看成真的,还来告状?别说一千九百两银子,就是一万九千两,也是你自找倒霉。滚!"

掌柜的还想求刘墉开恩,可是刘墉退堂了。掌柜的没有办法,只好走。那时候,衙门审案子让人看,因为刘墉先审的是杀人案,来看的人挺多,顺便儿也看当铺掌柜的案子。这些人都瞅着掌柜的笑。本来嘛,那么个大当铺的掌柜,叫人骗了,又挨了刘大人的训斥,楠木盒子也碎了,还不招人笑!

掌柜的回了家,这个难过呀,眼见那一千九百两银子扔到水里都不响,还叫刘大人好一顿训斥。他心里恨恨地骂道:"什么清官?清官还有不为民做主的?"

就在这天傍黑,来了一帮强盗,砸门打户,把当铺抢了。赶到衙门派兵来的时候,这帮强盗早跑得没有影儿了!真是祸不单行。掌柜的粗略地查了一下,抢去的都是珠宝玉器,金银没抢去多少,这是因为白天付了当珍珠的银子,银库里剩的金银不多。掌柜的哭天号地起来,不能过了,不收当还行,可是怎么应付赎当的?一没物,二没钱,这不是活要人命嘛!

当铺遭抢的事儿很快传出去了,人都说当铺掌柜的今年许是凶星照命,到倒霉的时候喝口凉水都塞牙。

第二天,掌柜的硬着头皮开了门板。来做生意的人倒不少,可没有一个当当的,都是赎当的,连那些当期没到的,都抢着来赎,他们担心万一当铺掌柜放横赖账,还能剥他的皮顶账不成?赶早不赶晚。掌柜的急得浑身直淌冷汗,咬着牙把几年攒下的几百两银子的家底儿从老婆手里要出来，都付出去了。第二天头晌，连老婆戴的簪子、镏子、镯子也都折价顶了数。看热闹的人在门外站了好几层。

第二天下晌，掌柜的最害怕的事儿来了：那个当珍珠的公子，还是穿绸挂缎，大摇大摆地来到当铺的高柜台前面，把两千两银子和当票一块儿扔到柜台上，说："赎当。"

掌柜的一看，是你呀，好小子，我都倾家荡产了，你又来伤口上撒盐！顿时气头儿从嗓子眼儿直往外冒，他一脚儿从高柜台后面蹦出来，抓住那个当当的衣领子说："好啊，你小子骗人，走，到刑部衙门去！"

当当的眼明手快，连忙跳脚把银子和当票从高柜台上拿下来，揣进怀里，龇了龇牙说："上刑部衙门？嗨，楠木盒子碎了，刘大人骂你有眼无珠，你还敢上刑部衙门？"

掌柜的说："豁出我这条老命不要了，也得跟你打官司。"

当当的又龇了龇牙说："我有票为证，就是到皇帝那儿，你也得赔我一万两银子。要是好说好商量，给你个面子，就算八千两吧！"

掌柜的拽着当当的衣裳领子，非上衙门不可，两个人你扯我拽，看热闹的人越来越多。这时候，从看热闹的人群里走出两个人来拉架，问是怎么个事儿。当当的理直气壮地说他在这儿当了一串儿珠子，当铺掌柜的如今不认账。他刚讲完，那两人中一人从怀里掏出个木牌儿，往这个当当的眼前一亮，原来这两个人是刑部衙门的差役，那木牌儿是刑部衙门的拘票。那时候的刑部衙门，是管打官司的最高衙门，连皇亲国戚、文臣武将，见了刑部衙门的拘票都得到刑部衙门听审，别说你是个黎民百姓。那个当当的见了拘票，嘴还硬："我当珠子不犯罪，拘我干什么？"

差役说："刘大人差俺俩在人群里看，谁来赎那一串儿珠子就拘谁。你有理跟刘大人讲去。"

两个差役拘了当当的，又叫当铺掌柜也到刑部衙门去一趟。当铺掌柜有点儿发懵：刘大人摔了楠木盒子，骂我有眼无珠，不理我这个案子，今儿个怎么又派人拘了那个当当的？

其实，刘大人是个清官，对这样骗人诈财的案子哪能不管？那天，他听了当铺掌柜说的前情后景，又翻来覆去看了楠木盒子和里面装的石头蛋儿，琢磨这是两个骗子预先商量好了，装模作样地去当当，先拿出来的是真货。他们知道买卖人做生意都要讨价还价，听掌柜的减了二百两银子，就假装不当，要回真货转身就走。他们也明白买卖人见利不让，非攥不可，就在出了门那一会儿，把真货换成石头蛋儿。到底是不是这码事儿，得先找到当当的。他摔楠木盒子，训斥当铺掌柜，是叫看热闹的人传出去，给当当的一颗安心丸吃。紧接着，在当天傍黑的时候，派人装扮成强盗抢了当铺。当当的要真是骗子，就一准是得了金马驹儿想它娘的主儿，听说当铺遭抢，非来赎当不可，再做一回骗人钱财的买卖。于是在当铺遭抢的第二天，刘大人就派了差役穿上便服，挤在看热闹的人群里，一见鱼上钩，就把他拘到刑部衙门。

当当的找到了，刘墉升堂审案。起先，当当的不招，还反咬一口，说当铺掌柜的耍鬼儿，想赖他的传家之宝。刘大人叫"上刑"，刚上了点儿小刑，这小子就招。原来，他的祖上有一辈儿出了个宰相，攒下了家私，那一串儿珍珠就是那时候传下来的，传了十来代了，到他这一代，不务正业，一大摊家产都叫他吃喝嫖赌作践得溜光，实在再没有可折腾的，才拿出这个传家宝。原先想拿到珠宝店卖了，又一想，那就连根儿都烂了，就想出到当铺骗钱的主意，骗上两千两银子，就能作践三年两载的，作践光了再说。这就找了个赌友，装扮成他的家人，骗了当铺掌柜的。

刘墉派人把那个赌友抓来了,一审问,供的一样。再派人到当当的家乡访听,一点儿不错。刘墉就把两千两银子断给了当铺掌柜。

断案的时候,当铺掌柜在场,他刚想谢刘大人,刘墉已经退了堂。他冲着大堂跪下,连磕三个响头,说:"好清官,好清官,刘大人真是清官!"

那以后,刘墉断珍珠案的事儿就传开了。

(搜集整理:王荷清)
(题图:蔡解强)

真正的杀招

东州城出现了一个飞贼,此贼开始时只是偶尔作一次案,后来,愈加张狂,频繁作案,再后来不分昼夜,只要兴趣一起,便动手作案。完了还在墙上题诗一首,把城里的名捕赵之焕嘲笑一番。

赵之焕无奈之下想到了授业恩师——京城总捕欧阳华。

欧阳华今年八十岁,须眉皆白,行走之间已然不便。赵之焕把此事述说了一遍,欧阳华听后,陷入沉思中,很久才说:"你是说他最近白天也作案了?""不错,这正是令弟子困惑的地方。平常,飞贼只要听说官府插手,至少会收敛一些,可是此贼却根本不把官府放在眼里。"欧阳华想了想,说:"我跟你去一趟吧。"

总捕欧阳华要来东州城的消息一传十,十传百,很快就在东州城传开了。这欧阳老爷子的名气太大了,据说他任捕快几十年来,还没有破不了的案子,硬是靠真本事一步步地爬上了刑部总捕的位子。

也许是惧怕欧阳华,连着几日,飞贼也没有出来作案。赵之焕心里便有些得意起来,可欧阳华却忧心忡忡地说:"以我对他的判断,估计他很快就会作案。"

果然不出欧阳华所料。天一亮,赵之焕便接到报案,城中又有一富户失窃,他忙请恩师一起前去勘察现场。一到那里,赵之焕已经肯定是那飞贼所为:现场干干净净,不留任何线索,庭院正中那雪白的墙上,又有那飞贼题写的一首打油诗:天地我独行,敢笑世间人;名捕与总捕,能奈我如何!

欧阳华很仔细地看完诗,叫道:"好字!"

赵之焕问道:"师傅,你可查出了什么线索?"

欧阳华摇摇头说:"案子做得干净利落,没留下任何蛛丝马迹。对了,你注意到他的字没有?"赵之焕莫名其妙地摇摇头,道:"这有什么关系吗?莫非字里有什么线索?"

"你啊,就知道破案,也不好好看那字,"欧阳华咂咂嘴,"好字好字,飞扬跋扈,不可一世。"赵之焕愣了一愣,暗想师傅果然已经老了。

接下来,欧阳华的表现更是让赵之焕失望,他原本以为师傅会下令四处搜捕飞贼,没想到他老人家成天呆在屋子里,似乎忘了飞贼一事。

飞贼也好像知道总捕奈何不了他,为弥补前几天没有作案的损失,有时一天就能作案四五起。赵之焕一肚子怨气无处可发,就进了一家位于闹市区的酒楼买醉去了。

刚一坐下,就听到旁边有人在聊天。一个大嗓门说:"我敢打赌,这飞贼是天上偷星下凡，要不怎么赵捕头和欧阳老爷子都抓不到他？"

一个尖嗓子的人却反驳道："话不能这么说，欧阳老爷子是总捕，赵捕头也是不差的，相信一定可以抓到他的。"

"我看未必，那欧阳老爷子都七老八十了，走路尚且吃力，哪里还能动手抓人？再说赵捕头，这么久连飞贼是谁都不知道……"

那两人说着说着争吵了起来，引来了很多人围观。围观的人又分成两派，有说官府厉害的，有说飞贼厉害的，争论不休。到最后，一个瘦得像排骨的中年人，竟宣称道："我要是那飞贼，就到官府去走一趟，看看什么总捕和名捕能不能抓到我！"

赵之焕气坏了，把酒杯一推，赶回衙门。欧阳华正在下棋，左手执黑，右手执白，落子极快，见他进来，说："对了，那飞贼这几天又做了几起案子？"

赵之焕把这些天飞贼作案时题写的诗拿出来，厚厚的一叠。这是师傅叫他这么做的，临摹诗不算，还要他注明题诗的顺序。欧阳华接过来，一张张仔仔细细地查看起来，看到最后一张，微笑着说："差不多了。"

赵之焕忙问他是什么意思。老爷子指着那些诗说："你仔细看看这上面的字，前后有什么不同？"赵之焕一看，他只能看出这字写得不错，一个个龙飞凤舞的，端的是好看。

欧阳华叹道，"这都怪我，当初只教了你破案之法，没教你书法。"接着，他面色一沉，"你马上去布置机关暗器，记住，各种机关都要比平时多上一倍。"赵之焕困惑地说："师傅，在哪布置啊？"

欧阳华笑了笑，用脚跺了跺脚下，说："就在这屋子里，当然，外面也要布置的。"

赵之焕吃惊不小，说："你是说飞贼会来这里？"

"不出意外的话，不在今晚就在明夜。"

赵之焕虽然满腹疑问，但还是按照师傅的要求一步步安排停当。

布置完毕，欧阳华就叫赵之焕跟他下起棋来。夜深人静，老爷子没有停止下棋的意思。赵之焕心急如焚，一来他担心师傅的判断是错的，飞贼不可能有这么大的胆子来衙门里；二来他也担心万一飞贼来了，那些机关是否能抓到他……正胡思乱想间，突然，从外面传来一阵衣袂飘动的声音。赵之焕猛地一震，就要起身。欧阳华抓住了他，这时他才发现师傅的手也是汗津津的。他感觉出来，师傅心里其实也很紧张。

外面响起了几声奇怪的声音，显然，飞贼也发现了那些机关，正在一一破解。不多时，就见一个人影从外面进来了。欧阳华拍了拍手说："老朽已在此恭候多时。"

那飞贼愣了愣，说："你知道我今晚会来？我倒要洗耳恭听你是怎么知道我要来的？"

不仅是飞贼，赵之焕也很想知道其中的道理。

欧阳华把桌上那些诗的摹本亮了亮，说："其实很简单，是你的大作告诉我的。"

飞贼看了一眼，困惑不解地说："哦，你倒是颇有心计，把它们都临摹了一遍。不过，这里面有什么机关吗？"

欧阳华大笑道："从一个人的字迹上可以看出来一个人当时的心境。看到了那上面的数字了吗？正是你作案的次序，越到后来，你的字越是张扬，但里面又传达出强烈的寂寞感。是啊，一个人做了这么多大案子，又不能跟任何人说，当然就寂寞了。你最后一首诗上充满了想要向人诉说的欲望，告诉谁呢？普通人就算知道了你是谁，你也没有多大的满足感，所以，我就是最佳人选了。"

飞贼拍手笑道："不错，欧阳华不愧为天下第一神捕。"说着，他掀开面巾。赵之焕看得真切，此人正是酒楼里那瘦得像排骨的中年人。飞贼又道："可是，就算你算准了，却又能奈我何？"

赵之焕再也忍不住了，他拔出刀来猛地扑了上去，一招"泰山压顶"，挟风带雷般向飞贼扑去。但他的刀刚砍下去，却发现飞贼已经不见了，赵之焕一招落空，紧接又是第二招，但飞贼却根本不与他正面交锋，只是用高超的轻功与他周旋。时间一久，赵之焕力气接不上，动作渐渐慢了下来。

可飞贼身姿依然那么轻快，最后"呼"一声，夹住屋梁，狂笑道："如此笨拙，却要来抓我！"话音未落，屋顶上突然落下一张大网，正好将他罩住，但他反应极快，在下落的过程已经抽出宝刀将网划破，等落到地上时，他已经跃至屋外，可刚丢下一句："神捕不过如此……"话音未落，就被外面守候多时的两个人擒住，夹着他从外面跃进屋来。

"大人，飞贼已经抓到了！"

赵之焕一看，竟然是在酒馆中争吵的那两个汉子。赵之焕看了看师傅，这才突然明白老爷子暗中带了高手来，先故作低调，激起飞贼的狂妄之心，接着，又令人在酒肆里"争吵"，进一步刺激飞贼，使其落入陷阱。至于从飞贼的字中猜测他会到来，那当然是假的，目的只是从心理上震慑飞贼，而那些机关，也只是为了让飞贼生出轻视之意，真正的杀招却是他带来的那两个高手。

赵之焕从年迈的师傅那里又学到了一招：当捕快并不是武功好就行，更重要的是要动脑子！

（吴宏庆）

（题图：黄全昌）

照片里的秘密

人要发财推也推不了。就说席岸吧,搞了三十年摄影,筹备三年,才弄成一个"席岸摄影展览"。三天却只卖出去十四张票,眼见得挣回本钱是没希望了,就在这时候,财神爷撞上门来。

那天晚上,都十点多了,席岸接到了一个电话。对方说话声音很低:"席岸吗? 你是不是在博物馆搞了个摄影展览?""是啊! 你是谁?""这你甭问。我想买下你的全部展品。你开个价吧,多少钱?"

"什么?"席岸简直不相信自己的耳朵。对方接着说:"你们商量商量。待会我再来电话。"

席岸乐得屁颠屁颠地往家里跑,将此事对老婆一说。老婆一听,眼睛眯成一道缝。两口子合计半天,定下个八千块价码。老婆说,先给他开一万六。漫天要价，就地还钱嘛！没想到，对方电话来了，嗝都没打一下，就答应给一万六。条件是买下展品包括底片。

席岸还有点犹豫，老婆一旁抢过话筒，叫道："可以可以。你啥时拉展品？啥时付钱？""明天下午五点半，你们将东西送到北郊轧钢厂。门口的老头会告诉你们怎么做。等我的要求达到了，钱才能照数付给。"说完，"啪"压了电话。

回家路上，老婆肠子都悔青了，要知道这么利索，该开它个三万五万的，唉！可席岸只觉得事情太顺利，顺利得有些反常。

第二天下午五点半，夫妻俩用卡车把全部展品运到了北郊轧钢厂门前。轧钢厂的铁栅栏门锈得掉渣，厂房缺门少窗，满院荒草，门房虚掩着，倒有一个身子骨挺硬朗的老头站在外边。"你是不是叫席岸？"老头声音嘶哑，"这有你的信。"

席岸接信展开了，一行行拼凑的铅字映入眼帘：

"全部展品与底片核对后在厂院烧毁，须自觉接受门房老头的监督。事毕持此信请老头签字。明天晚上十一点，到南郊铁路桥下凭信领款。"

席岸顿时怒火中烧，气得竟一时说不出话来。老婆见丈夫这模样，接信一看，当即骂起街来："缺了八辈子德哟！拿我们穷开心。你坑人不得好死，出门遭雷劈，过河让龙抓，坐家里头挨枪子儿崩！"

席岸平静下来，劝住老婆，问那老头："让你传信的是什么人？"老头说："是一个老太婆，坐汽车的。"席岸再问："知道她姓甚名谁吗？"老头回答道："俺又不是公安局。挣两盒烟钱就得，还管那么多？"

夫妻俩只好憋着一肚子气，把展品又拉回博物馆，少不得费番口舌，幸亏展厅租金是预交了一个月。找了几个朋友忙乎一天，总算恢复到先前的模样。

不料席岸因祸得福，仅仅一天工夫，全城都知道这事。第二天重新开展，上门的都是看热闹、问新奇的闲人，第三天有增无减。席岸的门票收入相当可观。事后，有人明白了，席岸貌似善良，其实狡猾，为了赚钱，才有意编了惊人故事制造轰动效应呢。

该说这事至此为止了，可没过几天，又有一个陌生人敲开了席岸的房门。

这回席岸变得很警觉，问："你是谁？找我有什么事？"

来人递上名片。席岸接过一瞧，"河西百事可劳？没听说过嘛！你这公司是干什么的？"

"啥都能干，百事可劳嘛！"来人笑道，"比如，你前几天受到别人的捉弄，心理上、经济上都有损失，应该到公安局报案，追究肇事者，向他索赔！"席岸心里说，他捉弄我一回不假，可给我带来不小的门票收入，也算扯平了，但嘴上道："公安局还能理会这种小事？自认倒霉吧！"

"哎，河西百事可劳公司，就专干这些官府不值得理会的事。算你走运，有幸成为我们开张的第一个客户。图个喜庆吉利，我们免费受理，替你弄清真相，索回损失。"来人夸夸其谈，一直旁听的老婆赶紧沏茶："那太谢谢你了。是得让那缺德的赔偿损失。你不知道，光装卸运输，我们就花了二百多呢！"

席岸也听得心动了，上门服务，盛情难却呀！只是这无头案子……来人似乎看出了他的心思，胸有成竹地说："难者不会，会者不难。那肇事者你们俩都见过！"

一句话，说得两口子大眼瞪小眼。莫非是门口那老头？老婆不敢相信。

"对。"来人翻开公文夹，"我去那勘查过。铁栅栏门锁着，但锁一拽便开，锁头上明显有砸过的痕迹。门房虚掩，屋里结满了蜘蛛网，问问附近的居民，都说轧钢厂倒闭之后，连根人毛也没见过，哪来的门房老头？我又在厂门外的路面寻找，只发现那个大水坑跟前，有一辆卡车留下的泥印，一来一去，清楚极了。除此之外，再没别的车辙。可那老头对你们讲，是个老太婆坐汽车来让他传的信，这不瞎诌嘛！信上又吩咐展品烧毁后要老头监督签字，这已远远超出了挣两盒烟钱的范围。因此我断定老头就是捉弄你们的人，至少也是个同伙。"

席岸夫妻俩听得心服口服。怪不得人家敢夸百事可劳，瞧这脑子，分析得头头是道。可是席岸仍旧不明白，他问："我们与那老头素不相识，好好的他捉弄我们干啥？"

"问题就在这里。"来人喝了几口茶，老婆忙不迭续上。"我到老席的单位去过，知道你们平常人缘不错，没有结下什么冤家，报复性的恶作剧可能不大。那么，就得从另外的角度去考虑了。会不会老席的摄影展品中，有一张照片隐藏着别人不能公开的秘密呢？你甭急，老席，你肯定是无意中照的，直到如今还不清楚照的是啥。但人家急了，宁愿破费一万六把全部展品买下毁掉。这样看来，老头他们不是想捉弄人，而是诚心诚意跟你们做交易。因为老席心疼自己的劳动果实，又没人帮你们参谋，交易才失败了。"

老婆咂咂嘴，叹道："当时要知道有你这个公司就好了。一万六啊！"

"我现在来也不迟，这事还没有完。你们想一想，席岸摄影展仍在博物馆，出过这事后去了更多的人，秘密泄露的危险性更大了。老头他们心里能安稳吗？一定还会上门来的，你们必须要有这个思想准备。"

老婆慌了神，四下张望一番，道："咋，他们还敢上门来抢？"

席岸心里倒起了疑：看样子，来人少不了是调查过一番的，分析得也有一定的道理，但他内心真正的用意是啥？别又是一个什么恶作剧！于是，他故意笑了笑，道："没这么玄乎吧！要照你说，我们的人身安全都没保证啦，需要贵公司协助是不是？"

"人身安全目前不至于有啥威胁，因为他们急于毁坏的目标是摄影展品和底片，尤其是底片，老席你务必妥善保存。在我没弄清是哪一张照片惹起的这个事端之前，全部底片一张也不得遗失。老席，你想什么呢？你大概会说我吹牛。放心，没有金刚钻，不揽你这瓷器活。我说话算数，办完事一分钱不要你掏，只要求你们能做到三点：事前信任；事中配合；事后传名。"

来人走后，席岸不禁又掏出那张名片，才知道来人是那个河西百事可劳的经理，名叫穆怡。第二天的市报上，出现了一则框着花边的消息：

河西百事可劳开张不凡 席岸摄影展揭秘有奖

最近发生的"席岸摄影展览"被人捉弄一事，"河西百事可劳公司"经理穆怡先生洞见症结，免费受理，为公司开张志庆。

穆怡先生指出，恶作剧一说谬也。所以会发生此事，是因为席岸在博物馆展览的某张照片中，隐藏着肇事者一个不愿公开于世的巨大秘密，其价值为一万六千元的十到二十倍。特竭诚欢迎广大有识之士，踊跃前往揭秘。凡揭中者，请及时与"河西百事可劳公司"联系（电话号码234567），奖金数额可观。

这则消息，不亚于在滚烫的油锅中搁进了一把盐，博物馆里越发红火起来，人们成群搭伙地来碰运气。穆怡今天扮作拄着拐棍的退休教师，明天是一个清贫的学生，后天则变成挎着相机的文化干部，整天泡在展厅里，机警的眼睛不时巡视四周，耳朵也不敢偷懒，捕捉各式各样的议论。

这天，目标出现了，是个财大气粗的老板。他在展厅里转了一圈，坐在穆怡的身边，掏出金色的打火机，点燃一支"红塔山"抽着，目光落到对面的一幅"千尺崖瀑布"上，显得心事重重。第二天来了位满头银发的老者，微喘着在穆怡跟前坐下了，侧身用金色的打火机，点燃"红塔山"烟。第三天在长椅上和穆怡作伴的是一个风度翩翩的中年男子，照样用金色打火机点燃"红塔山"香烟，徐徐抽了一口，仍旧盯着对面的那幅"千尺崖瀑布"，眼神很不自然……

堂堂的"河西百事可劳公司"经理，怎么能看不出蹊跷？无疑这就是对手，沉不住气了！来得好，正等着你呢。穆怡正要找茬与他搭话，"千尺崖瀑布"下传过来两名中学生的交谈："哎，你说那男的在水边干什么？""洗手呗！""水的颜色好像不对嘛！""那是他手上沾了泥什么的。走走，一眼就能看清的事，还算什么秘密？看看那幅。"

那中年男人蓦地起身，刚想走过去，却又坐下了，额头上立时冒出细小的汗珠，他强按烦躁抽完烟，才离开展厅，在走到门口时，他又回头瞥了"千尺崖瀑布"一眼。

穆怡马上找到席岸夫妇，说："掏雀儿掏出蛇了！我们的对手只有一个人，三十岁左右，不过善于伪装罢啦。那张藏有秘密的照片也大致有了谱，是否确凿还要进一步证实。老席，你快去拿放大镜。闭馆后，咱们得好好研究一下这幅'千尺崖瀑布'。"

"千尺崖瀑布"这幅照片很大。画面上，银河穿出郁郁葱葱的森林，从悬崖顶飞溅而下，汹涌向前，放眼看去白茫茫一片。水浅处呈蓝色，看得见底下那黑色的礁石。露在水外的石头上长满绿色的苔藓。左下角，岸边漂浮着几根黄褐色的松木。一个三十上下的男子蹲那儿洗手，手周围的水褐黄褐黄……

穆怡用放大镜端详一番，又递给席岸，说："你再仔细看看，他洗手的那块水面到底是什么颜色？"席岸看了下，道："褐黄色。大概是冲洗时，胶片上的药水没弄干净。"

穆怡摇摇头。老婆要过放大镜，贴上去瞅瞅，说道："有点像黄泥汤……"

"不，那是朱红色。他十有八九在洗血手。咱们的对手就是他。"

老婆吓了一跳，再贴着镜子瞅瞅，心想，要是这样，那男的不成了杀人犯啦！咱吃了豹子胆？敢要杀人凶手赔偿损失。想到这，便说："我看到此为止吧，你免费受理挽救损失的好意我们心领了，请另找客户好不好？让我们太太平平把展览搞到底，挣上几个小钱。"

"那怎么能行？"穆怡说，"咱们不能老钻在钱眼里，得有点正义感！有责任把这事弄个水落石出。要知道，让一个杀人犯逍遥法外，还不定会给人民带来多大的损失，其中就包括你的一份呀！"

老婆想还嘴，被一旁的席岸用目光阻止了。席岸也在想，这几天，穆怡死死蹲在展厅里，饿了吃方便面，渴了喝口开水，劝他到饭店用餐，夫妻俩拉不动，这股诚意和韧劲早就打消了席岸对他的疑虑。此刻，穆怡的一番话又激起了席岸的满怀豪气，只是心里没数。他当即说："老穆，用不着给我们上政治课，党培养咱多年这点觉悟还有。可那块颜色若真是冲卷的水，或者他是在洗手上的黄泥，你这结论不觉得太主观武断嘛！"

"绝对不是水和黄泥汤！"穆怡说，"你们想想，黄泥汤怎么能值一万六千元？怎么会招惹得那男子像热锅上的蚂蚁？当然，光凭这一点，还不行。我定了下一步行动方案，希望你们密切配合。"

席岸听着有道理，道："你讲讲咋个行动法吧！"

穆怡安排道:"老席,你明天把'千尺崖瀑布'摘掉,找辆卡车趁上班时间走闹市送到我们公司去,让看见的人越多越好。这是公司门上的钥匙。然后你带上高档相机,隐蔽在公司附近,凡是在公司周围转悠的,全照下来,直到我回公司为止。嫂子呢,明天别到博物馆来啦,守家里专等门房的电话。估计午饭以前,就会有人向你打听'千尺崖瀑布'的下落,你告诉他,有人揭中了秘密,摘下照片送'河西百事可劳公司'领奖去啦,完了马上给我拨电话。听明白了吧?"

席岸忍不住问:"你呢?""我到公安局了解个情况……对了,'千尺崖瀑布'是啥时间拍的,你还记得吗?""大前年夏天。对了,凡是我保存的照片,底片袋上都标有拍摄时间。""那好极了!待会到你家把底片袋给我。明天我到公安局,就是要了解在你拍摄'千尺崖瀑布'的时间里,那一片地区有没有发生过命案。"

此刻,席岸夫妇俩听完穆怡的行动方案,搞得像真的一样,不由心里又兴奋,又紧张。

第二天,穆怡从公安局了解到,在席岸拍摄"千尺崖瀑布"的那一天,附近发生过一件命案。经勘查,只弄清了死者是个外地客商。除此之外,没有任何破案线索。因为发现尸体前,一场暴雨把可能留下的痕迹冲刷得干干净净。公安局曾发过一份协查通报,渺无音信,连前来认尸的都没有,只得冷冻尸体,将案子挂了起来。穆怡的猜测得到了证实,他急忙往公司赶,想看看席岸那边情况进展如何。

在公司对门的小酒店里,他找到了神情兴奋的席岸。席岸汇报说:"现在,公司门前共有七个人逗留过,都拍了照。可疑的是一个小孩,扒在门缝往里看了好半天,又溜达到这边来。我问他在那干啥?他说屋里电话老响老响的,咋没人接呢?"穆怡变得紧张起来,忙问:"是吗?小孩走多长时间了?""就跟你前后脚的工夫。"

穆怡看看手表,十点刚过,急道:"一定是嫂子的电话。那家伙动作够快的,看来真急眼啦!老席,我到公司去,你在这继续监视。估计那家伙很快就会露面,只要我往窗台上摆盆花,那便是咱们的对手进屋了。你悄悄绕到公司的窗口,准备好照相机。不管里面发生什么情况,你都别动,只要把关键场面拍下来就算完成任务。"

席岸也被搞得紧张起来,他替穆怡担心道:"万一他狗急跳墙冲你下毒手,我不进去帮忙,你一个人能行?"穆怡攥起两拳,骨节"咯巴咯巴"直响,"没事,我当过四年侦察兵哩!"

穆怡吩咐完以后,来到公司,正巧电话铃又响了,果然是席岸的老婆打来的。

她在电话里风风火火地讲:"九点钟,就有个男人打来电话,说是他打算今天把'千尺崖瀑布'买走装饰客厅的,问我家里有没有保存的底片,能不能再给他扩一幅。我怕他闯到家里来,赶紧撒谎说,底片也让河西百事可劳公司派来的人拿走啦。就这情况,你看怎么办?怕不怕他找你……"

这下,穆怡心里更有谱了,他马上安慰她说:"好啦,没你的事了,该干啥干啥去吧。"穆怡搁下电话,把倚墙放的"千尺崖瀑布"面向屋门移到床上,整理了一下办公桌,特意掏出个底片袋摆在显眼处,袋上标着:千尺崖瀑布,×年×月×日摄。又给微型录音机换上新电池,装进裤兜。这才搬过那盆吊兰花,坐在桌前专心致志地松土、修剪……

"笃笃笃!"有人敲门。穆怡头都没抬,道:"请进。"随着开门声,一个戴金丝眼镜的人走进屋来,他放下手里提着的塑料壶,掏出个小绿本,问:"你就是穆经理吧?鄙人系市报特约通讯员贾明。听说贵公司搞的席岸摄影展览揭秘活动有了惊人突破,能给我谈谈详细情况吗?"

穆怡挪过花盆,擦擦手,仔细打量着对方,块头、年龄与"千尺崖瀑布"上的男子差不离,发式有别,多了一副眼镜,两撇八字胡,脸的轮廓倒很相近。他心里比较着,沏杯茶递过去道:"谈到揭秘活动,的确有了重大突破。昨天晚上,揭秘者向公司举报,'千尺崖瀑布'的照片上有一个涉嫌命案的秘密,根据是那男的在洗血手,把水都染红了。事关人命,我们不敢怠慢,今天一早就到博物馆调来照片。"说完,穆怡用手一指床上那张大型照片,"那就是。"

贾明望望"千尺崖瀑布",情不自禁地摘下眼镜,用手帕揩镜片上的汗气,随后往采访本上划拉几笔,这才镇定下来。这回,他看到了桌上那个底片袋,便问:"你们把底片也一块调来了,就是这吧?"

穆怡见他伸手拿桌上的底片袋,抢先取走,装进自己的衣兜,抱歉道:"对不起,这是关键物证。在公安局没有鉴定之前,任何人都不能动它。"

"噢噢,可以理解。"贾明不觉尴尬,反倒像了却一桩心事般的坦然。他端杯喝了口茶,又掏出盒"红塔山"烟,捏了两支,让给穆怡。穆怡婉言谢绝。他便用金色的打火机点燃,踱到床前,打量着那幅照片。

穆怡脸上掠过一丝笑意,将那盆吊兰端在向阳的窗台上,转身擦擦手,把手帕塞进裤兜。贾明又问:"穆经理,为了对读者负责,还得请你指点一二。从照片上看,那男的好像在洗泥手,你们一口咬定是血,太牵强附会了吧!这样,岂不冤枉了照片上的人?读者又怎么能够信服!"

"这个问题提得好!"穆怡作了个请坐的手势,"这件事涉及到命案,应该特别慎重;我们已与公安局联系好了,尽快对'千尺崖瀑布'的底片做出鉴定,是不是血,色谱分析自然会有正确的答案。只要是血,照片上的男人就是重大嫌疑犯。因为据公安局讲,在他洗血手的那一天,千尺崖瀑布附近有个外地客商被杀死了。案子至今未破。"

听到这儿,贾明笑了,笑得很阴沉:"嘀嘀,言之有理。穆经理才智过人,果真名不虚传。不过,这个秘密你也是只知其然,不知其所以然。想听鄙人说几句吗?"他边说边弯下腰,桌子底下"咕咚"一声,一股刺鼻的汽油味顿时弥漫了整个屋子。穆怡弯腰一瞅,只见来人先前提来的塑料壶倾倒在地上,咕嘟咕嘟朝外冒着油。他刚想去扶,一只脚伸过来将壶踢到床前。穆怡蓦地站起身质问道:"你这是干什么?"却见贾明已拔出了匕首,另一只手拿着金色的打火机,一副凶神恶煞的样子。

穆怡惊慌失措,忙说:"哎哎,你想干什么只管说,别动武行不行?"贾明哼了一声,道:"把'千尺崖瀑布'的底片给我!""行行行,你是来采访的,可以例外。想看就看看呗,动什么刀子?吓死人啦!"穆怡掏出底片要给,又缩回去,"你可只能看,别乱摸啊!小心留下痕迹,影响公安局鉴定。"

贾明哈哈大笑:"什么百事可劳的经理?狗屁!实话告诉你,照片上洗手的就是我,那个外地客商也是我杀的。这下明白了吧?""啊?"穆怡攥紧底片袋,"那可不能给你,它是证据!""少啰唆!快交出来!惹恼了老子,一打火,你、我、照片、底片,统统他妈的完蛋!"

穆怡脸刷的苍白,抖抖地说:"不敢不敢,我上有老,下有小,你千万别打火。底片我这就给你。"穆怡把底片袋放在桌边。贾明右手高举匕首监视着对方,左手的小拇指和无名指去夹底片袋。穆怡冷不丁出手,抢走了他的打火机,抛向窗边。

"妈的,死到临头还不老实!"贾明追过来,一揪穆怡的胸襟,"老子不杀了你,就得让你置于死地。百事可劳,百事可劳!到阎王爷那儿可劳去吧!"

穆怡两手掐住贾明的肘窝，躲避着他的刀尖。贾明咬牙切齿却用不上劲。稍一定格，穆怡暗自发力，两人原模原样侧过了身子……

就听窗户外边咔嚓咔嚓直响。贾明一扭脸，正对着窗外的照相机镜头，他不由打个冷战。穆怡趁机使了招"空手夺刀"，锁住他的咽喉，肘尖往下捣，膝盖冲上顶。没用几下，就把贾明整得滚一边哼哼去了。

穆怡开门放进了席岸。抓紧时间，让席岸把塑料桶，还有汽油洇湿的地面都照一下，然后打电话给公安局，请刑侦科来押犯人。

吩咐完了，穆怡掏出裤兜里的微型录音机，放在桌上，又捡起掉地下的底片袋，冲着贾明笑嘻嘻地说道："忘记提醒你了，它是个空袋子。百事可劳的狗屁经理再笨，这点心眼还有。不过，录音带可不是空的，要不要倒回去听听，看有没有需要补充的？"那个自称贾明的人顿时瘫软在地上。

没过几天，市报披露了"天网恢恢，莫耀伟潜藏三年现形；疏而不漏，千尺崖瀑布命案有因"的消息，文章对"河西百事可劳公司"只字未提，但其内幕却在很短的时间里传遍了河西大地。穆怡的生意红火起来，有不少人申请加入公司或者要求兼职，可穆怡只选用了席岸一人。

（杨玉川）
（题图：胡国强）

密谋·奇案

mimou qian

机关算尽、精心谋划,却难逃害人终害己的下场……

稻草命

城建局有个年轻人,叫梁明。这个梁明一直很不顺,因为单位领导不赏识他。

这天,梁明在上班路上遇到了一个女同事,两人边聊边往单位走。快走到城建局门口时,两人发现前面很热闹。原来,是几个人围着一个瞎子,在那里算命。

梁明正想算算,寻求转运之法,于是,就邀女同事一起去算。他问算命先生,说:"算一个人,多少钱?"

算命先生说:"十元。"

梁明摸摸口袋,然后苦着脸对女同事说:"我没带钱。"

女同事说:"我给,我给,我有零钱。"说完,从包里掏出二十块钱。

女同事算完，算命先生让梁明报上生辰八字。梁明报完，算命先生掐了两下手指，一脸严肃地对梁明说："兄弟，我说实话了，你不要怪我呀。"

梁明让算命先生快说，算命先生说："你命中少金银相伴，缺厚土栽培，连木命都不如，稻草命呀！"

听了算命先生的话，梁明的脸"刷"的一下，红色变成了青色。梁明出身农村，爹妈都是农民，在地里刨食的，算命先生一语中的。

梁明正后悔算这个命，转过身，突然发现局长邹德炎站在他的背后。邹德炎对梁明笑笑，说："上班后，到我办公室来一趟。"

梁明上班后，就来到局长办公室。他被局长叫到办公室，是第二次，上一次，是因为给县里报错一张表，被邹德炎叫到办公室臭骂一顿。想到上次那件事，梁明还有些忐忑不安。这次，邹德炎见梁明坐立不安的样子，对他说："不要这样嘛，我今天把你叫来，是想委任你一件重要的事情。"

梁明一听说是委以重任，十分激动地说："我情愿赴汤蹈火。"

邹德炎笑着说："也不是什么性命攸关的事。县城绿化带建设一事，我想让你负责。"

梁明记得，局里上次对县城的绿化带工程进行招标，有一千五百万的工程投资。这项工程被一家"绿地园艺公司"中标。当时，局里开会，让马晓桃负责这件事的监督工作。马晓桃是局长的外甥，俗话说，肥水不流外人田，每项工程完工，需要马晓桃到现场进行计量，然后签字确认，施工方才能得到工程款。这项工程里面的奥妙，城建局的人都清楚，是份大美差。

不过，这事也太突然了，梁明对邹德炎的大转变有些疑惑，说："那件事，不是安排马晓桃做的吗？"

邹德炎听了梁明的话，摇摇头，说："那小子，除了吃喝嫖赌外，百事不成。如果这件事做不成功，让我怎么对全县人民交代？"

梁明想想也是，马晓桃是不学无术。梁明说："我怕马晓桃会误会。"

邹德炎说："别管他，我跟他说。"

梁明坐回自己的办公桌前，见马晓桃走到局长办公室，三分钟后，又从局长办公室气冲冲地走出来。

绿化带工程建设进行了半个月，绿地园艺公司的经理胡三毛就找到梁明，要求梁明对前半个月工程进行计量，然后拨款。梁明对胡三毛说："你们的工程我检查了，毛病不少呀，比如绿化树，我们要求是胸径二十公分、高四米的树，你们栽下的树，大部分胸径只有十公分左右，高不足三米，达不到合同要求。你最好按照合同要求进行整改，否则，我是不会签这个字的。"

胡三毛笑着说："梁兄，要到中午了，不如我们到香妃酒店边吃边谈。"

承包方请业主吃饭，很正常的事，所以，梁明也很坦然地去了。两个人来到包房，胡三毛对梁明说："我还请了一个人来陪梁科长。"

菜上齐的时候，陪客来了，是个女的。见了这个女人，梁明就傻了眼，原来，女人是鲁副县长的妻子，鲁副县长分管城建工作，是城管局的直接领导。鲁副县长的妻子给梁明敬了一杯酒，对梁明说："梁科长，胡三毛是我表弟，以后请多关照了。"喝了两杯酒，坐了一会儿，便借口说还有其他事，提前走了。

胡三毛看见梁明一怔一怔的，知道梁明被震住了，就对他说："梁兄，你只要把工程计量的字签了，剩下的事，我来负责。"

梁明正在犹豫，胡三毛从随身的挎包里，掏出五扎人民币，放到梁明面前,说:"这是兄弟的酬劳,事成之后,还有重谢,而且,鲁副县长那里,我们还会为你美言几句,兄弟升迁,指日可待。"

梁明在城建局当了几年的小职员,只见当官的捞钱,自己受的全是窝囊气。现在,自己进了账,又有鲁副县长作靠山,自己出头的日子真的不远了。

工程完工,梁明前前后后收了胡三毛二十万,而且,在鲁副县长的大力推荐下,顺利地升到副科。

没想到,一年后,鲁副县长出事了,被纪委双规,而且这时,绿化带质量出了问题,绿化树大面积死亡,事情也被扯了出来。纪委调查后发现,胡三毛所成立的"绿地园艺公司"是个皮包公司,资质是借用的,真正的后台是鲁副县长。接着,梁明收受二十万贿赂的事,也被胡三毛交代出来。

见梁明被抓,马晓桃不由得对舅舅邹德炎佩服得五体投地,说:"舅舅,要不是你安排梁明去,现在,蹲班房的就是我了。"

邹德炎苦笑了一下,说:"前段时间,上面纪委的人找我谈话,本来我以为自己有麻烦,结果他们的提问都围绕着鲁副县长,还让我保密。那时我就明白鲁副县长可能要落马。这次这工程,鲁副县长开始就和我打招呼,让我对质量手下留情。如果不听他的,他还没下台呢,我就先被他换掉了;要是听他的,以后质量出了问题,明摆着让我背这个黑锅。我不想被扯进去,也不能让你扯进去,就想着找个人替我们背这个黑锅。"

邹德炎说,那天他恰好看见梁明在那里算命,算命先生说梁明是"稻草命"。这下,算命先生的话提醒了邹德炎,想想梁明毫无背景,也真算得上是稻草命,替他们背这个黑锅最合适不过,就让梁明去管这个工程。邹德炎说:"那个工程,我没有签一个字,就是犯了错,最多是个用人不当的罪名。"

听了邹德炎的话,马晓桃对舅舅竖起了大拇指。

梁明到了牢房,遇见同室的狱友,有一个竟然是那个"算命瞎子"。不过,"算命瞎子"眼睛并不瞎,是装的,他是犯了诈骗罪,被抓进来的。

梁明也不管算命瞎子是真瞎还是假瞎,忙请教他说:"您说说,您当初是怎么算出我是稻草命的?"

那个骗子说:"你这个人,天生喜欢占小便宜,那天我看见你口袋里明明有钱,却连算命的十块钱也要女人出,俗话说'占小便宜上大当',现在进来了,不是稻草命还能是什么!"

(李明秀)
(题图:谭海彦)

死得好玄乎

聂姑娘在夜总会上班,已经连着几天生意清淡了。这天傍晚,聂姑娘到后巷小店买烟,突然,她感觉有个人一直在跟踪她,不免紧张起来,加快脚步走。谁知她快,跟着的人更快,就在转角处,那个人大步上前,一下子拦在了聂姑娘面前,吓得聂姑娘惊叫起来。

追上她的是个男青年,问她想不想做陪聊生意,聂姑娘见是虚惊一场,不禁冒起火来,说是没个两千块就免谈。没想男青年爽快地答应了,随即还往她手里塞了一张百元大钞,说是定金,约她晚些时候到小镇的观景台谈。

就这么接了一笔两千块的"大生意",聂姑娘虽也有些莫名其妙,但干她这行的,向来不会跟钱过不去,何况不是连定金都收了嘛。于是,她打扮了一番,上了一辆去小镇的招手客车。

小镇在郊外的一片山林中,观景台就在山顶。中途,上来一位穿着入时的中年男人,在聂姑娘身边的座位坐下。聂姑娘不免多看了他两眼。没过几站,中年男人突然把头枕在了聂姑娘的肩上。聂姑娘一阵激动,想着今天真是好运,这半路上也能捞笔生意。她耸耸肩,想和中年男人谈谈价,可中年男人并没开口,脑袋倒是从聂姑娘的肩膀滑到了大腿上。聂姑娘有些恼了,这价还没谈呢倒是先占起便宜了!她伸手去推开那男人,可手一碰到男人的脸时,感觉冰凉,再一摸口鼻,已经全无气息!

中年男人死了!聂姑娘吓得赶紧让司机停车,她本想告诉司机车上死人了,可是,她一想,这事要是惊动了警察,她这见不得光的工作一定得惹麻烦。所以,她说自己坐过站了,慌慌张张地下了车,逃之夭夭。

客车到了终点站。司机发现了靠着车窗的中年人,便上前拍拍他,说:"哥们醒醒,到了。"死者一侧身倒了下来。

司机一惊,连退两步。他想报警,但一想自己开的可是没证的黑车,警察一来,发现他不但开了黑车,还有人死在车上,那这生意铁定是要完的。于是,司机壮着胆子,把死者拖进山林间的冷僻道上,布置成走路晕倒的样子,仿佛一切与己无关。

夜深后,一个醉汉驾车经过,糊里糊涂拐进林道,车身颠簸了一下,醉汉酒醒了一半,赶紧下车察看。月光下,他看见地上躺着个人,一个被自己撞倒的路人,他脑袋"嗡"的一下大了。

"天杀的,撞人了!完了,完了!"他确定那人死亡后,急得六神无主,看着死者的尸体沉默了一阵,最终决定趁夜深无人,把死者背上山去草草埋了。他嘀咕着:"我可不想坐牢。"

醉汉从后备箱里拿出小铁锹,然后背上死者,向山上的密林走去。他来到一个山坡的背弯处,找到一处荒地,挖起坑来。

挖了一会儿,他突然听见山坡的另一边传来一男一女的争吵声。他爬上坡顶,借着月光一看,见一个女的被绑在一棵树上,一个男的正威胁她说出存折密码。醉汉慌了,他不知道这山上会有多少劫匪,也不知道要是自己落到劫匪手上会怎么样,他越想越怕,赶紧丢下死者,连滚带爬地逃走了。

这山上的一男一女不是别人,正是聂姑娘和那个男青年。其实,男青年是个流窜惯犯,专门设计打劫在城里做那类生意的女人,他屡屡犯案却依然逍遥法外,因为这些见不着光的女人即使吃了亏也不敢去报警。

男青年满脸狰狞,用匕首抵住聂姑娘的脖子,逼她说出密码。聂姑娘不服,破口大骂,还吐了口唾沫到劫匪脸上。男青年火了,挥手暴打,打得聂姑娘终于妥协,男青年打电话报告同伙得逞了,同伙要他杀人灭口。他不愿手里沾血,便四下察看地形,准备将聂姑娘活埋。

男青年走到山坡背弯处,突然,脚下被什么东西绊了一下,他发现地上躺了一个死人。确定四下无人,他开始在死者身上一阵摸索,翻出了死者的身份证。他灵机一动,有了个主意。

男青年把死者拖到聂姑娘面前,把死者的身份证在聂姑娘眼前一晃,说:"这个男的不知怎么死了,留着给你当个伴吧。哥今天实在是累了,懒得动手收拾你,要是你能在警察面前解释清楚,就算你造化。"说着,男青年走了,但一不小心踩到了死者,这一脚,把死者上衣口袋的一瓶矿泉水给踩爆了,男青年又是一阵骂骂咧咧。

聂姑娘惊恐地朝死者看了一眼,啊,他竟然就是车上的那个中年男人!这死鬼兜了一大圈,怎么又出现了?

聂姑娘拼命挣脱了绳索,她跑上山去,叩开了一家村民的房门。村民听说有人杀人了,赶紧报了警。

一会儿,山下亮起两柱手电光,上来两名警察。警察勘查了现场,又仔细检查了死者后,问聂姑娘:"你认识杀人者和被杀者吗?"

聂姑娘说:"不认识。"

警察又问:"既然不认识,你怎么会在这里?你是干什么的?"

"我,我……"聂姑娘一时不知怎么回答。

过了一会儿,更多的警察到达现场。在盘问一阵之后,聂姑娘被警察带走了。

第二天,那个黑车司机出车了,经过林荫道,他看见围了不少人,还有不少警察在山上山下忙碌。他本想装没事直接开过去,可他毕竟有些紧张,不知道昨晚那个死人,究竟怎么样了。于是,他停了车,向旁人打听。一位老人说:"杀人了,一个小姐杀了一个中年男人,听说中年男人没给小姐付小费。"

黑车司机又问:"中年男人是谁?哪里的?"

老人说:"不知道。他抬下来的时候,只看见他穿一套灰色西装和一双大头皮鞋,穿着很时尚。"

黑车司机心里明白了,这就是那个死在他车上的男人,他继续问:"他不是自己发病死的吗?真是被人杀啦?"

老人说:"其实是发病,他和小姐争吵时发了心脏病。不过,这女人太毒了,没要到小费,她就把死者拖到路上,让汽车压,还准备把死者背到山上去埋了。"

这时,警察走上来,说有女嫌犯交代事发时坐的是辆专门跑这条线路的黑车。于是,黑车司机也被带回了警局,车也被扣了。

一个星期后,男青年在大街上洋洋得意地行走,突然被埋伏的警察抓获。男青年在看守所里大吵大闹,他说:"我是奉公守法的公民,我没犯罪,凭什么抓我?你们抓错了!"一个警察摁亮台灯,在物证中找出一双皮鞋,放在他面前,说:"这东西是你的吧?"

被铐住的男青年仔细辨认后说:"是,是我的,怎么啦?总不能凭一只皮鞋就认定我是犯罪分子吧?"警察说:"上周发生了一起案子,经我们现场勘察,发现死者身上有一瓶矿泉水,而矿泉水被碾压破损后,打湿了死者上衣,而死者上衣上却留有了鞋印。"

男青年"哈哈"大笑,说:"这死者身上的鞋印和我有什么关系?太好笑了,你们太会开玩笑了。"

警察继续说:"经我们物证中心鉴定,你的这双皮鞋,从边沿磨损、痕迹、花纹和踩踏轻重等各个方面,都和现场留下的痕迹完全一致,这就是说,你是此案的重大嫌疑人!"

男青年愈来愈吃惊,也愈来愈害怕,他紧张得全身颤抖起来,他说:"这怎么可能?我看到他的时候,他已经死了,再说我不认识死者,我为什么要杀他?天大的冤枉啊!"

警察一拍桌子,朝男青年扔出一叠女性尸体的照片,说:"那这些失踪的女人,你总认识吧!"

男青年对着照片哑口无言,他压根不明白同伙从前灭了口总能溜之大吉,这次自己明明留了个活口,怎么到头来反倒是把自己的活路给堵了呢?

(曾明伟)

(题图:黄全昌)

舌头疑案

一天早晨,天刚冒亮,一阵"嗷嗷"的警车声,把个小小的县城吵醒了。

警车里稳坐着三个人,当中一位,是个五十多岁的黑大个儿。这人叫郑力,是县公安局长。他的左右坐着两个青年民警,一个名叫刘勇,一个名叫王青。

警车驶到一座平顶新住宅,"嘎"一声停了下来。三个人跳下车,就向一座四间平房住宅奔去。

这住宅是县委特意给离休老书记周云盖的。他们一跨进院里,周云就擦着眼泪,颤抖着双手迎了过来,拉住郑力的手说:"老郑啊,她们娘俩死得惨哪,你,你可得为她们报仇啊!"

郑力点点头,走进东屋。立刻,一幅惨景出现在眼前:一位二十五六岁的青年妇女赤身裸体地仰面躺在床上,嘴半张着,脖子上被人割了一刀,鲜血染污了被褥。身旁躺着一个也死了的刚满周岁的小女孩,她的两只胖乎乎的小手还向上伸着,像要找谁抱似的。

郑力立即指挥刘勇、王青进行照相,提取指纹、脚印,仔细寻找着一切可疑的痕迹。可是奇怪的是除了死者的指纹、脚印之外,没有留下凶手的踪影。从现场看,凶手是撬开窗户进屋的,窗户外墙脚下有用毛巾包着踩的脚印,凶手穿的是三十九号鞋,身高一米七左右,体重约一百三十多斤,手上戴着手套。

郑力再拉开死者的右手,发现指甲缝里有皮肉和血迹,又掰了掰下巴,他眼前突然一亮,发现死者嘴里有块东西,用镊子夹出一看,是半拉舌头。一见这玩意儿,刘勇便说:"局长,这一定是强奸杀人案。"

郑力没有答腔,他把从指甲缝里挖出来的皮肉和半拉舌头交给王青:"快去,化验一下。"

郑力他们回到公安局,立刻通知各派出所查找缺舌头的人。

死者叫陆琴,二十六岁,县纺织厂统计员,是个长得非常漂亮的女人。丈夫叫周志强,二十八岁,是县副食品公司副经理,前三天去大连一家公司办理订货合同,至今未归。

在分析案情时,刘勇仍然坚持自己的看法,说:"凶手拿着刀企图奸污陆琴,在强行接吻时,陆琴咬下了他的舌头,凶手一气之下给了她一刀。"

等他说完,郑力问了一句:"为啥还把刚刚一周岁的孩子杀了呢?"

刘勇刚要回答,电话铃"嘀铃铃"响了起来。他抓起话筒听了一下,忙"啪"撂下电话,说:"局长,毛屯卫生所有位舌头被咬的患者,缝好后正在打滴流。"

郑力说了一声:"立刻出发!"就坐上吉普来到毛屯卫生所。

据大夫介绍，这位患者叫孙祥，是机修厂工人，昨夜十一点五十分跑到卫生所来就诊的。在大夫的指引下，郑力等来到五号病房。只见一个小伙子嘴里含着药棉花，一见几个穿警服的进来，显得十分吃惊。郑力拽了个小板凳坐到他对面，和蔼地问道："你的舌头是怎么掉的？用笔简单地写一下。"

孙祥吃力地在一张硬纸片上写出了下面的事情：

昨晚孙祥中班快下班时，突然接到他的女朋友，在食品厂工作的曲艳打来电话，说有急事约孙祥在新桥下见面。哪晓得见面后，没说一句话，就……

郑力又问："她为啥咬你舌头啊？"

孙祥摇摇头，又哭起来了。

郑力从上到下仔细打量一下孙祥，接着，又给他拉了拉床单，盖了盖被子，看了看他的脸、脖子、胳膊和胸前，然后安慰说："别上火，好好养着吧。"说完，和刘勇出了医院。

他们从医院里出来，就到了食品厂，在宿舍里找到了曲艳，谁知她昨晚既没挂过电话，也没和谁出去约会，当她知道孙祥住院时，急得快要哭了，慌得立刻要去看孙祥。郑力忙劝阻说："现在你还不能去。""为什么？""因为，第一，他认定舌头是你咬的，他正在恨你，在气头上见了你，一定不理你，或者会打你。第二，陆琴是谁杀的，舌头是谁的，又是谁咬的，还没弄清，需要保密，待破案后，我们会帮你向孙祥解释清楚的。那时你再去看他也不晚。"曲艳听了，用手绢擦着哭红的眼睛，点点头。

郑力和刘勇回到公安局刚坐下，王青过来报告："局长，经过化验，舌头和指甲缝里的皮肉不是一个人的。据医生鉴定陆琴是在夜间两点钟左右被害的。"

郑力点点头,又瞅了一眼刘勇,刘勇明白局长的意思,忙说:"看来,不到时候就揭锅是不行了。"

郑力微微一笑,接着又严肃地说:"我们是人民警察,就要保护人民,打击罪犯。不管可能涉及到老领导、老上级、老同志,也要执法如山,不讲情面。"

大伙点点头。

郑力就案情分析说:"我认为这个案子,还有第三者或第四者。王青你带一位同志去大连,通过公安局,查访跟踪周志强。我和刘勇去周志强经常就诊的医院,查一查他的血型。"

听了郑力的话,大家大为惊疑,刘勇悄悄凑到郑力身旁说:"局长,你是不是怀疑周志强?"

"怀疑不等于结论,还要看侦察的证据。""我看他不可能干这事儿。""你谈谈根据。""第一,周志强外出不在家;第二,周志强是原县委书记周云同志的儿子,周书记教子有方,还能干这事儿?第三,周志强找了个漂亮的爱人,两个人感情又好,从没红过脸,还能下手把她杀了?"

郑力向来喜欢敢于提出不同意见的年轻人,他拍拍刘勇的肩膀,亲切地说:"咱们先别忙辩论,走,跟我去县医院。"说完两人就走了。

两天后,郑力接到了王青从大连发来的电报。看完电报,他一拉刘勇说:"走,到毛屯卫生所去!"

郑力和刘勇带着曲艳,手提录音机,来到毛屯卫生所,让曲艳先在外边等着。他们便进了五号病房,对孙祥说:"今天我们来没有别的事儿,是想让你听段录音。"

刘勇打开录音机，放出一个女人说话的声音。孙祥先是一愣，听到最后他拉住郑力的手，嘴里发出"呜呜"的声音。郑力忙说："咬你舌头的不是曲艳，而是杀人犯的情妇，你放心，我们一定要按照法律惩办他们。另外，告诉你件事儿，曲艳是很爱你的。现在她在门外，你们见见面吧。"

说着，朝门外一摆手，曲艳拎着一网兜东西跑了进来，一对情侣相见，便手拉手地哭了起来。郑力和刘勇便悄悄地退了出来。

郑力刘勇离开医院，回到公安局开了逮捕证，乘车直奔老书记周云家而来。他们一下车，和早已等在那儿的王青打过招呼后，便一同走进陆琴住过的房间。

他们推开房门，只见周志强还抱着妻子的枕头在"呜呜"哭呢。郑力走过去，掏出逮捕证，冷笑道："周志强，你的戏该收场了！"

周志强一惊，接着他眨巴着眼睛说："郑叔，这，这玩笑可开不得呀！"

周云一看这情景，大吃一惊，跑过来，拉住郑力的手说："老郑，这是干什么？你侄子刚回来，就遇着这不幸的事儿，这案不好破我知道，可千万不能错杀无辜，漏掉凶手啊！"

郑力说："周书记，那我就向你汇报一下吧。"说着，把周云扶到沙发上坐下，向他叙述了案子的侦破经过。

原来，周志强自从当上副食品公司副经理以后，因工作关系，认识了食品厂的一个叫夏虹的姑娘。夏虹长得比陆琴更加年轻漂亮。再加上陆琴生了个女孩，他感到更不满足了。为了达到与夏虹结婚和盼望将来生个男孩的目的，便产生了杀妻灭女的念头。六天前，夏虹去大连探亲，周志强正好去那儿订货。他俩在大连鬼混了两天，便同乘夜车回到县城，正好是夜间十一点。夏虹就冒充同车间的曲艳的声音，给机修厂工人孙祥打了个电话，约他在新桥见面。为什么夏虹要冒充曲艳呢？因为夏虹知道孙祥和曲艳经常在中班下班后见面，再加上，夏虹和周志强的不正当关系被孙祥看到过。曲艳也在伙伴中说过。他俩就来个一箭双雕，趁着新桥没有电灯，就主动抱着孙祥接吻，咬下了他的舌头，交给了周志强。周志强按照预谋已久的计划，悄悄进屋杀了妻子和女儿之后，把孙祥的半拉舌头塞到了陆琴的嘴里，制造了强奸杀人的假现场。然后，再乘二点二十分的火车返回大连。

郑力说到这儿，拎过录音机，又把夏虹坦白交代的录音放了一遍。然后，"刷"一声，把周志强脸上的药布一扯，露出了两道明显的指印："这就是陆琴临死时留下的又一个证据。"

这时，周志强早吓得筛糠似地抖了起来。周云气得脸紫心跳，冲上去抓住儿子的领脖子："你，你这条披着羊皮的狼！媳妇多好、孩子多招人喜欢，你，你却干出了这种事！"又朝郑力一摆手，"带走！带走！我，我再也不想见这畜生了。"

郑力一挥手，刘勇和王青同时下手，只听"咔嚓"一声，给周志强戴上了手铐，押上吉普车，"嗷——"一阵呼啸声又惊动了小小的县城。

（陈　华）

（题图：张　恢）

陷 阱

迈克是一名警察,因与上司闹矛盾愤而辞职,在阿拉斯加州开了一家私人侦探事务所。

开业不久,一位年过六十的老头找上门,递给迈克一张照片说:"这是我妻子玛丽,你帮我调查一下,她是否与其他男人有不正常交往。"迈克接过照片一看,这是一个二十多岁的美丽女子,艳丽端庄,十分性感。老头告诉迈克,他叫霍尔,是一家公司的总裁,一年前和恩爱多年的妻子离异,娶了漂亮的玛丽。看到照片,迈克明白了,难怪老头有疑心,玛丽如此年轻美丽,就算她守本分,也会有不少男人跟在屁股后面转的。

然而,迈克跟踪了一月之后,却没有发现玛丽有任何不轨之举,于是他找到霍尔,说:"我可以向你担保,您的妻子没有外遇,您应该放心。"

可是霍尔听了，仍疑虑重重，"我希望得到玛丽确实贞节的证据，只有拿到了证据，我才能放下心来。我想再辛苦你一次。"

迈克不高兴了，心想：这不是不相信我的调查吗？霍尔似乎看出了迈克的心事，就说："我对这个结果有点不太相信，也许她的情人这一月刚好外出哩！所以我打算换一种办法，想让你写一封恐吓信。"迈克有点犹豫，他知道写恐吓信是犯法的事，弄不好，会惹一身的臭官司。霍尔看了迈克一眼，从提包里掏出一沓钞票，说："给你，这是五千美元。请你以知情者的身份，给我妻子写一封信，就这样写：'我手头掌握了你与某男人来往的确凿证据，想让我对你丈夫保密，你必须于某日某时到某地交款五万美元。'如果她有情夫，又不想让我知道秘密的话，那她一定会送钱的！"

迈克答应了下来。他将信写好后寄给了玛丽，在信中迈克将地点选在一个公园里，自己提前半小时到了那里，他希望玛丽对信无动于衷，否则，前一个月的调查全泡了汤，自己信誉扫地。时间到了，没有玛丽的身影，过了十分钟，还是如此，迈克长长吁了一口气。

突然，迈克愣住了，玛丽不知什么时候已站在面前，手里提着一个包。迈克此时把玛丽细细打量着，发现这个女人长得比照片上还要美，尤其是那双美丽的眼睛妙不可言。迈克忽然觉得这样向霍尔报告太便宜了，转眼间，一个贪心的念头在脑海里跳了出来：回去汇报，最多五千美元，可这个包里装的是五万美元呀！玛丽向迈克微微一笑，说："先生，你是写信的人吗？我把东西带来了。"迈克接过大纸包，迅速塞进口袋。

迈克赶回霍尔的办公室，汇报道："我等了很长时间，尊夫人没来，您现在该相信我的调查了吧！"霍尔听了，脸上露出了得意的笑容。

从此，迈克内心被可怕的贪欲控制着，他想，这女人长得实在太美了,既然知道了她的秘密,何不更进一步来个"财色双收"呢?几天之后,他给玛丽打了一个电话:"我希望咱们再见面,这次你不必带钱。""你想干什么?"玛丽问。"见面你便知道了,老地方见,如果你违约不来,后果自负。"迈克故意拖腔拿调,威胁着玛丽。

那一天,迈克早早来到公园,没多久,就看见玛丽一个人姗姗而来,他心里一阵狂喜,迎了上去,说:"你来了,咱们边走边聊。"玛丽没有答腔,只是默默地与迈克同行。行至一个偏僻处,玛丽突然问道:"你到底想干什么?""我想要你。"迈克说完一把搂住玛丽,玛丽用手推开迈克,说:"今天我不舒服,过两天你给我打电话。"玛丽停了一下又说,"不过,你要记住,如果是我的管家接电话,你可要巧妙地遮掩一下,因为那管家是监视我的,凡是我的电话,她都一字不漏地报告给老头子。""那么,我该怎么做呢?""如果是管家接电话,你就说找我丈夫,并说让我丈夫什么时间到什么地方去,我自然会去的。另外,把你的打火机给我;下次晚上见面时,我用打火机发一个信号,你就知道我来了。"迈克高兴地将刻有他名字的打火机给了玛丽,玛丽轻轻接过,然后便转身离去了。

三天之后,迈克给玛丽打了一个电话,果然是管家接的,迈克说找霍尔,管家说人不在,迈克转而又说:"那么让太太来听电话吧。"很快,玛丽接过电话,迈克按事先说好的办法说:"请你转告霍尔先生,今晚九点,请他在圣何塞公园见。""明白了,我一定转告。"玛丽柔声答道。

当晚,迈克驾车朝公园驶去,夜晚的公园人很少,九点到了,未见玛丽的身影,一个小时过去了,还是未见玛丽,迈克等不下去了,便开车来到一个电话亭,给玛丽打了一个电话,电话里传来管家的声音:"太太已经睡了。""我有急事,叫她快起来。"过了好一会儿,玛丽才接了电话:"你找谁?""你为什么没来?"迈克怒不可遏,斥问道。玛丽却明知故间:"什么事呀?""难道你忘了今晚九点的约会?""我已经向先生转告了,他已经去了。"这女人装起糊涂来了,迈克没好气地说:"难道你不怕我向你丈夫揭露你的丑事吗?""什么事呀?我不明白,时间太晚了,失陪了。"说完,玛丽挂掉了电话……

第二天早上,迈克刚走出家门,两个警察就将一张逮捕证递给他:"我们以杀人嫌疑逮捕你。""杀人?你们是不是搞错了,开这种玩笑可不好。""你被控告杀了霍尔,请跟我们到警察局走一趟吧!"警察一脸严肃地说。

在警察局里,警长问道:"你认识霍尔吗?""他是我顾客,我当然认识。""昨晚,是不是你将他从家里叫出去,又把他杀了?你看看这个,这个打火机上有你的名字,还有你的指纹,我们是在霍尔的尸体边捡到的,而且,还有被害人的妻子和管家作证,她们说是你打电话叫霍尔到圣何塞公园去的。""你说玛丽吗?你们错了,我确实去过公园,但那不是和霍尔会面,而是和他的太太玛丽会面。"迈克解释道。警长说:"既然你叫玛丽去,可在电话里为什么找她丈夫?"猛地,迈克想起了那天他把打火机递给玛丽时,玛丽手上就戴着白色的手套,原来早就准备着消灭罪证哩!他这才明白自己掉进玛丽精心谋划的陷阱里去了。想到此,他叫了起来:"是玛丽杀了她丈夫!"警长打断了他的话,说:"你是懂法律的,知道光凭口说是没有用的,我们要你提供证据。""可我没有作案动机呀,我为什么要杀霍尔呢?""你有动机,你为了得到他的财产和玛丽,霍尔要是不死,这两样你都得不到。"警长冷冷地说。"不,玛丽她有情人,她是为了与情人独占霍尔的财产才下毒手的,你们可以调查一下,如果玛丽确有情人,那就证明我没说谎。""那你为什么在给霍尔的报告中说玛丽是忠实的?为什么告诉霍尔说玛丽在收到敲诈信后没去约会?""那是骗霍尔的,我……""你只能碰运气了,如果调查证实玛丽有情人,你还有一丝希望。"迈克在警察局拘留了五天之后,警长开口对他说:"调查有结果了,很遗憾,玛丽并没有情人。"

迈克绝望地闭上了眼睛,他完全明白了,从一开始他就跌进了陷阱,这个颇有心计的女人早就想摆脱老头子并得到他的遗产,只不过尚未找到机会,于是设计了一个圈套让自己钻,她将霍尔杀死,轻轻松松嫁祸于自己。可悲的是,侦探出身的迈克,由于贪念作怪,竟然身陷牢狱,成了一只替罪羊。

(改编:张晓妮)
(题图:箭 中)

锁的较量

神秘的诱惑

有个绰号叫"老鼠"的惯偷，常在公交车上作案。这天，车刚靠站，老鼠就赶紧下车钻进一个公共厕所，找了个隔间，清点自己的"战果"。他刚打开偷来的皮夹子，就听见外面走进来一个人，不久传来一个中年男子打电话的声音："对不起啊！我今天拉肚子，那批货还在家里，我马上要去医院。这样吧，我家在谭园56号，大门没锁，房门钥匙就放在门框上，要不你自己去取吧……"

老鼠听后，连忙把刚得手的钱揣进腰包，蹑手蹑脚地走了。

"谭园56号"是郊区一条偏僻小巷里的一处小院。老鼠推开大门，走到房门前，看了下门上的锁，是普通的撞锁，很旧。他伸手到门框上，果然摸到了一串钥匙，选了磨损最大的一枚去开锁，拧动了！可拧了半圈却再也转不动了，再一使劲，整个门把手也跟着晃起来。老鼠没想到会碰到这种情况，后悔自己没带工具来，心下一横，一脚朝门上踹去。"砰"的一声闷响，老鼠捂着脚直跳。这他妈什么木头做的门，这么硬！

"你偷东西就算了，怎么还要踹门？"突然，后面冷不丁有人说道。老鼠听了心中一紧，回头看时，一只大手伸了过来，后衣领已经被拽着了。他忙用手把衣扣扯开，想脱下衣服使一个金蝉脱壳。后面那人紧跟一步，拽他衣领的手迅速伸出去缠住他的脖子，将他往后拖着走。老鼠知道遇到了高手，用双手使劲掰着那人的手臂，勉强地说："大哥手下留情！手下留情！"后面那人并不言语，一直将他拖到门口，左手抓着他的头发让他眼睛靠近门锁，右手把钥匙串中两个小而薄的钥匙并在一起，插进了钥匙孔，打开门将他拖进屋中，这才放开手，说："你不是想进来吗？我带你进来！"

老鼠好一会儿才缓过劲来，惊恐地看着拖他进来的人。听声音，此人正是厕所里打电话的中年男子。老鼠连忙说："大哥，你饶过我这一次吧！我再也不敢了！"

中年男子却突然开口问道："你看我这房子装修得如何？"老鼠这才注意到，这房的装潢十分高档，实木地板、真皮沙发、等离子电视，一侧墙上还有一个橱子，里面放着各种各样的锁，看起来价值不菲，另一侧还有一个房间挂着珠帘，应该是卧室。

"你很奇怪我有这么值钱的东西在屋里，却用一把破锁，还把钥匙放在门框上，是吧？"中年男子冷笑着说道，"我可是玩锁的行家，我改装过的锁，即使给了你钥匙，你也打不开！"老鼠忙随声附和："那是，那是！"

中年男子冷冷地看他一眼："明天你可以再来，钥匙还放在门框上，你要是能进来，这屋里的东西都归你。你走吧！"老鼠似乎不敢相信自己的耳朵，看了看门，又看了中年男子一眼，半退着走到门旁，打开门"嗖"地蹿出去，撒开脚丫子跑了。

中年男子走进里屋，拎出来一个工具箱，开始换锁了！

奇怪的挑战

第二天早上，中年男子在巷口坐上一辆出租车，走了。有两个人一直看着他远去：一个染着一撮红头发，另一个就是昨天被捉的老鼠，只见他对红头发说："红毛哥，我实在是不敢去了，你一个人去吧！我在这儿给你把风。"红毛鄙夷地看了他一眼，走进了小巷。

红毛来到房门前，摸下了钥匙就开始试，每把都只能插进去一半，琢磨一会儿，明白了，里面有断了的半截钥匙，只有用另外半截钥匙才打得开。可这乱七八糟的一串钥匙里有指甲钳、挖耳勺以及一些小饰品，就是没有断了半截的钥匙。难道用挖耳勺？想着，他便将挖耳勺往锁孔里伸进去拨弄起来。

这时，老鼠蹲在巷口东张西望，忽然听到旁边一声喊："怎么不进去啊？"吓得他差点坐在地上，那中年男子，不知道什么时候竟走到他面前，"放心，我说话算数，进去看看你那位朋友吧！"说完自顾自走进小巷，老鼠只得硬着头皮跟在后面。

红毛用挖耳勺弄了一会儿锁，那挖耳勺居然断了。他正准备回去拿工具，却突然见那中年男子从大门进来，后面还跟着老鼠。

中年男子问："鼓捣那么长时间了,服气了吧？"红毛一仰脸："不服气！

你说过'即使给了钥匙,也没哪个贼能打开',可是你却把钥匙藏在身上,所以我不服气!"然后看了老鼠一眼,卖弄地说,"这门锁里面有半截断了的钥匙,只有用另外半截才能打开,而那半截钥匙他随身藏着,所以用门框上的那串钥匙根本打不开。"老鼠听了,不禁对红毛佩服得五体投地。

中年男子看了一眼红毛,笑了一声:"你说得不错,门锁里面的确有断了半截的钥匙,但是开门的钥匙却的确在这串钥匙上。"说着,他要回钥匙,捏住其中一个扁扁的不锈钢小猪饰品,举起来晃了晃就把小猪屁股朝里插进了锁孔,打开了门,然后拔出来,递给红毛,"现在服不服?"

红毛把小猪端详了半天,原来小猪后三条长短不一的腿恰好相当于钥匙的三个齿,谁会想到这是一个钥匙呢?红毛耷拉着脑袋,中年男子却哈哈大笑:"你回去吧!告诉其他人,随时可以来偷。只是明天我要换锁,而以后只有十分钟的时间了。"红毛与老鼠很不解地看了一眼中年男子,困惑地走了。

中年男子又乒乒乓乓地鼓捣起门锁来。

执著的应战

第三天,中年男子出去买早点,回来时发现一个戴眼镜的小伙子拎着工具箱站在门口,见了他上前鞠一躬:"我来开锁!"中年男子也客气地说:"请!"便坐在院中的椅子上吃起了早餐。眼镜将工具连同钥匙一字排开,拿出一只秒表,说了声"开始计时",便忙碌起来。

眼镜先用自己的工具试了两分钟,打不开,便放下工具,拿起那串钥匙,仔细端详了一会儿,开始试钥匙,试完了,又用可以叠在一起的薄钥匙试,还是打不开,看了眼秒表,还剩下三分钟。他深吸一口气,又一次拿起那串钥匙,试着将各个饰品组合去开锁,又将饰品与钥匙叠在一起开锁,终于门锁被转动了,而且还剩下一分钟的时间。他长舒了一口气,得意地回头看了中年男子一眼,便推门要进去。这一推,笑容却僵在脸上:门居然推不动,像是镶在墙上一样,往回拉也拉不动。

这时,中年男子已经吃完了早餐,眼神中流露出一丝赞赏,又带有一丝遗憾。眼镜恼怒地来回推拉门,却依然打不开。最后时间到了,眼镜不服气地说:"我已经开了锁。里面一定有东西顶住了门,这不算!"中年男子不紧不慢地说:"你没进门,已经输了,里面没有什么东西顶门,只是你弄错了方向。""弄错了方向?""这扇门不是推开的,而是拉开的。""拉开的?可是这门外明明有门框挡着啊?"

中年男子弯下腰去,用两个手指便拆下了下面的门框,然后用几秒钟的时间拆下了整个门框,抓住门把手一拉,门开了,他回头对眼镜说:"在最后的时候,没能保持一贯的冷静,是你失败的原因。"

眼镜没再说话,静静地收拾自己的工具。中年男子又打量了他一番,说道:"看来你对锁本身很感兴趣,你会有一番成就的。"眼镜叹了口气:"做贼能有什么成就啊?"中年男子似笑非笑地说:"一切都会变的。"眼镜默默地走了。

中年男子又开始改装自己的门。

惊人的秘密

第四天一大早,中年男子听到一阵敲门声,走出来打开门,一个年约五十的唐装男子领着红毛和眼镜站在门口。唐装男子一抱拳:"我是他们的老大,外号金刚钻,特来试你的锁。"中年男子连忙恭敬地说:"不知金老大要来,实在失敬!里面请。"说完带他们进了屋。

金老大也不客气,一屁股坐在沙发上,红毛与眼镜则站在他身后。中年男子拿出饮料放在沙发前的茶几上,说道:"请慢用。"金老大开口道:"你如此费心引我出来,不会只是要我喝这些东西吧?"中年男子说道:"金老大快人快语,是个爽快之人,那我就开门见山了。"说完站起身,说了声,"稍等!"转身进了珠帘后的房间,拎出一个大箱子,放在地上,打开后将箱子转了个方向。

三人朝箱子里望去,不禁一愣,虽然有许多东西没见过,但还是能看出那些都是专门开锁的工具。眼镜更是惊呼了一声,走上前去拿起那箱中的物件仔细把玩,啧啧称奇。

金老大笑道:"原来是同道中人,不知如何称呼?"中年男子不卑不亢地说道:"小弟没什么名头,只因好玩锁,人称'王锁头',这次请金老大出来确实是有事相求。"

金老大看了一眼眼镜,咳嗽一声,似乎在责怪他的失礼。眼镜回头看了他一眼,并不理会,仍然自顾自地把玩箱中的工具。金老大眼中闪出一丝失落,又转瞬即逝,装作不在意地对王锁头说:"只要我能帮上忙,定然义不容辞!"王锁头嘴角露出不易察觉的得意:"好!这边请。"说完,带金老大走进那间挂珠帘的卧室。

王锁头打开衣柜,里面竟是一个砌入墙中的大保险箱。王锁头说:"这是从阿拉伯一位酋长的家里偷出来的,里面是一把金锁,上面镶了十二颗5克拉的钻石。"金老大倒吸了一口冷气:"5克拉!十二颗!这金锁恐怕要上千万。"王锁头接着说:"可惜这保险箱异常坚固,如果强行打开,会引爆里面的炸药,把钻石和开锁的人都炸得粉碎。"金老大"哦"了一声。

"素闻金老大善开锁,人称'金刚钻',希望您老出面,打开这保险箱,东西你我平分。"王锁头激动地说,"外面箱中的工具,是目前道上最先进的,足可以助金老大一显身手!"说完慢慢地关上衣柜的门,二人走出了卧室。

金老大坐在沙发上沉思了半天,问道:"你不怕我们抢走你的宝贝吗?""哈哈……"王锁头大笑,"如果金老大是那种人,我怎么还会费那么多周折请你出面呢?"转而又平静地说,"而且,我在保险箱上接了一个小型炸弹,虽然威力不大,却足可以引爆里面的炸药,如果将保险箱从墙上拆除或者我遥控引爆的话,大家就会同归于尽。"三人都是一惊,没想到王锁头的计划竟是如此的周密。

金老大说:"此事我还要回去与众兄弟商量一下,王老弟容我考虑一天吧!""好!兄弟明日在此等你。"

三人走后,王锁头走进卧室,打开衣柜门,又开始捣鼓起来。

最后的玄机

第五天,来了四个人。除了昨天的三人外,还多了一个老头,与金老大有几分相像,走在最前面。昨天来的金老大向王锁头一抱拳:"实在是对不住啊!这才是我们老大,我其实是刘老二!"这时真正的金老大才说:"江湖险恶,不得不防啊!兄弟勿怪!""哦,不怪,不怪!里面请!"

金老大转身对三人说:"你们留在外面。"三人便站在院子里,背对房门,站立不动。

金老大跟着王锁头进了屋,金老大看着保险箱,又看了看工具箱,对王锁头说:"我做事时喜欢清静,老弟是否——"王锁头点点头,走了出去。

王锁头走到房门口,对外面三人说:"你们老大在开保险箱,你们要保持安静!"然后关上了房门,坐在客厅背对着卧室,手里拿着电视遥控器,不断地换着台。

金老大在卧室里忙活了近十分钟,就打开了锁,心想:王锁头不过如此嘛!然后小心翼翼地打开了保险箱的门,就在那一刻,只听身后"咣当"一声巨响,他忙回身使尽全力向门口奔去,却撞在一扇铁栅门上。从珠帘的墙侧伸出来的铁栅门,和监狱的门一模一样。听到声响的屋外三人也想推门进去,门却纹丝不动。金老大大声问:"你是谁?你想怎样?"王锁头不紧不慢地说:"我是谁?你还记得七里桥监狱吗?"金老大一脸疑惑地望着他:"你是狱警?"

"不用看了,你没见过我,我是七里桥监狱安全设备的负责人。当初你居然只用十分钟就打开了我研制的锁,并打昏狱警,逃了出去。因此我被开除公职。"王锁头伤感地说,"之后我自己成立了制锁公司,但你的越狱却成了我的心病,我发誓要捉到你。我一直通过各种渠道寻找你,终于查到了这里,并且成功地将你引出来。"

这时候门口的三人已经开始骚动了,红毛在粗俗地叫骂,眼镜开始试着开锁,刘老二则想开溜。王锁头丝毫不理外面的嘈杂,对金老大说:"里面有全套的开锁工具,给你十分钟的时间,打得开门,就还可以做你的老大。"说完就打电话报了警,"警察十分钟内赶到。你尽快吧!"

金老大嚣张地说:"这天下就没有我金刚钻打不开的锁,十分钟太久了。"这时,红毛和刘老二已经跑了,只剩下眼镜在用门框上的钥匙和自己的工具,耐心钻研着外面的锁。

十分钟到了,金老大没有打开里面的铁栅门,眼镜也没有打开外面的木门,警察也没有到。王锁头叹了口气,说:"剩下的时间,算我赠送的。你慢慢开吧!"

金老大急得满头大汗,沮丧地坐在地上,他知道自己打不开这道门,说道:"我输了,你能否告诉我,你怎么知道刘老二的身份的?""他是和你挺像,可是你的得意门徒,那个戴眼镜的小伙子……""他不可能背叛我,他是我的关门弟子!"

"你别激动,正因为你对他过于宠信,使他目中无人,他对刘老二爱搭不理的态度使我产生了怀疑。而且我知道对你而言,打开一把锁的乐趣,远远高过了得到那些钻石,而刘老二似乎对钻石金锁更有兴趣,所以他瞒不了我。"

很快,警察来了,铐住了发呆的眼镜。金老大低着头坐在地上,仿佛不相信眼前发生的一切,只听"啪"的一声,门开了,警察进去铐住了他。他呆呆地望着铁门,不愿移开目光。王锁头朝他晃了晃手里的电视遥控器说:"这就是钥匙,现在全国的监狱都装了这种锁。你进去再慢慢研究吧!"

没多久,警方一举捣毁了以金刚钻为首的盗窃集团。眼镜因罪行较轻,一年后就出了狱,被王锁头招进了自己的制锁公司,不久便成了技术骨干。

(李 方)
(题图:刘斌昆)

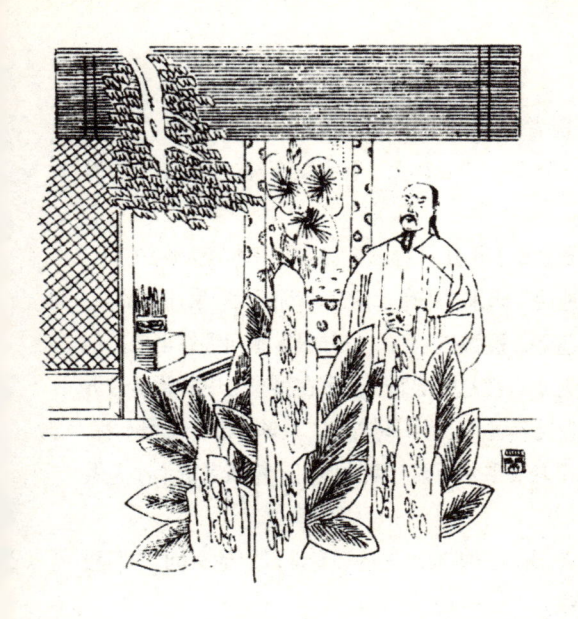

鬼魂告状

清朝雍正年间的一个晚上,"梆梆梆",更夫悠悠的梆声刚报过三更,进士出身的直隶总督唐执玉的书房后面,突然传来一阵哭声,起先是轻轻的啜泣声,渐渐变成"呜呜呜"的嚎叫声,凄惨悲切得催人泪下。奇怪呀,书房后面是一个花园,根本无人居住,这深更半夜的,是谁在啼哭呢?

仆人闻声外出一瞧,吓得"啊"地大叫一声,跌倒在地。

唐执玉此刻正在书房读书,听到外面动静不太对头,也起身出来观望,发现仆人倒在地上,再抬头一看,月光下映出一个怪物,那怪物很像传说中的鬼,一头散乱的长发,大嘴伸出血红的舌头,面目狰狞阴森,此刻正双膝跪在台阶上,哭声正是从那"鬼"嘴里传出来的。

唐执玉虽然心里十分紧张,但自忖没有做什么亏心事,于是沉吟片刻，壮了壮胆，问："下跪者何方人氏，为甚事夜闯本督官邸？"

那"鬼"伏地磕了一个头："老爷在上，容小鬼细禀，望老爷为小鬼伸冤！"

唐执玉听罢此言，心放宽了几分："你只管实诉，有本官为你做主！"

那"鬼"这才慢慢地说了起来："小鬼生前名叫冯德山，家住武清县，数月前外出经商，半途遇盗，被强盗杀害。谁知县官不问青红皂白，不捕强盗凶徒，反而乱抓无辜百姓赵甲抵罪。小鬼在冥冥之中将此事告诉了阎王老爷，阎王老爷念我冤屈，准许阳间告状。真凶不除，天理不容，所述并无半句虚假。闻得老爷秉公断案，鬼神俱惊，特请老爷为小鬼做主伸冤！"

"哦，竟有这等事？"唐执玉听罢，气得浑身发颤，他又问："那强盗姓名，你能告诉本官吗？"

那"鬼"说道："要晓得凶犯姓名，有四句话你需牢记：一口天上，一口士下，屋后是河，宅边是柳。"说罢，那"鬼"伏地又磕个头，跃墙而去。

唐执玉回到书房，心中暗暗地猜测：想必是亡灵未泯，冤情未解，阴魂跑来我处显灵告状，这四句话必然藏着根由，必有一个解说。他捶了一下自己的脑袋，将这四句话反复吟诵几遍，恍然醒悟，喜形于色地自言自语道："原来如此，一口天上，口在天上，必是吴字无疑；一口士下，口在士下，定是吉字不错。吴吉二字，岂不正是强盗姓名？天授命于我，这场冤案，本官定要审个明白，只是后两句，一时还不甚明白，待我慢慢解出再作处置。"

次日天亮，唐执玉升堂理事，文官武弁分成两列垂手侍立。果然，不一会儿就有人来报，有武清县派差役押来拦路抢劫杀人行凶的赵甲。差役将案卷奉上："请老爷过目。"

唐执玉打开卷宗，正是冯德山被杀一案。他想起后两句还未解出，就问差役："冯德山死在何处？"差役答道："本县柳家庄西。"

"噢！"唐执玉暗暗点头，又问："柳家庄可有河流过？"差役又答："河从庄中穿过。"

唐执玉得意地拈着胡须，看来后两句话也有解了，屋后是河，宅边是柳，不是指凶犯住的地方吗？好！既知凶犯姓名住处，捉拿归案岂不易如反掌。今日我断此案，就是包公、海瑞再现亦不过如此。

唐执玉"霍"地从公堂上站起身，扔下一根飞签，说："左右衙役听令，速去清河县柳家庄，问问可有吴吉此人，若有，火速捉拿归案，不得有误！"两旁衙役遵命，下堂骑马飞驰而去。

第二天，衙役将吴吉押到总督大堂。唐执玉问："你可是柳家庄的吴吉吗？"那人答道："小人正是。"

唐执玉"啪"地一拍惊堂木："大胆吴吉，你杀人劫财，从实招来！"两旁衙役、皂隶横眉竖眼，吆喝声如雷响："快招！"

吴吉满脸惊恐，吓得直喊"冤枉"。唐执玉将惊堂木"啪啪啪"连拍几下，冷笑道："呔，你这刁徒，不打不招！"于是喝叫皂隶："给我重打四十，看他招不招？"四十棒打过，吴吉虽然皮开肉绽，但就是不招。唐执玉一时无奈，只得将吴吉押入大牢。

唐执玉的师爷目睹了这场审案过程，觉得有点莫名其妙：总督大人一向断案如神，这次好像有点一反常态，连起码的证据都不要了。于是师爷待众人离去，问唐执玉道："此案根据……"唐执玉微微一笑，如此这般地将鬼魂夜半告状的情景叙述了一遍，并说："此乃神灵启示，我亲眼目睹，岂能有假？"

师爷不信鬼魂之说，即使后退一步，真像传说中的那样，鬼也应是来无踪,去无形,岂有鬼魂翻墙之举?于是师爷就和唐执玉一起来到花园。他们抬头细细察看,慢慢就看出了疑点,只见墙上面有处浅浅的鞋印,显然是脚踩后留下的。唐执玉审视再三,浑身猛然一震,愧得脸"刷"地红到耳根,连连顿足:"可恶之'鬼',险些让老夫铸成大错,毁掉一世英名。我不活捉此'鬼',有何颜面再做官?"

唐执玉发誓要将"鬼"捉住,可怎么捉呢?师爷为他出了个点子:"鬼"是为赵甲而来,那就在赵甲身上打主意……

当下,唐执玉令人于牢中提出赵甲,好言好语地说:"冯德山被害之事,其冤魂已讲明,真凶吴吉也已入狱。只是鬼神虽灵,却不懂阳间公堂规矩,尚差状子一张,无法申报朝廷。我已虔诚烧化一道符箓,传召冯氏之魂三天内呈上状子。只要状子一到,这桩案子就可了结了。你可先给家里捎封信,以免家人牵挂。"

赵甲一听总督说出此话,肚子里像吞下了定心丸,连连磕头谢恩。

三天后的一个夜晚,只听得"嗖"一声,一个黑影落在后花园,果然是那"鬼"又来了。那"鬼"轻轻一推书房后门,"吱呀"一声房门开了。

听到响声,唐执玉漫不经心地撩开眼皮,说:"来得好!来得好!老夫已恭候几天了。"那"鬼""扑"地跪在地上:"请老爷接诉状。"

唐执玉哈哈大笑:"你想拿我当三岁小孩耍?"笑罢又把面孔一板,眼睛一瞪,喝道:"大胆狂徒,竟敢装鬼欺骗本官,该当何罪?快给我拿下!"

那"鬼"一瞧事情败露,"霍"地蹦起来,刚想施展飞檐走壁的本领越墙而逃,哪知脚下被一根绳索一绊,跟跄摔倒在地,早有军士上前将那"鬼"生擒活捉。

天亮之后,赵甲被差役带出牢房,一路上他还做着好梦。到了堂上,唐执玉"啪"一拍惊堂木,大喝一声:"赵甲,你可认得此鬼?"

一听说"鬼",赵甲脸色骤变,定睛一瞧,见公堂前下跪的竟是自己重金雇请的那个惯盗,顿时目瞪口呆,惊叫一声,瘫软在地上,嘴里喃喃说道:"小人愿招!小人愿招!"

原来,冯德山确实是赵甲杀害的。赵甲为了逃避罪责,重金雇请了一个会飞檐走壁的惯盗,用鬼魂告状的伎俩,诬陷吴吉。不料唐执玉最终明辨事理,来了个直钩钓鱼之计,将一桩案子审得明明白白。

直隶总督碰到的是一个假鬼,可起初在层层迷雾下,他还是陷进他人设下的圈套,差点闹出一桩冤案。好在直隶总督有错即改,并不顾及自己的脸面和威严,终于使案情水落石出,这种勇气是令人可敬可佩的!

不被假象迷惑,有错即改,这些道理很朴素,但真要做起来可不那么容易了。

(搜集整理:郭书龙)

(题图:蔡解强)

和推磨有关的奇案

你见过推磨吗？过去，富裕人家的磨一般用牲口来推，而穷人家则需要靠人力来推，推磨时间长了，人就会头晕，我国西南地区的人发明了一种木制的"丁"字形工具，叫做磨担钩，借助这种工具，推磨人可以站在原地不动，只需推动磨担钩就可以使石磨动起来，今天讲的故事就和磨担钩有关。

清朝乾隆年间，重庆杨家坪有一个叫杨一德的人，靠开磨房起家，成了当地一个不大不小的财主，人称磨房杨老爷。这杨老爷虽然家道殷实，可惜膝下无子，后继无人。杨老爷原配夫人张氏精明貌美，但肚皮不争气，久久没有动静，于是杨老爷就要纳妾，张氏起初不愿意，但时间一长也只好妥协，但她要求，老爷所纳之妾需由她张氏亲自挑选。

就在张氏答应老爷纳妾的第二天，重庆破天荒地下了一夜的大雪。一大早，杨家仆人起来开门扫雪，发现门口倚靠着一对衣衫褴褛的男女，男的四十多岁,女的二十岁出头,两人已经冻得说不出话来了。张氏平日就积德行善,因此仆人自作主张,把两人扶到客房,灌了几口热汤之后便来禀报张氏。

张氏来到客房,经过打听得知,这是一对父女,父亲叫张老坎,女儿叫张翠花,因家乡遭了难,逃难过来的。张氏见他们父女可怜,便收留了下来,张翠花很快就成了杨老爷的二房太太,而张老坎则到磨房当了账房先生。张翠花和杨老爷圆房后,她的肚子就一天天大了起来,七个月后不知什么原因动了胎气,孩子早产了。杨老爷为儿子起名杨赛虎,赛虎不到三岁,翠花又生一胎,还是男婴,起名杨赛豹。

杨老爷中年得两子,真是喜上眉梢,他每天看着睡在身边的两个小子,像吃了蜜糖一样。他铆足了劲赚钱,又买了好几十亩良田给两个儿子备着,夜晚搂着这个捡来的小老婆"心肝宝贝"地叫个不停。就在赛虎四岁、赛豹刚学走路时,一场突如其来的祸事降临到杨家。

这天,杨老爷从外面要账回来,刚到庄口,就见自家门口围满了看热闹的人。原来,自己的"第二老丈人"张老坎突然暴亡。杨老爷惊惶失措,他急急忙忙赶到老丈人的房间,只见张老坎全身一丝不挂,扭曲着身子倒在地上,口鼻流血,面目狰狞,一看就知道不是正常死亡。杨老爷本想隐瞒了事,然而有众多家仆和外人在场,并且人命关天,死的又是自己爱妾的父亲,于是立刻差人报官。

不久,本地的王知县带着仵作及其他一干人,赶到现场仔细勘验,经过仵作验尸后确定张老坎是中剧毒"鹤顶红"而死。王知县对杨家上下细细排查,认为张老坎不可能自杀,一定是他杀,王知县还从众人口中得知,张老坎的饮食都是由二奶奶张翠花专门负责,他的房间除了二奶奶进去外,没有外人进去过。张老坎今天上午没有去磨房,仆人进入他的卧室召唤，却发现他已经僵死在地上了。

由此看来，张老坎的死定然和张翠花有莫大的关系，于是王知县下令将张翠花押到县衙。众人见张翠花被押走，都丈二和尚摸不到头脑，这张翠花和张老坎乃是父女，就算她再不孝顺，也不至于用鹤顶红将亲老子毒死啊！

再说这张翠花在县衙大堂之上战战兢兢，身体颤抖如同筛糠，口中大呼冤枉，在场的人也觉得这王知县确实冤枉了张翠花。

突然，王知县一拍惊堂木，大喝道："大胆刁妇，还不从实招来，你口口声声称张老坎是你亲爹，岂有闺女到亲爹房中过夜的道理？"原来在杨家排查的时候，有仆人告知，他们多次在夜里听到亲家老爷房里有二奶奶的声音，而且有时候一大早看到二奶奶从张老坎卧室出来。王知县大声呵斥："俗话说没有不透风的墙，你与那张老坎究竟是何关系，还不从实招来？莫非想受皮肉之苦？"王知县话音刚落，那张翠花早已吓得七魂离窍，急着喊道："小女子招供……"

其实这张翠花并不是张老坎的女儿，而是张老坎拐来的，张翠花也不清楚自己的身世，只知道自己从十四岁起就被张老坎霸占了，只是对外一直都称是父女关系。自从张翠花到杨家做妾之后，她确实想死心塌地地跟着杨老爷，无奈杨老爷不仅年龄大，还老是外出做生意，正值青春韶华之年的张翠花很是寂寞，而张老坎便见缝插针，要挟她，如若不从，便会将这一切公之于众，因此张翠花也就半推半就了。

那天，杨老爷进城打点生意未归，三更时分，张翠花便悄悄溜到张老坎房中，就在两人恣意亲近的时候，张老坎突然七窍流血，从床上翻滚到地下，猛叫一声，便一命归西了，张翠花吓得面无人色，慌慌张张地收拾一下床铺就逃离了现场。

张翠花讲了这些之后,在大堂上磕头不停,口中道:"奴家不守妇道,确实该死,可是大人,奴家真的没有毒杀张老坎,若有半句虚言天打雷轰,还望青天大老爷明鉴。"

审案到此,王知县不禁皱起了眉头,因为凭借多年的断案经验,张翠花所言应该是真,那么究竟是谁杀了张老坎呢?

这案子过了三日没有丝毫进展,王知县又带人来到杨家,将张老坎的卧房又彻底搜了两遍,还是没有发现丝毫线索,于是又到张翠花的房间去搜,在张翠花的床上,王知县发现了一个三寸长的磨担钩,便禁不住拿在手中,轻轻地在掌中摩挲,突然,他觉得有一点点儿的沙砾掉在掌中,王知县将掌中的沙砾凑到窗前一看,脸色突变,原来,磨担钩的钩嘴部是空心的,沙砾就从里面掉落,这沙砾乃是毒药"鹤顶红"!

王知县火速赶回县衙重新审案,他让人将磨担钩拿到张翠花面前,喝道:"张翠花,你可认得这物件?"张翠花看着磨担钩,疑惑地回答:"大人,这磨担钩是我大儿子赛虎玩耍过的,不知此物件与本案何关?"

王知县立即命衙役将赛虎带到大堂之上,张翠花一把搂过赛虎,哭得呼天抢地,泪如雨下。

王知县拿了几块米花糖,塞给神情惊恐的赛虎,然后,拿过磨担钩,笑着对赛虎说:"赛虎,告诉大爷,这个磨担钩是谁给你的啊?"

赛虎捏着米花糖,看看亲娘,又看看王知县和众人,胆怯地说道:"是外公给的。"

王知县又轻轻地追问:"好孩子,告诉大爷,外公给你这个干吗啊?"

赛虎一边比划一边说:"外公拿给我磨面面耍的。"

王知县接着道:"外公要你在哪里磨面面呢?""外公说,等娘亲睡着了,在娘亲的奶奶上面磨……磨了后,他给我买好吃的。"

王知县叫人送走了孩子,紧接着追问张翠花:"这个孩子不是你和杨老爷的,而是你和张老坎的,对不对?"张翠花愧疚地点了点头。

　　王知县叫来女仵作,并在她的耳边低语几句。那女仵作在堂上用屏风将张翠花团团围住,用湿毛巾反复擦拭张翠花的乳房,然后将鸡蛋打于湿毛巾上,牵一条黄狗来舔毛巾,眼睛一眨,只见黄狗倒地而亡。

　　案情终于明白了,原来张翠花"早产"生下的赛虎,并非是杨老爷之子,而是张老坎的种,为了避嫌,故意称足月生下的赛虎为"早产"。张老坎虽然丢了老婆张翠花,但是自从有了儿子赛虎,他似乎看到了人生的希望,因为将来赛虎将要继承杨家的家产,可哪知后来张翠花又生了个赛豹,将来长大就要分走赛虎一半的家产,于是他要想办法害死赛豹,让自己的儿子赛虎独享杨家家产,他想出了一条毒计:哄骗赛虎用磨担钩往张翠花乳房上涂毒药,毒死正在吃奶的赛豹!

　　哪知这两天赛豹染病腹泻,郎中吩咐需禁奶三天,换用米面糊糊充饥,而赛虎拿到了张老坎给的磨担钩,睡觉的时候非要在娘亲的奶奶上磨面面,张翠花觉得儿子贪玩,也没有太阻挡。那天正好杨老爷又外出谈生意未归,晚上,张翠花将两个儿子哄着睡了,便跑去偷情,而张老坎因见赛豹未死,误以为赛虎并未往张翠花乳房上涂抹鹤顶红,因此在亲近时误将张翠花乳房上的鹤顶红吃进了嘴里,一命呜呼,命丧黄泉,因此,赛虎实际上才是杀死他假外公、真亲爹张老坎的"凶手",此案一破,成了当时重庆府的一大奇案。

　　这真是机关算尽,恶有恶报,张老坎的"聪明"反而自误了性命啊!

(肖亚雄)
(题图:黄全昌)

擦亮你的眼睛

发现尸体

这天下午，刑警队副队长肖强和未婚妻宋佳佳拍完结婚照，去帝豪酒家吃饭。帝豪酒家是宋佳佳父亲宋士文开的。这酒家等级较高，是座欧式建筑，二楼以上是客房，底层大堂宽敞豪华，富丽堂皇，周边是一间间装潢各异、优雅别致的包房。肖强和宋佳佳刚走进大堂，宋士文就笑呵呵地招呼他俩进入包房。已经坐在里面的肖强母亲韩英见他俩进来，微笑着招呼他们落座。

坐在酒桌旁，韩英笑眯眯地看看英俊的儿子，又看看清秀美丽的宋佳佳，亲切地询问他俩度蜜月的安排，肖强笑而不语，宋佳佳脸上溢满了甜蜜。宋士文诚恳地说："等你们度蜜月回来，佳佳就来集团工作吧。强子,你也考虑一下,我老了,想好好休息啦。"

肖强的母亲也用期待的眼神看着肖强,肖强不想让老人扫兴,就含糊地点点头。

这时,肖强的手机响了,他拿起来一看,是刑警队严队长打来的。严队长语气凝重地说:"强子,丽达公寓工地有情况,你赶快过来!"

肖强急忙起身,歉意地对大家说:"发现了情况,我得赶快去现场。"宋佳佳立刻噘起了嘴,宋士文笑着叹了口气,向肖强挥手说:"去吧,孩子,争取尽快回来。"

肖强朝宋佳佳做了个鬼脸,急忙转身出了酒家,驱车赶到了丽达公寓工地。肖强刚下车,就远远地看见队里的几个人围在一个挖掘机旁指指点点,严队长正和法医说着什么。

严队长回头看见肖强,边向他招手,边说道:"发现一具尸骨,很奇怪。"

这儿是一块好几十亩地大的工地,到处是工人和各种机械。肖强看见挖掘机巨大的铁锹下边,有个棺材大小的水泥块,水泥块的四周是潮湿的黑土,被发现的尸骸就是被浇注在这水泥块里的。尸体被水泥包裹的那面,没有完全腐烂,但肌肉已经风干;而尸体接触土壤的部分,只剩下瘆人的白骨,死者的面部,恰好朝向土壤,已经是个骷髅了。

严队长指着附近场地说:"这儿原来是一排居民平房的地基,根据位置推测,这尸体是埋在一户居民卧室地下约两米深的地方,我怀疑是凶杀,这个案子至少发生在十年前。"严队长接着轻声对肖强说:"你赶快去查查十年前这个城市的报案记录,找出所有未能侦破的案卷。"

包着尸骸的水泥块被运走后,肖强指挥大家在泥土中再寻找线索,结果只发现一个破破烂烂的黑色人造革提包。

法医鉴定很快出来了,死者属于被钝器击伤致死,死亡时间大概是二十多年前，死者的年龄约三十岁。肖强查遍了档案室死案案卷，竟然没有发现二十年前的有关报案记录。这让他感觉非常诧异。

第二天，严队长和肖强把情况和想法向主管副局长汪峰作了汇报。然后，肖强走访了房地产管理局、城市规划局以及政府档案部门，结果几乎是一无所获。他只查出那排平房原是一个木材加工厂的职工宿舍，而这个工厂早在十几年前就倒闭了。

肖强感到事情有些蹊跷。他想：公安局没有案底，房管局也没有这排平房的资料，这种巧合是偶然的，还是……想到这里，肖强的胃口被吊起来了。

肖强回到局里，想再看看那具尸体，再找找灵感。可是，让他更为吃惊的是，尸体已经被拉到火化场去了。法医告诉他，是局领导指示这么做的。

肖强冲进副局长汪峰的办公室，汪峰不在屋内，肖强急忙开车直奔火化场。

那具尸体已经在火化炉里熊熊燃烧，透过观察孔，肖强看见尸体只剩下脊椎骨，活像一截通红的木炭。肖强急忙让火化工熄火。

等骨灰冷却后，肖强仔仔细细观察了一番，竟然意外地发现骨灰里有个豌豆大的黑色金属片，这个发现让肖强十分惊喜！他小心地收好那个金属片，迅速赶回单位。

死者是谁

这天下午，肖强被汪峰叫到办公室。汪峰曾经担任过多年的刑警队长，有极其丰富的侦察经验。汪峰听了汇报，两人又简单地分析了案情，他俩一致认为：这不是流窜作案，这个案子取证难度很大，破案周期也许会很长。

接着，汪锋说："你们严队长建议这个案子由你负责，我和局长都同意。不过眼前有很多案件需要侦破，咱们人手少，经费又很紧张，你还要兼顾其他侦破工作。有什么困难，及时向我汇报。"

肖强来到队部办公室，见到严队长，拿出那个金属片，严队长皱着眉头仔细观察了半天，对肖强说："你去找退休的老法医金钟，让他看看这是什么，我感觉像弹片。"

下班后，肖强来到金钟家里。

"这是弹片！"金钟用放大镜仔细观察了那个金属片后，肯定地说，"死者肯定是参加过军事战斗的。这种弹片，应该就是当年边境反击战，敌我都普遍使用的自行火炮的弹片。"

肖强兴奋地说："这个死者的年龄在三十岁左右，那么，他一定参加过当年的边境反击战，我可以查出二十年前这个城市参加过那次战役的退伍人员名单，我想这个人复员后，很可能分配在原来的木器加工厂！"

金钟说："从推理上判断，应该如此，如果查清了他的身份，那么他生前的亲友中，也许就有知情的人啊。"

在武装部掌握的资料里，肖强很快找到了当年参加过边境反击战的退伍人员名单，一共三个人，其中确实有个人曾经在木器厂工作过，这个人叫肖长存。这个发现，让肖强看到了希望，但也有个让他非常困惑的问题：这个肖长存被杀害，为什么没有留下任何报案记录？最起码他的家属也应该报案啊！肖强决定下一步去寻找他的家属，寻找当年木器厂的知情人。

肖强仔细思考后，决定先从外围的知情人开始查询。在失业人员资料里，肖强很快找到了一些木器厂的人员名单，经过筛选，他抄下了几个工龄较长的人员名单和家庭住址。

这天，一身便装的肖强来到一片街道窄小、房屋破旧的居民区，他想找一个叫张万年的人，这个人曾经担任过木器厂的总务科长。

在街口，肖强向一个摆烟摊的老头打听道："大爷，您认识一个叫张万年的老人吗？"那老头用手摸摸红红的酒糟鼻，眨巴眨巴布满血丝的眼睛说："认识啊，你找他干吗啊？"

"您可以告诉我他住哪里吗？"肖强环顾了一下四周说，"这里连门牌都没有。"

老头狡黠地说："告诉你可以，可我的烟摊还没有开张呢……"

肖强拿出二百多元钱说："给我两条红塔山。"

老头立刻喜笑颜开，拿出烟递给肖强，然后慢吞吞找零钱，肖强摆摆手说："算了，别找了。"

老头一听，连忙把钱掖进口袋，然后笑嘻嘻地说："我就是张万年，有什么事情啊？"

肖强真是哭笑不得，心里说，好狡猾的老头！但他仍诚恳地问："您认识一个叫肖长存的人吗，原来和您一个厂的，木器厂！"

"让我想想……"老头思索了一会儿，猛地拍拍脑袋说："他是不是厂子里的会计啊，好像二十年前，他携工资款潜逃了。"

肖强一听，惊诧地脱口而出："什么，他携款潜逃？他没有死？"

老头说："他死了？怎么会呢，他把我们厂三百多人一个月的工资三万多元都卷跑了，不过后来，他又都还上了，好像还多还了一万块钱呢！"

肖强问："那您还记得他携款潜逃后，单位报案了吗？""应该是报案了。可是，因为他是当兵出身，上过前线——单位就不让声张吧，具体的情况我也不知道。"

"那他现在人呢？他怎么还的钱啊？""他好像去别的什么地方发财了，工资款是从外地汇给厂里的，公安局按照地址去抓他，他跑了。""那他后来还有消息吗？""这个我就不知道啦。"

最后，肖强问了一个关键的问题："这个肖长存，他结婚了吗？他妻子的名字您还记得吗？"

"韩英！他老婆叫韩英，韩英可是当年全城知名的美人啊！唉，当年，连我都偷偷追求过韩英呢！"老头感慨地说。

肖强愣住了：自己的母亲就叫韩英啊！

肖强从小没有父亲，母亲也从来没有和他说过任何关于父亲的情况，难道死者是自己的父亲？自己的父亲名叫肖长存？

为父昭雪

肖强心情沉重地回到家，对母亲说："妈，把您年轻时候的照片给我看看，好吗？"母亲瞅了他一眼，说："这孩子，怎么想起看我的照片？妈现在都老了，过去的照片有啥好看的。"她嘴上这么说，还是打开箱子，拿出了照片。肖强看着母亲年轻时的照片，脑子里不由自主地闪现了一个词——倾国倾城。

肖强边看照片边心情沉重地说："妈，告诉我关于我的父亲的事情好么，我想知道全部！"

母亲走过来，摸摸儿子的额头，说："孩子，你今天怎么啦，需要你知道的，我会告诉你的。"

肖强突然冷冷地说:"妈,我的父亲叫肖长存,参加过边境反击战,复员后分配到木器厂当会计,后来,他携工资款潜逃了,对不对?"

一听这话,母亲像突然遭雷劈一般,惊得喊起来:"天哪,你是怎么知道的?这是谁告诉你的啊?"

肖强激动地说:"我父亲没有携款潜逃,他很可能是被人杀害了,我们在丽达工地发现了一具尸体,很可能是他!"

"不可能啊,孩子,你爸爸绝对没有死!"母亲说着,犹豫了一会儿,走向自己的卧室,拿出一个上了锁的红漆小木盒子,吃力地拧开锁,从里面拿出一叠颜色各异、大小不同的信封。

她把这些信递给肖强说:"这是你爸爸前些年偷偷写给我的信件,你自己看看吧。"

信封大概有十几个,从邮戳上看,信来自不同的城市,而且,信封上的字迹都不同,有的工整,有的潦草。从邮戳的时间可以看出,这些信几乎是每年一封,而且邮寄自不同的城市,最后一封信的邮戳时间是十年前。

肖强把信纸抽出来,信的内容都是雷同的:"我在xx城市,勿念。"而这些字,都是由报纸上剪下的字粘贴拼凑而成的,只有落款的签名"肖长存"三个字是手写的。

肖强的大脑一片混乱,难道死者真的不是自己的父亲?那么,死者是谁?

"妈,您能不能找到我爸爸潜逃前的手迹啊?"肖强忽然想起了什么,问母亲。

母亲沉思了片刻,又回到卧室,一会儿,肖强隐约听到母亲在撕开纸张的声音,接着,母亲拿着一张发黄的纸片出来。肖强接过纸片,看见上面有这么几个字：保证人肖长存。

肖强把纸片和信笺摆放在一起。"肖长存"三个字和那些信笺的签名，字迹完全一样，他反复仔细观察也看不出任何破绽。肖强困惑了。他脑子里忽然闪现出一个问题，便问母亲："我爸爸如果还活着，为什么这么多年还不露面？他已经偿还了携走的工资款，那他还怕什么啊？即使法律处罚，也不会很严重啊。"

母亲也被这个问题问得愣住了，她低下头，有些无奈地说："他也许根本不愿意回来，也许他现在生活得很好啊……"

肖强看着已经开始苍老的母亲，内心也很难受。他想这么多年，母亲一直独自生活，一定有一肚子的苦水啊。

肖强沉思片刻又说："妈，我爸爸原来有哪些朋友啊，谁和我爸有过矛盾啊，您能回忆起他们的名字吗？"他顿了顿又说，"我还是怀疑我爸爸是被杀害的，凶手也许就在他的朋友中间。"

一听这话，母亲的神情忽然惊惶起来，她愣了一愣，猛地抓住肖强的胳膊，声音哽咽地说："孩子，这个案子不要查了，千万别再查下去了，妈妈求你了……"

肖强没有料到母亲这么激动，他一时有些不知所措，但还是说服了母亲，把那些信件和那张纸片带到了老法医金钟家，让金钟帮他再次鉴别签名的真伪。

鉴定结果不出肖强所料，这是属于两个人的笔体，尽管模仿得很像，但是，极其细微之处还是有很多破绽的。这个结果让肖强内心产生了一丝喜悦，也感觉到一丝酸楚。这个凶手是存在的，此人和肖长存很熟悉，他熟悉肖长存的笔体，他很有心计地精心策划了嫁祸于死者的凶杀案，还不断奔走于很多城市，制造肖长存还活着的假象！肖强暗下决心，一定要让真相水落石出。他要为含冤而死的父亲平反昭雪,讨回公道。

肖强不顾家人亲友的反对,决定为死去二十多年的父亲开追悼会,为父亲昭雪于天下。他不能让父亲在蒙冤这么多年后还继续被大家认为是个潜逃的罪犯。他内心的另一个用意也是试图借大张旗鼓地开追悼会,敲山震虎,震慑凶手。

追悼会在殡仪馆的吊唁厅举行。肖强通知了肖长存所在单位所有可以找到的同事,包括那个卖香烟的张万年。刑警队的朋友们帮他忙前忙后,布置灵堂。肖强亲自写了挽联:

慈父蒙难含冤二十余载

凶手作案真相不日揭晓

到了追悼会快开始时,肖长存生前的同事只来了一个人,就是张万年。一辆汽车在追悼会开始前悄悄停在会场旁边。宋士文走下车,他打开另一侧车门,把肖强的母亲韩英搀扶下车。接着,又有一辆车也停在一旁,车上下来的是副局长汪峰。肖强忙迎上去,和汪峰握手,汪峰神情凝重地握紧肖强的手说:"是好事啊,老人家在九泉之下该瞑目了。"

肖强旁边的张万年忽然高喊起来:"学武啊,老朋友,你来了,好多年不见啊!"肖强侧过头,只见张万年快步走向宋士文,两人亲热地拥抱在一起。肖强心里一动:他们认识?否则张万年为啥叫宋士文"学武"啊?

谁是父亲

按照当地的风俗,追悼会七天后,要焚烧死者生前的遗物。

肖强在母亲指导下翻箱倒柜,折腾了半天,才翻找到父亲的一套旧军装。母亲告诉肖强,这套军装,曾经历过炮火的洗礼。肖强忽然想起那个弹片,看来父亲负伤的位置,就是在左小腹的部位。

肖强把军装拿到野外,他眼睛有些潮湿地点燃烧纸,烧纸立刻燃起熊熊火苗,正当他抖开衣服准备投入火中时,忽然发现上衣里面有些字迹。一看,上面写着:肖长存,血型O……

肖强像被闪电劈伤了一样,浑身顿时一麻。他清楚,母亲韩英的血型是O型,而自己的血型却是A型!作为公安大学的高材生,他当然知道,父母都是O型血,子女绝对不可能是A型血!他又把衣服上的部队番号还有其他字样翻来覆去看了几遍,确认肖长存的血型就是O型!

肖长存不是自己的父亲?肖强被脑子里闪现的推断吓了一跳。那自己的父亲究竟是谁啊?肖强全身不由阵阵发冷,好像陷入了冰天雪地之中。他的内心在悲怆地呼喊着:天哪!我到底是谁?谁能告诉我啊?

他木然地看着烧纸渐渐熄灭……

肖强猛然站起身,想回家去质问母亲,但他很快又冷静下来:自己这样去质问母亲,问自己的生父是谁,不等于去指责母亲是个不贞洁的女人吗?这不等于在羞辱母亲吗?

肖强悄悄回到家,把那套军装偷偷收藏好。

他躺在床上,正胡思乱想时,听见宋佳佳和母亲打招呼的声音。接着听到母亲高兴地喊他:"强子,佳佳来啦。"

肖强走出卧室,见母亲和佳佳亲热地坐在沙发上,茶几上摊开着精美的相册。

"来啊,快看看你们的结婚照!"母亲眼睛眯成了一条线,乐得合不拢嘴。

看见每张照片照得都很精美,肖强心情豁亮了许多。

母亲感叹地说:"佳佳真漂亮啊,强子,你真是前世修来的福气!"

佳佳羞涩地说:"伯母,瞧您说的,您年轻时候,才是真正的美人啊。"

母亲的眼光忽然黯淡了片刻,站起身对肖强说:"你们聊吧,我得去做饭烧菜,中午把你宋伯伯叫来,我们一起吃饭。"

看完相册,佳佳神秘地凑到肖强耳边轻声说:"强子,等我们结婚了,我们也撮合二老结合吧。"

肖强吃了一惊:"我妈妈和宋伯伯?"

佳佳点点头:"是啊,你不知道吗,他们原来是一对恋人啊。我爸爸有张照片,是他们年轻时候的合影,他经常偷偷看呢。就是不知道为什么,他们没有成为夫妻……"

肖强忽然想起什么,低声问佳佳:"你知道宋伯伯是什么血型吗?"

佳佳说:"A型啊,怎么啦?"

"那你是什么血型啊?"

佳佳嗔怪道:"也是A型啊。我们不是婚检过吗,你怎么忘记啦?"

奇怪的信

这天,肖强收到一封神秘的来信。信封上没有寄信人地址,从邮戳上看,是本市寄来的。拆开一看,信的内容让肖强大吃一惊。信笺的内容是从报纸上剪下的大小不等的宋体字:我是凶手,我原来在木器厂工作。我会通过三封信慢慢告诉你一切,我的信,不要告诉任何人!切记!

落款是手写的签名:肖长存。这三个字的笔体,和肖强母亲保存的那些信的签名完全一样!

凶手终于出现了。这使肖强既振奋又恼怒。他想这个凶手似乎也太嚣张了吧。看来他是在暗中一直窥视着我们的行动，控制局势！他又转念一想，难道凶手要自首？要自首就干脆投案好了，为什么要"慢慢告诉你一切"呢？这家伙到底在玩什么花招！

　　肖强百思不得其解，但他可以肯定的是，凶手一定知道他在调查这个案件！他自称是木器厂职工，眼下知道肖长存是木器厂职工的只有张万年啊！难道张万年就是凶手？为了以防万一，肖强立即秘密安排侦察员，悄悄监视张万年的行踪。

　　过了两天，肖强又收到了第二封信，这封信是电脑打印的，内容很多：

　　1980年11月3日中午，我知道肖长存要去银行取工资款，就在半路尾随他。等他提着黑色人造革提包走出银行，我就装作偶然遇到他，我告诉他，我家里有件皮夹克，问他要不要。他和我很熟悉，我俩经常一起喝酒，所以他对我没有任何戒备。我把他领到我家——木器厂职工宿舍，在他试穿皮夹克的时候，我猛然用榔头击打他头部，他没吭一声就倒下了。我又用绳子勒住他脖子，确认他已经死亡，就挪开我的单人床。床下边，我用了一个月时间，挖了个两米深的大坑。我把肖长存的尸体扔到坑里。把提包里的三万多元巨款收好，扔掉提包，然后，我开始用早准备好的水泥一点点灌注这个大坑，等我把一切处理好后，就赶往广州，把提前准备好的模拟肖长存语气、笔体的信投到邮箱。这样，我就成功转移了警察的视线。

　　后来的事情，就很简单了，我陪这具尸体，整整睡了十年，我不敢搬家，我也整整做了十年噩梦啊……如果你不把我这两封信的内容告诉任何人，我还会再寄给你一封信，把我用过的火车票寄给你——我每年都要到不同的城市，给肖长存的妻子韩英寄封类似的信，暗示大家肖长存还活着。

信的落款，还是肖强熟悉的那三个字：肖长存。

这封信让肖强更加矛盾，他想要不要等第三封信呢？要等多长时间？如果这是凶手的诡计怎么办？

最后，肖强决定两条腿走路，他先把对张万年的怀疑向汪锋作了汇报，但他没有提到自己收到这两封奇怪的信的事情。汪峰听了高兴地连声夸赞肖强，他提议，先严密监视张万年，等时机成熟了，就抓捕他！

一个暴雨之夜，肖强被巨雷声"炸"醒，他翻身起来，习惯性地看表，当时是午夜一点一刻。

就在此时，侦察员打来电话："肖强，坏了，张万年死了！"

"什么什么？死了？"肖强怒吼起来，"你是干什么吃的！"

"你快出来吧，他喝醉了，失足掉进河里淹死的……"

肖强给值班的严队长打了电话，很快，严队长开着警车来接肖强。

赶到现场，只见侦察员和几个警员站在雨水里，他们脚下躺着张万年的尸体。

侦察员说："张万年在一个排档喝酒，当时雨下得很大，我一直监视他，他大概喝了一瓶白酒，就摇摇晃晃地回家，我一直尾随着他。走到桥边，忽然有个人过来向我问路，我回答了问路人，再寻找张万年的身影，突然听到有个人高喊：'有人掉河里啦！'我急忙用手电筒照向河面，果然看见一个人在水里挣扎，等我跳下水抓住他，他已经不行了……"

肖强摸了摸张万年的身体，果然一点热气都没有了。

肖强说："先通知家属，然后解剖尸体。"

天亮后，肖强回到单位，向汪峰汇报了这个意外情况。

"他一定察觉到了什么，然后畏罪自杀了，"汪峰叹息着说，"我们动手晚了啊……"

肖强十分恼火地说:"局长,如果就这样结案,实在太窝囊啊!我想去张万年家里看看!"

肖强在路上边走边想,觉得张万年不应该是畏罪自杀。如果他真是凶手,他给自己的那两封信,明明流露出他要自首的想法啊。他到底是失足落水,还是……

肖强去张万年家,是想找那些火车票,可是在张万年家,肖强没有任何发现……

我是凶手

两天后的中午,肖强的手机忽然响了。是宋士文的电话!

"孩子,我在香山别墅23座,你现在到我这里来,我有重要的事要告诉你。你别告诉任何人,赶快打车过来吧。"宋士文说完,挂掉了电话。

肖强感到奇怪了:这位多年来像慈父一样照顾自己关心自己的人,难道有什么重大的秘密瞒着自己?否则为什么要到香山别墅和他见面呢?

香山别墅建在有山有水、景色宜人的近郊,这里居住的,都是这个城市的富豪。肖强以前根本不知道宋士文在这里还有房子。

出租车停在23座门口。别墅小楼几乎隐没在绿树丛中。肖强刚走下车,别墅朱红的铁门就自动打开了。肖强感觉这个铁门活像张着血盆大口的鲨鱼嘴。走进铁门,肖强看见宋士文站在二楼的窗户前在向他点头招手。肖强身后,"鲨鱼嘴"悄悄合上了。

"孩子，你不要担心什么，我今天要把一切都告诉你。"宋士文边说边拉肖强坐在柔软的皮沙发上。

"这个别墅，是我打算在你和佳佳结婚后送给你们的礼物。我一直没有告诉你和佳佳，也是想给你们个惊喜啊。唉——"宋士文叹了口气，脸上挤出些苦涩的笑容说："我告诉你一件事情吧。本来，我打算等你们结婚后再告诉你的，因为我太希望看到你们的婚礼了，我甚至奢望看到我的孙子，不，不，是外孙子，可是，这些恐怕只是幻想了。"

宋士文说着，拿出一张旧照片，那是一对青年男女的合影，肖强立即认出，是母亲与宋士文的合影。接着，宋士文便滔滔不绝地说起来："大概三十年前，我和一个女孩子恋爱了，这个女孩很美丽很善良，她是我这一生唯一爱过并且一直还深爱着的女人。这个女人，就是你的妈妈韩英。那时候，很多游手好闲的小青年不断骚扰韩英，我成了她的保镖，那个时候我的名字叫'学武'，生得健壮，很能打架的。因为我是个穷孩子，靠母亲卖冰棍养活，你母亲家的人瞧不起我，但你母亲对我很好。我和你母亲都在木器厂上班，本来我们私下商量，到了结婚年龄就登记，可后来发生了一件事，成了终身遗憾。那是一天晚上，我和你母亲下夜班，有三个小流氓拦住我们俩，他们想耍流氓，我就和他们打了起来，我用刀子把三个人都捅成重伤，结果被判了五年劳教。"

"等我出来，一切都变了。我的母亲去世了，韩英已经和肖长存结婚。开始我很恨韩英，可是后来我才知道，张万年和肖长存都疯狂地追求韩英。一次，韩英下夜班。肖长存用刀子拦住了她，并侮辱了她，韩英迫不得已才嫁给他的。我心里好苦啊。后来，韩英偷偷给了我一些钱，让我做点小生意。我卖水果，卖服装……有一天，韩英找到我家，一见我，就扑到我怀里放声痛哭。她告诉我，肖长存简直不是男人。他几乎每天夜里都虐待她,韩英给我看了她身体上的伤痕,我惊呆了。她的胸前,都是被肖长存咬过的牙齿印记,后背上,是皮带抽过的血印子。她告诉我,肖长存是复员军人,他的小腹有个弹片,结婚不久就不能做男人了。我简直气疯了,我偷偷去教训他,他跪在地上哀求我,还写了保证书,可是,没过多久,他又开始痛打韩英,还扬言,如果韩英敢和他离婚,他就要杀她全家!"

"你知道吗,我也住在木器厂的职工宿舍,距离肖长存家很近,每天,只要躺在床上,我耳边似乎就能听到韩英痛苦的呻吟声!一想到我心爱的女人在饱受折磨,我的心就跟被油煎一样的疼。后来的事情,你都知道了,我模仿了肖长存的笔体,精心策划了这个携工资潜逃的案子。我寄给你的那两封信,你一定都收到了吧?"

宋士文又拿出一叠火车票,递给肖强,肖强发现,车票和信件完全能对上号。

"这些车票,本来想在你们结婚后再寄给你……我就是凶手,我一直没有勇气去自首,有很多牵挂啊。"宋士文长舒了口气,继续说:"我牵挂韩英,牵挂你,牵挂佳佳……我经常做噩梦,可是,我一直在等待,等我没有什么牵挂了,再去自首!"

听到这儿,肖强大脑像火山喷发一样,乱成一片,难以自控。他双眼喷火,猛地站起来一把揪住宋士文的衣领,厉声质问道:"难道,你除了杀死我父亲,就没有别的办法吗?"

宋士文没有反抗,点点头,说:"是的,孩子,没有别的办法。因为……因为我太爱你的母亲了!"

肖强冷笑道:"这就是你杀人的理由?"

宋士文沉默了许久,然后点点头。接着,他突然扑通一声,跪在肖强面前,老泪纵横地说:"孩子,求你答应我,等你和佳佳结婚后再逮捕我好么?"

山顶之夜

婚期到了。肖强和宋佳佳要去旅行结婚了。宋士文亲自开车把肖强和佳佳送到火车站,宋士文一个劲地嘱咐他俩路上要小心,注意安全。

此刻肖强内心十分焦急,他在等一个重要的结果。他怀疑宋士文就是自己的亲生父亲。为了证实他的判断,他刚搞到几根宋士文的头发,悄悄去做了DNA检查。如果检查结果和他的判断一样,那么宋佳佳就是自己同父异母的妹妹,自己怎么能和妹妹结婚呢?可是,DNA结果要好几天才出来啊!

肖强的手枪一直带在身上,这次旅行结婚,不知出于什么原因,他也带了手枪。

在软卧包厢里,佳佳像只乖顺的小猫,偎依在肖强怀里。火车经过一昼夜的奔驰,才到了一处新开发的旅游景点。他们来到大山脚下,开始徒步登山,观赏山景和日出。

登山路上,肖强和佳佳衣着光鲜,充满青春活力,他们互相抢着背行李包,亲昵得令人羡慕。尤其佳佳小鸟般的奔跑和不时发出的银铃般的欢叫,引起游客们的注目和微笑。然而,就在这欢声笑语中,肖强凭着侦察员的敏锐,他觉得有个神秘人物一直尾随他俩。他把这一发现对佳佳耳语几句,佳佳立刻安静下来了。他们足足用了五个小时,才登上山顶,住宿在一家小旅店。

说是小旅店,其实是个农家小院。为了安全起见,肖强花了两倍的价钱把整个小院包了下来。此时此刻,晚风轻拂,月光如水,雄伟的大山中,远远近近闪烁着点点灯光,与天空中的星斗相连,形成了星罗棋布的夜景,好一派清新自然的风光。

肖强和佳佳爬了大半天的山,累得腰酸背痛,他们吃过晚饭,看了一会儿夜景,就关门休息了。佳佳拉好所有的窗帘,然后满脸期待地望着躺在床上的肖强。肖强强抑内心痛苦,关掉了灯,把佳佳拉到床上,佳佳的心怦怦狂跳起来,她微微闭着眼睛,脸上挂着笑容。谁知肖强忽然扭过身去,背对着佳佳说:"我累了,睡觉吧。"

一会儿,他听到佳佳在抽泣。肖强心里像油煎一样难受。最后,他实在忍不住了,转身把佳佳搂在怀里。

佳佳哭泣着说:"你不爱我……""我爱你,你不知道我有多爱你,我很累,真的很累……""可是……这是我们的初夜啊……"佳佳用小拳头捶打着肖强,肖强也哭了,他泪流满面地把佳佳搂得更紧了。

他们就这样相拥而眠。

临近午夜的时候,肖强被轻微的"窸窸窣窣"的声音惊醒了。

肖强微微睁开眼,眼珠子四处搜寻,一只手悄悄伸到枕头底下,把枪握在手上,并无声无息地打开了保险。就在这时,一个黑影突然站立起来。借助照进窗户的月光,肖强看到这个人手里拿着把反射着寒光的匕首。黑影摸向床边,猛地举起匕首,就在此时,肖强飞起一脚,踢中来人的胳膊。

黑影"嗷"的一声惨叫,"咣当"扔下匕首,接着两个人便"呼哧呼哧"扭打在一起。对手力气很大,显然学过专业搏击,肖强很快就被对方压在身下,并被卡住了脖子……肖强透不过气来,眼前越来越黑,头脑也模糊起来了。

就在这千钧一发的时刻,突然传来"砰"的一声石破天惊的巨响。肖强感到压在身上的黑影忽然像棉花一样瘫软下来,他推开黑影,翻身爬起,拉亮电灯,只见满脸惊恐的佳佳正双手端着手枪,黑影的头部,鲜血喷涌。

枪声惊醒了周围居住的游客和房东。肖强稍微安慰了一下惊恐中的佳佳,然后和她来到小院外面,向大家说明了刚才发生的事情。这时周围的灯光都亮了起来,人们看到肖强居住的房门都被撬烂了。

天蒙蒙亮时,当地警察来到现场。在随警察们下山的时候,佳佳孩子似的显得既兴奋,又紧张,她的手颤抖地抓住肖强的胳膊,生怕一放手,肖强就会像氢气球一样飞走。

让肖强震惊的是,当地警方从死者身上,发现了肖强的照片。这是肖强被人偷拍的照片,照片的背景,竟是帝豪酒家。

三天后,刑警队严队长亲自开车来接肖强,当地警方答应,先让肖强回去,帮助侦破取证,但是,由于宋佳佳主动承认杀死了人,她暂时不能离开。

血洒街头

肖强回到市里,知道了DNA的鉴定结果,心情更加难以平静,他果然是宋士文的亲生儿子。他怀疑那个死在山顶的杀手,可能是宋士文雇用的。因此,他怒气冲冲地冲进宋士文办公室。宋士文抬起头,看见一个乌黑的枪口正指向他的额头。他一看是肖强,顿时惊愕地问:"怎么了,孩子?为什么拿枪对着我啊?"

肖强眼睛喷着火,厉声责问:"你为什么要杀人灭口?你难道连亲生的儿子都不放过吗?"

"什么,杀人灭口?我?"宋士文几乎喊叫起来,"孩子,你怎么知道我是你亲生父亲啊?是你妈妈告诉你的?"

肖强转身把房门反锁上,然后盯着宋士文的眼睛,足足看了几分钟,忽然觉得这双眼睛除了慈爱,的确没有别的什么。

肖强稍稍缓和了一些语气说:"你和我妈妈知道我是你们生的!"

宋士文说:"当然知道啊,我为什么非要杀死肖长存?就是因为你妈妈怀上了你,而肖长存根本没有生育能力!如果这个事情被他知道,我怕你们母子都会被他杀了!"

一听这话,肖强简直气疯了。他冲着宋士文吼道:"我的天啊,那你们为什么还要让我和佳佳结婚?你们连这些基本常识都没有吗?"

宋士文说:"孩子,对不起,我一直没有告诉你,佳佳不是我亲生的女儿,她是我抱养的啊。我……我一直没有结婚。再说,除了韩英,我再没有爱过别的女人。"

肖强痛苦地"啊"了一声,把手枪放下,两手抱着头,颓然坐在沙发上,嘴里喃喃地说着:"老天啊,为什么非要这样安排啊!"他顿了好一会儿,又问宋士文:"你们为什么都要瞒着我们?我冷落了佳佳,伤害了佳佳啊!"

宋士文老泪纵横地抚摸着肖强的头发,一个劲地说:"对不起,对不起!"

等到两个人都平静下来了,肖强简单地把在山上发生的一切向宋士文讲述了一遍。

宋士文越听眉头锁得越紧。最后,他颓然地坐在椅子里,目光呆滞地自言自语道:"是他干的。我真没想到,他比我想象的还要残忍啊!"

肖强追问:"谁？您说的他究竟是谁啊？"

"这个人了解我很多情况。他曾经帮我很多忙，比如，把肖长存当年的报案记录秘密撤掉，帮我销毁了其他的罪证，我给他的好处是，他享受我每年纯利润的十分之一。我当年劳教的时候，就和他打交道，我精心策划的案子，也是他早就侦破的。孩子，尽管你也破了这个案子，但是，这个人比你发现我要早很多年，我是他的摇钱树！这些年，我们互相牵制，他要的是钱，我要的是安全。我告诉你，张万年一定是他雇杀手干掉的。他这是为了巧妙结案啊！你知道他是谁了么？"

宋士文这番话，让肖强听得心惊肉跳，他低声说:"汪……难道是他？"

宋士文既没有点头也没有摇头，他继续说道:"这个人唯一不知道的，就是我们俩的亲父子关系。他也许是为了我继续给他提供财富而杀你灭口，现在，他败露了，我和你一样要被他除掉！"

宋士文忽然站起身，紧紧握住肖强的手说:"孩子，不能等了，你现在就送我去检察院，我必须先告发他，然后再去投案自首！"

肖强拉着宋士文，仔细观察着四周的情况，然后坐进汽车里。肖强开车，宋士文坐在副驾驶位置上。

在发动车子的时候，肖强忽然想起来什么，就给金钟打了个电话，请他给汪峰打个电话。一会儿，金钟回电说，汪峰三天前去南方开会了。

肖强恨恨地说:"他跑了，这个老狐狸真狡猾啊！"

"很难说啊，你还是小心一些好。"宋士文显然还很忧虑，"也许他还在这个城市，暗地里注视着我们。"

肖强心情沉重地缓缓开动汽车，他小声问道:"要不要去看看我妈妈，向她道个别？"

宋士文用手捂住脸，许久，他摇摇头说："不用了，在我行刑前，你们记得多来看看我好么，孩子？"

肖强忍住泪水，点点头说："实在对不起，爸爸，我是警察啊。"

"孩子，我怎么会怪你呢？你是爸爸的骄傲啊！"宋士文说，"集团的事情，以后就交给你和佳佳了。用我们的钱，多为社会做些有益的事情吧。"

汽车行驶在一条宽阔的路上，距离他们要去的地方越来越近了。这时已经接近中午，路上车辆很少，忽然，一辆巨大的卡车呼啸着迎面飞驰过来。

宋士文猛地产生一种不祥的预感，大声惊呼道："儿子，小心！"

肖强急忙踩刹车，但那辆大卡车显然是要故意撞过来，就在那一刹那，肖强把方向盘向右猛打，同时猛地推开车门，把宋士文推下车去。接着，肖强身子猛地一震，在听到金属猛烈撞击的声音后，就失去了知觉。

宋士文安然无恙，卡车早没了踪影，他呆愣愣地看着被撞瘪的汽车，看着趴在方向盘上满身血污的儿子，大脑一片空白。突然，他回过神来，奔到马路中间，边哭喊着拦截过路的汽车，边掏出手机。

一会儿，救护车和交警的车子都呼啸着开过来了。

医院的手术室里，深度昏迷的肖强身体周围插满了各种管子。

手术室外面，宋士文和韩英都泪水涟涟。尤其是宋士文，他内心充满了愧疚和懊悔。他哭着对韩英说："他知道我是他爸爸了，他这都是为了救我啊……唔唔……"

这时，远远地传来了哭声："强哥，强哥！"宋士文和韩英一看，是佳佳。原来，宋佳佳的行为最终确定属于正当防卫，无罪释放回来了。她泪水纵横地奔过来，望着手术室号啕大哭。

肖强的队友把手术室严密保护起来，检察院的人也破例在隔壁的病房临时办公，接受宋士文的检举。

几个小时后，追捕汪峰的通缉令发往全国各大飞机场、火车站。

大概十个小时后，肖强被护士推出手术室。白发苍苍的老医生走了出来，宋士文扑上去，抓住医生的胳膊，充满期望地凝视着医生的表情。老医生摇摇头说："在手术过程中，他曾经说过唯一的一句话就是：'爸爸，实在对不起，毕竟我是警察！'唉，请家属节哀吧，我很抱歉……"

医生的话音未落，手术室外，已经是哭声震天……

(李子胜)
(题图：杨宏富)

蛛丝马迹……

无论表面上看来多完美的犯罪，终会在出人意料处留下

铁证·悬案
tiezheng xuanan

花红胜血

青山镇上住着一对母子,母亲勤劳善良,儿子懂事孝顺,母子俩日子虽过得清苦,倒也幸福满足。

又是一年春暖花开时,见山上的雪已融化,儿子便收拾好行囊,告诉母亲自己想进山收购药材,再拿回镇上来卖。母亲一听就变了脸色,她知道深山险恶,怕儿子遭遇不测,但她也知道,儿子一旦拿定主意怕是九头牛也拉不回来了。于是沉吟了半晌,点头说:"你要进山也可以,但一定得答应娘一个条件!"说罢,转身从柜子深处掏出一块手帕,打开,是三粒种子,黑乌乌暗沉沉的,像生铁铸就的一样。

母亲字字用力地说:"你把这三粒种子带上,记住,每到一户人家住宿,必须趁主人不注意时把这三粒种子种在那家的屋前屋后,第二天离开时,再把这三粒种子挖出来带上,到下一家还是这样做。答应娘,你一定要做到!"

儿子见母亲如此叮嘱,便点头答应了。他将手帕包好,小心放入包裹。

第二天一大早,母亲将一块玉佩戴在儿子的脖子上,又将昨日的话仔细叮嘱了一番,这才让儿子上了路。

一晃十多天过去了,再一晃一个月过去了,儿子既没回来也没让人捎个口信,母亲渐渐变得不言不语,从早到晚只是一动也不动地守在门口,向大山的方向眺望。仅几天的工夫,母亲的头发就全白了。这天,镇上的人见母亲收拾好一个包裹准备进山,想要阻止,却听母亲坚定地说:"是我放儿子进的山,我就一定要把他找回来!"

母亲知道儿子进山的线路,她一路走来,也不知道走了多远,终于见到了进山以来的第一个村子。母亲顾不上歇脚,找到一个人多的地方,就从包裹里拿出一幅画挂在树上,然后就一声不吭地坐在旁边。

村里人见来了这么一个奇怪的大娘,挂上了一幅画,都好奇地围上来看,却见那画上是一朵花,花瓣展开如碗大小,颜色鲜红胜血,花瓣层层叠叠围着中间一柱娇嫩的花蕊。画上还有一行字:求购"血里红",十两银子一朵。

大伙一下子惊叹开了,一朵花居然值十两银子,只是谁都没见过这种花。大伙围观一气,咂嘴一气,看这画旁的大娘不言不语,便压低声音嘀咕道:"这位大娘莫不是个疯子吧?"

一晃过去了两天,没有人拿花来换银子,母亲叹了口气,小心地把画卷好,又向大山更深的地方走去。

一路上，母亲只要见到村子，不管大小，都要挂上画，等几天，看是否有人卖花。她饿了就吃随身带的干粮，渴了就讨一碗水喝，累了就靠在树上打个盹。

时间一天天过去，母亲也不知道走了多远，经过了多少村落，只觉山势越来越险峻。她知道，越是险峻的山里越有珍贵的药材，儿子就越有可能来过。

这天，母亲来到了一个偏僻小山村，小山村地势险峻，仅有的十几户人家星星点点地散落在陡峭的山崖上。母亲看到这村里没什么店铺，只有村头一间小小的杂货铺，她想村里的人家肯定都会来这里买东西，如果把画挂在这里，村里人都能看到。于是她便在小店旁的树上挂上画，然后照例坐了下来。

一天过去了，两天过去了，村里的十几户人家基本都来过小店，看过画了，可没有一人说自家有画上的花。母亲的心一点一点往下沉，看样子这回又落空了，还要继续往山里走，只是自己的身体越来越差，常常坐下就起不来，头晕眼花老半天。这几天，她更是夜夜梦见儿子，她想，与儿子相聚的日子应该不远了。

这天，母亲一边吃馒头，一边琢磨：如果还没有人来卖花，就得动身到下一个村子了，来日无多，不能再耽误时间了。正在这时，耳边传来一个小孩的声音："咦，这不是我家里长的花吗？"

母亲惊得一抖，手中的半个馒头"噗"地掉在了地上。她抬头一看，只见一个七八岁的小男孩正歪头打量着画。母亲颤抖着声音说："娃啊，你家真有这样的花吗？你可别骗婆婆啊！"

小男孩听了，又把脑袋凑到画前，仔细看了看，然后用力点点头说："没看错，我家后院里的红花跟这花一模一样！"

小男孩走后,母亲赶忙起身,因为起身时太急,竟重重跌了一跤,蹭破了脸,流出血来,可她顾不上擦血,只是紧紧地盯着那小男孩,直到小男孩的身影消失在山坡的那一面。母亲爬到高处一看,只见山坡后只有孤零零的一户人家。

母亲当下有了主意,她收好画,立马下山去找当地知府。好在知府是个清正廉洁的好官,听了母亲的叙述,立马派了两个捕快随母亲前去查案。

没过多久,母亲就带着捕快来到这个小山村,三人直奔山坡后那户人家。门前一个孩子正在玩耍,正是母亲那天碰到的男孩。那家里的男人一见捕快来了,脸色刷地就变了,家里的女人更是吓得抖了起来。

母亲也不言语,像疯了一样直奔后院。一进后院,迎面正是三朵艳红如血、朵开如碗的花,微风乍起,花儿突然发出"呜呜"的声音,像个久违的游子要一头扎进母亲的怀里呜咽一样。母亲"哇"的一声大哭起来,双手捧花,悲痛地说:"儿啊,母亲终于找到你了!"

母亲哭着对捕快说:"请你们搜查这家,一定会搜到一块绿色的玉佩,上面刻着'恒寿恒昌'。"

话音未落,只见那男人"霍"地跳起身就要跑。捕快上前一步,一把将他摁倒在地。而那家里的女人,竟"扑通"一声瘫坐在地上,指着男人大哭起来:"你这天杀的,我早就说过不要干伤天害理的事,你偏要干,现在遭报应了!"

捕快一听话里有话,立即动手搜查起来,果然搜到一块玉佩,和母亲说的分毫不差。母亲一看,伤心欲绝地说:"这就是我儿随身佩戴的玉,是他临动身前我在菩萨面前跪了整整一夜求来的护身符,不想玉还在,人却……我就知道他们杀了我儿子后肯定舍不得扔掉玉的!"

说着,母亲突然咆哮起来,奔上前揪住男人的衣襟,撕心裂肺地喊道:"说,我儿子在哪?"说完竟身子一软昏了过去。

捕快赶忙扶住母亲,好半天,母亲才睁开眼。捕快忍不住问:"大娘,你是怎么知道你儿子在这家被杀的?"

母亲心如刀绞,哑着嗓子说:"儿子临动身前,我给了他三粒花种,这种子方圆百里是没有的。我叮嘱儿子,无论到哪家投宿一定要偷偷地把这三粒种子种下,第二天再挖走。现在你们看见的这三朵花儿就是那三粒种子长出来的,我儿子没有挖走种子,肯定就是在这家被害了!"

捕快听了恍然大悟,那男人见无法隐瞒便全招了,原来那天,山里来了一个年轻人到他家里求宿,他见那人身上带了银子,当下就起了杀心。可他哪里知道这人已在后院悄悄埋下了三粒种子。

母亲听了,顿时痛苦得如万箭穿心,突然她一咬牙、一跺脚,将那玉佩高高举起,狠狠朝地上砸去,颤抖着声音说:"我的儿,母亲来了——"说着,便"哇"地吐出一口鲜血,倒在花上。

这时,那鲜红的花瓣突然飘落下来,刹那间落红如雨,像一位年老母亲的血泪在飞……

(徐树建)
(题图:黄全昌)

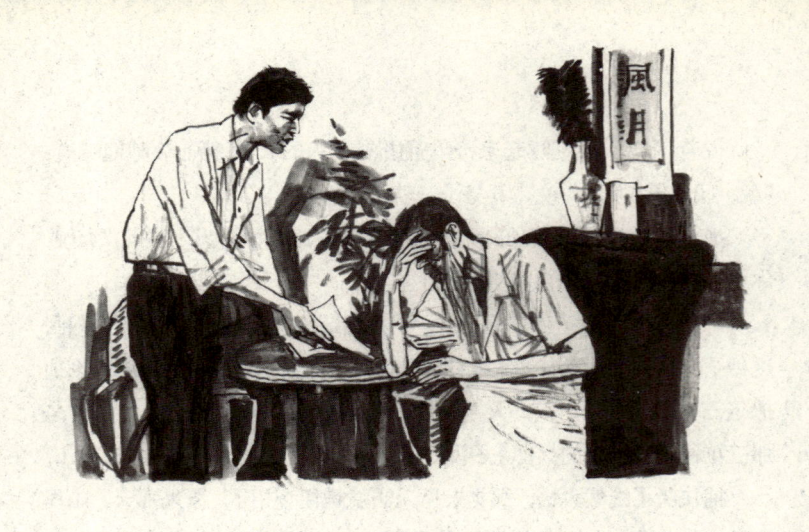

盖错印章的画

杭州近郊有个西溪镇,镇上有位民间画家,名叫柳如丝,他擅长工笔画,专门画猫,人称"江南猫王"。六十多岁的柳如丝在古街上开了一间画坊,由于"江南猫王"早已名声在外,加上定价合理,他的作品颇受游客喜爱。柳如丝对待艺术十分认真,决不粗制滥造,所以不少游客买不到他的作品,只好留下地址等待邮购。

这一天,柳如丝刚画完一幅新作《捕鼠图》,恰逢一老友来访,那老友看了画作,连声称赞:"老兄呀,你的画技越来越精湛了,画的猫如真的一样,管保老鼠见了落荒而逃。"柳如丝哈哈一笑:"过奖过奖。"说着,便叫儿子柳一冰看管画坊,自己和老友去旁边"溪味楼"喝酒去了。

有道是"酒逢知己千杯少",这一喝就喝到半夜里,回到家中,柳如丝便呼呼大睡,第二天中午才醒来,猛记起昨天那幅画还未曾盖上印章，便匆匆赶到画坊。谁知那幅画已经被他儿子卖掉了，柳如丝不由急得双脚直跳，连声责怪儿子："一冰呀，你怎么搞的，连我还未盖印章的半成品都卖出去了，这不是存心砸我的牌子吗？"

柳一冰搔搔头皮，说道："那画没盖印章？不可能，虽说生意太忙，我没细看，但画上有个红方块，肯定是盖好印章了。"

柳如丝声音提高了八度："我自己画的东西有没有盖章难道还会不晓得？"柳一冰还想分辩几句，一旁5岁的女儿柳飞飞却挤上前来，得意地对爷爷说："爷爷、爷爷，爸爸说得没错，那画上是盖过印了，不过，盖的不是爷爷的印，而是我飞飞的印呀！"

柳如丝大吃一惊："什么？飞飞，你说什么？那画上盖的是你的印？"

飞飞神气地说："对，昨天我见爷爷那画上忘了盖印，便盖上了我的印。嗨，这下我飞飞也出名了……"

"你……"柳一冰火冒三丈，原来是女儿闯的祸，当即伸手在飞飞头上笃了两记爆栗。柳如丝见状，忙把儿子拖开："小孩子懂点啥，都是我疏忽大意。不过这卖出的画怎么办呢，总得想办法去调回来呀。"

"调回来？"柳一冰皱皱眉头，"那幅画我是售给预订户的，通过邮局寄发，总共寄出六幅，又不知道那幅寄给了谁。我看算了吧，等客户发现了我们再给他换吧。"

柳如丝火了："不行！别说是六个，就是六十个我也得一个个找。既然是我们搞错了，就一定要认真纠错。"柳如丝说着便朝儿子伸出手去。

柳一冰知道父亲的脾气，只得从抽斗里翻出了名单，六个人分别在六个不同的城市。柳如丝看后当即戴上老花眼镜起草了一封信，说明了事情的经过，请收到那幅"捕鼠图"的客户把画寄回来，不仅照价退还，还将另赠一幅近作。

信发出后半个月,六个客户纷纷回信,奇怪的是,这六个人全都说自己收到的画作没错。这是怎么一回事?柳如丝搞不懂了,儿子便劝他,反正客户都说没错,那就算了。

可柳如丝脾气倔得要命,总觉得心里不舒服,想来想去,告诉儿子说要亲自往那六个城市跑一趟,一幅一幅去看过来。儿子一听,急了:"爸爸,人家自己都说没错,你这是何苦呢?再说,这六个人分在六个城市,光车费就是一笔不小的钱啊!"柳如丝眉头一皱:"你只知道钱钱钱,就不知道做人要讲认真!我这趟出门权作旅游,长长见识。"

就这样,柳如丝独自一人出门了。他先到杭州,再上海、苏州一路过去,可那幅画没找到,他游山玩水的兴趣也没有。倒是那些购画的客户感动得不得了,纷纷要留他多住几天。可柳如丝怎么住得下来呀,眼看就剩南昌没去了,他把所有的希望全集中在南昌的购画者身上了。

南昌那个购画者名叫赵小多,这天,柳如丝到了南昌,根据地址找上门去。赵小多一听柳如丝为了那幅画特地赶来。惊奇得瞪大了双眼,好半天说不出话来。直到柳如丝催问他那画的下落,他这才急忙说道:"柳老师,您,您这是怎么啦,大老远跑过来,我不是回信说了吗,我那幅画没错呀。"柳如丝笑笑,说:"呵呵,人老了,做事就讲认真。我不自己来看一下心里不放心呀,你就让我看一下那幅画吧。"

赵小多一听,为难地摊开了双手:"哎呀,柳老师,我那幅画送人了呀。""送人了?送给谁了?"赵小多手一挥,说:"送给很远很远的一个朋友了。柳老师,您就算了吧,没事的。"柳如丝摇摇头,说:"不,你告诉我地址,再远我也要去找回来!"赵小多吃惊地望着柳如丝,好半天才叹一口气,说:"唉,柳老师呀,实话告诉您,您那幅画被我撕破了,扔掉了,实在对不起您。""什么?"柳如丝吃了一惊,连声追问是怎么回事。

赵小多告诉他，收到画那天，他和女朋友正好吵架，一气之下竟把火发到了那画上，三下两下撕掉了……看着呆立在一边的柳如丝，赵小多又说："柳老师，实在对不起，害您白跑一趟。这样吧，您回去的路费我出，我明天就买票送您回去。"柳如丝摇摇头，起身告辞。

柳如丝回到宾馆不久，赵小多就赶来了，带来一张当晚回杭州的卧铺票，说自己给柳老师添麻烦了，很过意不去，所以特地买了票，送他回去。赵小多不由柳如丝分说，硬是帮他退了房，并亲自把他送上火车，直到火车开了，赵小多才转身离去。

柳如丝在火车上，越想越不对，为什么赵小多一会儿说画送人了，一会儿又说撕掉了？他为什么急着让自己离开南昌？为什么他的神态语气中有一丝惊慌？难道说自己那幅画还有什么秘密不成？

柳如丝越想越不安，越想疑点越多，他觉得不能这样不明不白地回去。这时，火车正好停靠在鹰潭站，柳如丝索性背起行李下了车，找了家旅馆住下来。他心里有事，怎么也睡不着觉，就打开电视看夜间新闻。突然，南昌电视台播出了一个公告：说是某小区一女子被杀，这女子自幼父母双亡，一个人独住，所以给警方破案带来了困难，为此，市公安局特向市民征集线索，凡能提供对破案有利线索者，奖励人民币一万元。接着，电视画面播出了那女子生前的照片和房间里的摆设，画面中，突然出现了一幅挂在墙上的画。柳如丝眼尖，天，这不就是自己的作品吗？他想再看看仔细，可画面已经闪过去了。他思索了一番，便拨通了公安局的电话……

公安局接到电话以后，非常重视，连夜把柳如丝接回南昌，带他到了那被害女子的住宅，柳如丝进门一看，没错，墙上挂的正是自己那幅《捕鼠图》，画作右下角盖的果然是孙女飞飞的图章。这可真是得来全不费工夫呀！柳如丝激动地说："就是它！这就是寄给赵小多的那幅盖错印章的画作！"公安人员一听，十分欣喜，一面安排柳如丝住下，一面连夜去抓捕赵小多。

赵小多归案以后，很快就招供了，原来他游手好闲，一个偶然的机会认识了在银行工作的老姑娘汪芬。赵小多以谈恋爱为名，粘住了汪芬，让她以种种方式从银行贪污了几百万元。最近，银行要查账，汪芬急了，催赵小多还款。赵小多为了稳住她，带她去西溪旅游，汪芬看中了柳如丝的画作，赵小多就订购了一幅。收到画的那天，赵小多给汪芬送去，挂好了画，汪芬又向他催款，赵小多一时性起，便杀了汪芬。他以为汪芬性格孤僻，他俩的来往又不为人知，绝对查不到他的身上来。当他收到柳如丝的来信时，不敢再回汪芬家取画，便回复说画没错，万没想到偏偏碰上一个认死理的顶真老头，偏偏就是这幅画要了他的命……

案子破了，南昌公安局的领导亲自发给柳如丝一张大奖状，还奖给柳如丝一万元奖金，并派车专程把他送回了西溪镇。

回到家，柳如丝像个得胜回朝的将军，将事情经过一五一十讲给儿子听，直听得儿子一愣一愣的。讲完经过，柳如丝还十分感慨，语重心长地说："一冰呀，这'认真'两字真是个宝，我若不认真追究这幅画，也许那条人命就得不到沉冤昭雪，赵小多那只大老鼠也抓不出来了，这一万元奖金更是想也别想了。当然，我如此认真并不是为了得奖，而是我做人的准则呀。"

柳一冰点点头，一张脸却变得绯红。

(丰国需)
(题图：杨宏富)

列车上的逃犯

杀人犯跑了

费希小姐坐火车去苏格兰的爱丁堡看望自己的父母。晚上,大多数乘客进入了梦乡,车厢里渐渐安静下来,费希也闭上眼睛,打算小睡一会儿。突然,她感觉到自己的肩头被人轻轻拍了一下,忙睁开眼睛,发现自己面前站着两个年轻男子。

其中一个人很有礼貌地向她打招呼:"你好,小姐,我是钱警官。这是列车上的列车员罗宾。"说着他向费希小姐出示了自己的警徽和警官证。费希小姐看到警官证是爱丁堡警察局签发的,表面被塑封起来,上面的照片比本人更加年轻。

钱警官告诉费希小姐他正在火车上找一个年轻的苏格兰人,那个人有一头深色头发，左边脸上靠近耳朵的地方还有个深红色的胎记。钱警官一边说，一边用手在自己的脸上比划了一下："看到谁长得像他吗？"

费希小姐摇摇头："没有，他怎么啦？"钱警官答道："这是个杀人犯，我正押送他到苏格兰接受审讯。刚才他去上厕所，趁我不注意就溜了。现在火车的速度是每小时一百公里，他肯定不会跳下去的，一定躲在火车的什么地方。我已经让其他列车员从火车头部开始找。我想请你帮个忙，跟我一起从火车尾部开始搜查。可能有些地方需要你的帮助。"

费希小姐高兴地答应了，她知道火车到终点站还要7个小时，抓捕逃犯这种刺激的事能让枯燥的旅程变得有趣一些。

在前往车尾的路上，钱警官向费希小姐简单说明了逃犯的情况。犯人名叫安格斯，在爱丁堡杀了人，后来逃到欧洲大陆，不久前在法国被抓住。钱警官到英格兰来，是到多佛的海关引渡他，然后押往苏格兰受审。刚才上厕所的时候，他趁钱警官不注意，便消失了。费希小姐好奇地问："你们押解犯人不是要戴手铐吗？"

钱警官摇摇头："我们上火车的时候，有人护送，那边有人接。只要车在开，罪犯就逃不了。所以只有上车或者下车的时候，才用手铐把我们铐在一起。"

三个人从车尾开始，查看了半列火车，可是毫无线索。有列车员跑来告诉他们，火车上有四名乘客见过一个脸上有胎记的人，但是都不知道那人现在在哪儿。然后他们一起走到罪犯逃走的地方。座位附近的几个乘客认出了钱警官，其中一个中年妇女说道："我认识你，和你在一起的还有个有深红色胎记的小伙子。"

钱警官解释道："他是个犯人，我要押送他到苏格兰，他去上厕所，然后好像就消失了。你们见过他一个人离开吗？"几位乘客都摇摇头。

"他可能已经跳车逃跑了。"费希小姐猜道。

"不会的,安格斯不是那种自寻死路的人。"钱警官否定了她的猜测,"他是个极端聪明的罪犯。我们动用了欧洲所有的监查系统,才发现了他的踪迹。"

费希小姐猜测着那个年轻罪犯的生活:"也许是因为他的那块胎记,使他受到周围人的排斥,他才走上了犯罪之路。"钱警官摆摆手:"我认为这个理由不成立。很多人的残疾比他还要厉害。而且现在那些东西可以用激光治疗。"他一边说一边把外套的袖子往上拉了拉,这时费希小姐注意到他的右腕上有个小小的文身,刻着"taureau"。费希小姐想,作为警察应该把这样的文身去掉,不过她转念一想,这不是她该管的事情,在现在的年轻人中,这种事情并不罕见。

他会在哪儿

他们走到厕所那里,敲了敲门,里面传来一个女人的声音:"有人。"

钱警官冲着里面大声说道:"对不起,女士,我是警察,正在查找一个逃犯,你能开开门,让我身边的女士看看里面吗?"门开了一道小缝,里面的人要求看一看警察的证件。钱警官朝着门缝出示了一下自己的警官证,门开得大了一点,费希小姐朝里面望了望,除了一个女士,没有任何人。费希小姐回过头,朝着钱警官耸了耸肩。

这时,列车员手中的对讲机响了,他听了一会儿,然后告诉钱警官整列车的人都已经排查过了。只有一个戴着面罩的修女和一个头上缠着绷带的少年有可能遮住脸上的胎记,但经过检查他们都不是。

费希小姐突然想起了什么,问列车员:"这列火车有行李车厢吗?"

列车员告诉她火车头后面的车厢里有邮件包,然后强调说:"可那个车厢是锁着的,没有人能进去。"

"如果有紧急情况呢?你应该有钥匙吧!"

列车员承认确实准备了钥匙,但不在自己身上,而是锁在小推车里,一般人也不允许进入这节车厢。

钱警官再次拿出了他的警徽和警官证,照片的一个角开始有点卷了。"有这个警徽,在调查案件时,我有权进入任何地方,包括那个邮包车厢。我不会碰你的邮包,我只是想看看有没有地方可以藏身。"

列车员只好问别的列车员要来了钥匙,带着费希小姐和钱警官穿过头等车厢,来到那扇锁着的门前。列车员打开金属门,车厢里放满了褐色的编织袋,每个袋子上都有粗体的"皇家邮政"字样,袋子顶端都封了口。虽然每个袋子都有一米来高,但恐怕连体格最小的成年人都不可能藏在里面,逃犯安格斯当然不在里面。

钱警官显然对这个结果有些失望,离开邮包车厢时,他问列车员下一站是什么地方,列车员告诉他火车早晨直达爱丁堡,中间不停靠车站。

钱警官有些着急了:"你们可以在纽卡斯尔停一下。"

列车员严肃地摇摇头:"除非是紧急情况,这可是爱丁堡特快。"

"这就是紧急情况!"钱警官愤怒地嚷道,"我必须联系局里,让他们在轨道周围地区搜索,我觉得我的小伙子大概还是跳了车。"

列车员面无表情地说:"如果他在列车高速行驶的时候跳了车,那你也不用担心他跑了。他肯定还躺在那儿等您呢。您可以用我们车上的电话联系警察局。"

钱警官拒绝了他的建议:"不,不可以,只要有个设备,任何人都可以窃听移动电话,包括车载电话。安格斯在犯罪圈子里有很多朋友,他们会帮助他的。我需要一条安全的地面路线,联系爱丁堡和伦敦警察局。如果他跳了车,而且还没有死,我们就必须抢在他朋友们之前找到他。"

列车员想了一会儿,接通了对讲机,和列车长通话,说车上有个犯人逃跑了,可能是跳了车,押送犯人的钱警官要求在纽卡斯尔停车,要用最安全的电话线路向上司汇报。

列车员一边听列车长说话,一边看了看表。接着他放下对讲机,转过头对钱警官说道:"警官先生,我们会在34分钟后经过纽卡斯尔,您做好下车准备,只能停几秒钟。"

"那就够了,谢谢。"钱警官的心情似乎平静了一些,走到靠近门的座位上坐下。他朝着费希小姐耸耸肩膀:"我们尽力了,车上所有可能的地方都看过了,他肯定不在车上了。"费希小姐转过头,盯着外面漆黑的夜色问道:"你是在爱丁堡长大的吗?"

"是啊,不太离家的孩子。以前最远就去过伦敦,这次到多佛是离家最远的。看来我倒真应该呆在家里。"接着,钱警官沉默了。

逃犯在这里

列车在黑夜里疾驰,当靠近纽卡斯尔郊区时,车窗外才开始亮起来。列车慢了下来,准备在纽卡斯尔做短暂停留。

列车员走上来开门的时候,钱警官伸出手来与费希小姐握手:"我要下车了,谢谢你的帮助。"

"钱警官……"费希小姐一边握住他的手,一边说道,"我还有一个解决的办法。"

"不是到驾驶室去看看吧?"钱警官冲她笑着,"那里根本不可能。"

"不是,还有个地方我一直没想到。"火车已经停了下来,列车员开始催促警官下车了。

钱警官问:"什么地方?"

费希小姐坚定地望着他:"就在这儿,就在我眼前,你就是安格斯,被扔下火车的是钱警官。"

这次,她面前的这个男人并没有继续嘲笑她,而是惊慌失措起来,他一把把她从过道里推开,然后朝车门冲过去。列车员试图抓住他,结果只是让这个想逃跑的家伙摔了一跤,跌倒在站台上。站台上一个穿着制服的工作人员赶紧上来扶他。

"我是钱警官。"倒在站台上的人最后一次举起了警徽和有照片的警官证。

费希小姐这次不会放过他了,大声说道:"他在撒谎,他是个逃犯,叫安格斯。"她冲过去,一把夺过警官证,从上面撕下一张照片,下面还有一张完全不同的照片,那个人年纪要稍大一些,脸上有个胎记。工作人员的表情变得严厉起来,他紧紧抓住他刚刚扶起的那个人:"先生,你最好跟我来,冒充警察是很严重的行为。还有你,小姐。"

当他们到达纽卡斯尔的警察局时,已经是凌晨3点了。负责询问的警察向费希小姐了解当时的情况:"你是什么时候开始怀疑这个人的,费希小姐?"

"哦,他把证件给别人看,我发现照片一个角开始卷起来,可是证件是塑封的,你明白了吗?照片应该在塑胶层的里面,而不是在外面。我想他是趁着周围的人睡着的时候,在厕所打晕了钱警官,偷了他的警徽和警官证,然后把警察丢下了火车,再把随身携带的多余的护照照片裁剪到合适大小，粘贴在警官证上。"

"用什么粘贴呢？"

"随便什么黏的东西都可以，比如太妃糖。他拿到证件后只有一个问题要解决，就是必须让火车在到达爱丁堡之前停下来，因为警察在爱丁堡车站等着他，肯定能认出他来。"警察点了点头，继续问："可是为什么会找到你呢？"

"或许，他认为我这样的年轻女人更容易同情一个失意的警察吧。首先，他让我相信他的身份，然后把钱警官的胎记说成是犯人安格斯的主要特征。然后带着我和列车员一起在车上找了一个小时，这样就很容易让人相信他的确丢了罪犯，也就有借口要求停车下去求助了。"

"这些都是从一张卷了角的照片看出来的？"警察好奇地问。

"还有一件事情，"费希小姐笑了笑，"我看到他的右手有个文身，是'taureau'，这是法语。可是他说最远只去过多佛。安格斯刚从法国来，这个词在法语的意思是'公牛'，我刚巧懂一点法语……"

"公牛？"

费希小姐点点头："他的名字叫安格斯，就是'安格斯牛'的安格斯。我猜他在法国做了这个文身，大概是想获得法国女人的好感，可他却逃不过英国女人的眼睛。"说着，她又笑了起来。

(改编：木　木)
(题图：佐　夫)

雾都之夜

故事发生在英国首都伦敦,一个浓雾迷漫的夜晚。

乔治和玛格丽特是一对夫妻,他们结婚六年了,感情却日益淡漠。这天,天都黑了,乔治还没回家,玛格丽特给他留了张纸条后,便带上行李上了情夫希勒利的车。六年的夫妻生活到此结束了,玛格丽特木然地看着车窗外的浓浓大雾,心里总有些惶惶然。

外面雾越来越大,车子在街上缓缓向前行驶,希勒利看玛格丽特一脸的沮丧样,心里很有点不高兴。希勒利是一家公司的职员,近四十的年纪,一直未婚。自从一个月前结识了玛格丽特,两人如逢知己,玛格丽特立即投入了他的怀抱。今天,希勒利是特地来接玛格丽特的,谁知真要与丈夫分手,玛格丽特却显得这样情意缠绵,希勒利越想越窝火,心里一乱,他不由得加大了油门。

玛格丽特仿佛惊醒过来,突然一声尖叫:"希勒利,当心!"车子猛地刹住了,可那一声沉闷的撞击声仿佛一记重锤同时打在了他俩的胸口上。两个人匆匆忙忙地下了车,只看见一个人横卧在地上,已经断了气。

"乔治,是乔治!"玛格丽特仓皇地尖叫起来,死者正是她的丈夫乔治·哈德维克。

"快住嘴!"希勒利急忙喝道。

"我们得马上送他去医院!"玛格丽特抽泣着说道,"这是我的错,都是我的错!"

"好了,好了,亲爱的,现在听我说,他已经死了,我们无能为力,别人都知道我俩的事,他们永远不会相信这是一次交通事故,他们会说是我们有意杀死他的,这样我们就完了。现在让我把你送回家,想想我们接下来到底该做些什么。"

又回到了玛格丽特的家里,希勒利马上销毁了玛格丽特留给乔治的那张纸条,然后让玛格丽特给乔治的公司打电话,假意询问乔治回家没有。公司里的人告诉她,乔治早在两小时前就离开公司了。"也许,"玛格丽特对着话筒说,"也许,他顺路到哪个俱乐部去了,还不见他回来,我真着急……"玛格丽特放下了电话,身上不由得惊出一身冷汗。

"好了,好了,现在没事了。"希勒利一边安慰着玛格丽特,一边解着她的衣服,拥着她进了卧室。"那么大的雾,放心,亲爱的,没人会看见……"

可是第二天一早,一个叫诺兰的警察就敲开了玛格丽特家的门。玛格丽特那握着门把的手微微有些发抖。警察告诉她,乔治被汽车撞死了。

"死了?"玛格丽特极力装出很吃惊的样子。

"是的,那辆车上有一男一女两个人。"

"一男一女?"这下,玛格丽特真的是大吃一惊了。

"是的,有人看见他们驾车撞了人,后来他们下车看了看死者,又回到车上开车逃走了。当时,住在拐角公寓里的一位小姐正在洗澡,听到动静,从窗子里看到了那两个人,可惜雾太大,没看清楚他们的模样。另外街上很潮湿,车轮痕迹模糊不清,这使我们寻找这两个人更为困难。不过太太,请您放心,我们会破案的。"警察安慰了玛格丽特几句,转身告辞了。

卧室里的希勒利长吁了一口气,他穿戴整齐,和玛格丽特一起用过早餐,便到公司上班去了。

一个星期过去了,警察什么线索也没搞到,希勒利想着自己躲过了这一祸,真是高兴极了,这下子自己可以痛痛快快地与玛格丽特在一起,男欢女爱,好不快活!

然而祸这个东西,要招招不来,不招偏自来,来了不白来,带了一串来。外国有句谚语:"要么不下雨,下雨就倾盆。"说的大概就是这个意思。

这天刚巧下大雨,希勒利因和玛格丽特亲热过头,误了上班时间,被经理一顿臭骂,心里着实不痛决。他正在办公室里闷坐着,一个自称名叫"博德温",在保险公司工作的人来找他。

"你找我有什么事?"希勒利不解地问。

那人微微一笑,说:"我在最有信誉的瓦利保险公司任职。您知道,保险业务由来已久,但是看来我还得设计一种能够替一切冒险行为保险的保险单。"

"你这是什么意思?"

"直说吧,您希勒利先生显然最近受到某种很大的压力,我敢说您很需要我在此时此刻提供给您保险服务。您瞧，这项服务能使您免受某种我们是否可称之为一时匆忙而不明智的行为所带来的巨大损失。"

"我不明白你的意思。"

"说得具体一些，那天我恰好坐在停在你们不远的那辆车子里，因为雾大，你们看不见我，可我听到了你们的对话。当时我就想，我又找到了一个业务对象了。"

希勒利心里一惊，可是他不露声色，直截了当一句话："保险费多少？"

"您真是个明白人。"博德温说，"五百元怎么样？"

"保险期多久？"

"啊，听说南美赚钱的机会很多，您如果能让我尽快去那儿碰碰运气，那时我们之间就什么事都了了。"

"我希望你不是在对我开玩笑。"希勒利给他签了张五百元的支票。

然而这只是个开始，从这以后，希勒利几乎每隔一阵就要给这个该死的博德温一笔钱。这位先生的胃口越来越大，并且再也不提去南美的事了。"总有一天我要宰了你！"希勒利一边将一张二千元的支票递给博德温，一边朝他吼道。

博德温对希勒利的吼叫一点也不在乎："我想您会的，希勒利先生。不过您干的事我都已在纸上写得清清楚楚，放在一个安全的地方。只要我一死，人们就会打开它，从而了解到您干了些什么，所以我劝您还是不要再做出什么不明智的决定。再说，我也正在考虑去南美的计划。"说完，他便大模大样地走了。

希勒利顿时觉得自己像是背上了一块沉重的磨盘，被压得喘不过气来。得干掉他！他脑子里猛地冒出了这个念头，站起身跟了出去。

几天跟踪下来，希勒利发现博德温在麻凯特街上的一家银行里租有一只保险箱，而保险箱钥匙就放在他自己的上衣口袋里。希勒利肯定博德温那天说的那份东西一定就藏在这只保险箱里，现在的问题是：下一步该怎么办？

希勒利又把这几天跟踪博德温的情况再细细地回顾一遍，发现博德温每次开车回家都先将车子开进街边的车库里，然后再步行穿过马路，回到街对面的公寓里。他的公寓和车库在街的两侧——这一点很重要。另外，博德温进那家银行时，门卫并不认识他，里面的工作人员也没有谁认识他，他只是凭牌号办事。这一点也很重要。

几天之后，希勒利的机会来了。博德温打来了电话："嗨，希勒利先生，我要去南美了，走之前想把一切事情都了了，诸如您的保险费……"

"你又想要什么？"希勒利一听到博德温的声音就冒火，他根本不相信那个家伙会去什么南美，他准是又在玩什么新花样了。

"啊，是镭的事，您知道，我正在与人合作开采镭，我想您会有兴趣的，呆会儿我去找您。"

"什么时候？"

"今晚吧。"

"那么，还是我去找你吧，这会儿我正忙着呢。你今晚在家吗？"

"我先要办点事，大概十点钟左右回家，您来也行，我住在玛奇街2201号308公寓。"

"好吧，十点钟再见。"希勒利挂上了电话。其实博德温的家他早知道了，跟踪了几天，闭着眼睛也找得到。

当晚九点，希勒利已坐在离博德温家公寓不远处的一家咖啡店里了。感谢上帝，又起了雾，依稀可以看见斜对面博德温的车库。九点四十五分时，希勒利看见博德温开着他的车进了车库，希勒利立刻走出咖啡店，坐进了停在一旁的自己的汽车里。

终于，博德温从车库里出来了，等他走到大街中央时，希勒利的汽车像发了疯的公牛一样，撞到了他的身上，他"砰"地一声倒了下去。

希勒利迅速跳下车，飞快地从博德温上衣口袋里找到保险箱的钥匙。

"怎么回事？"警察走了过来。"警官先生，看来像是我把他撞死了。"

"啊，"警察一看，"他是死了。还好您刹了车，我最讨厌撞了人逃走的家伙。不过这家伙是自找的，我都瞧见了，是他自己突然从街那边冒了出来。这些人横穿马路总是那么不小心，而且雾又这么大，这不能怪您，我们不会拘留您的。不过您得把您的姓名、住址留下来，万一有事好与您联系。顺便问一下，您认识死者吗？""噢不，不认识。我真不知怎么办才好。"

希勒利没想到自己的运气竟会这么好，他匆匆赶回家，一遍一遍地模仿起博德温的签名来。

第二天一早，麻凯特街上那家银行里来了一位自称是博德温的人。"对不起，先生，我是博德温，请开一下1438号保险箱。""好吧，请在这儿签字。"银行职员接过他递过来的钥匙，"博德温，1438号，让我看看……啊，这儿有张单子，是上月十五号您欠的租金，计三英镑五十便士。""啊，我差点忘了。"希勒利赶紧付了钱，拿到了他想得到的东西。

正当希勒利兴高采烈地在玛格丽特家用晚餐时，诺兰警察再次登门拜访。"希勒利先生，我想和您谈谈博德温先生的事。"他看了一眼希勒利目瞪口呆的面孔，"我们在博德温的口袋里发现了一样您会感兴趣的东西。"

希勒利接过来一看,是一张开给他的保险单。希勒利很尴尬:"我想,我一时没认出他来。""有可能。不过博德温是把车上锁以后走出车库的,可他被撞倒以后,一串钥匙却不见了。""这跟我有什么关系?""因为他口袋里还有一张银行通知他欠租的单子,我们到银行查过了,就在今天早上,有人替他付了租金,并且取走了他放在保险箱里的东西……"

"我还是不明白,这跟我……"

这真是不到黄河不死心,不见棺材不落泪。诺兰警官说:"希勒利先生,您最好还是放乖些,您有权装疯卖傻,不过我劝您最好还是尽快找个好律师。关于博德温,我们可是追踪了他几个月了。他的档案告诉我们,他是个惯于敲诈勒索的人,而那些撞了人就溜的家伙正合他的胃口,顺便再说一声,他口袋里还有一张去南美的船票。"希勒利完全垮了下来,他向窗外望去,只见伦敦的雾更浓了。

(编译:陆　沁)
(题图:李　加)

致命的漏洞

情妇逼婚

马国腾是城市规划局的处长,平日里日子过得很惬意。这天是周末,马国腾却显得心神不宁、坐立不安。手机突然响了,他犹豫了好久,才硬着头皮接了电话。

电话那头响起一个女人冷冰冰的声音:"你在哪里?"

"叶虹,我、我……"马国腾吞吞吐吐的,可对方近乎歇斯底里:"我不管你在哪里,现在是2点25分,3点前,你不拿离婚证来见我,我就跳楼!"没等马国腾说话,这个叫叶虹的女人就关了手机,马国腾重重地叹了一口气。

去年年初，马国腾认识了青春靓丽的叶虹。他费尽心机，并以跟老婆离婚娶叶虹为条件，获得了美人的芳心。马国腾一边在南苑小区给情人租了一套房子；另一头，也张罗着离婚的事。可没想到三个月前，马国腾意外地被列为副局长候选人，他怕离婚会影响仕途，打算跟叶虹断了关系，可叶虹逼婚逼得紧。这天，叶虹向马国腾放出狠话：一周内如果拿不出离婚证，她就跳楼！

今天便是叶虹最后通牒的期限，马国腾起先还抱着侥幸心理，现在看来悬了，弄得不好他俩的事就暴露了，那他可就什么都完了。所以，马国腾必须在3点前赶到叶虹的住处，阻止她跳楼！

马国腾带上从不离身的手包，出门打车。这时，一辆轿车驶到他面前，司机探出头来，说："马处，想打车？我送你！"这个司机叫洪明，平时给局长开专车，这会儿正巧路过。马国腾赶紧上车，说："你来得真巧，快送我去……北苑小区。"洪明立马发车，随口问："马处，这么急着去北苑干什么呀？"

马国腾笑笑："没什么事。我朋友老焦，住在北苑，叫我去打麻将，都催好几次了。洪明，你车开快点。"

在车上，马国腾表面跟洪明谈笑风生，心情却糟到了极点。当然，他不会告诉洪明此行的真正目的地，其实，"南苑"跟"北苑"只一条道之隔，马国腾的打算是：到了北苑，等洪明走后，他再返回南苑。两处相隔顶多十分钟，时间充裕。

可老天爷似乎跟他作对，路上车堵得厉害，又赶上道路维修，只得绕道而行。眼看着时间一点点耗尽，马国腾心急如焚，不过，当着洪明的面，他不敢表露出来，他故意从手包里拿出手机，假装给老焦打了个电话，说路上遇到点麻烦事，叫他们别着急。

将计就计

马国腾临时决定让洪明开车从"南苑"去"北苑",而且从叶虹住的楼前穿过去,他想看看叶虹有什么动静。

事情果然麻烦了:当洪明开车快靠近叶虹住的那幢楼时,只见楼下聚了一堆人,都仰头往上张望着。马国腾顿时感到情况不妙,他探出头往上一看,倒吸了一口凉气:只见6楼,一个女子骑坐在厨房的窗台上,手里抓着半瓶白酒,边喝边冲着天空歇斯底里地嚷道:"40、41、42……"像是在计数。这正是叶虹,她坐在窗台上摇摇晃晃的,稍有不慎就可能坠楼,这时距3点只有10分钟左右了!马国腾赶紧下车,洪明也跟着下来了。马国腾打听发生了什么事,一个老头告诉他楼上那女子说数到200就跳楼,刚才有人报警了,"110"马上就到。

马国腾突然有了主意,他说:"救人要紧,你们在这里劝着她,尽量拖延时间,我上去!"话音刚落,他飞速地冲上楼去。还好,叶虹门没锁,马国腾推门冲进厨房,气喘吁吁地对叶虹说:"我来了,你千万别乱来!"叶虹瞪着充血的眼睛,说:"拿离婚证给我!"

这时,警笛声由远而近,马国腾急了,说:"叶虹,你别逼我!你下来,有话好商量……"叶虹咬牙切齿地说:"马国腾,我就知道你拿不来离婚证,既然这样,我跟你还有什么可说的?我身上有封遗书,我为什么要跳楼,别人马上就会知道的,我做鬼也不会放过你!"说罢,她真摆出了要跳下去的架势。这时,马国腾一个箭步冲上去,死死地抓住她的胳膊,用尽全身力气将她拽了下来,与此同时,楼下响起了一片欢叫声和鼓掌声……

马国腾将叶虹拖进客厅,叶虹拼命挣扎,还在他的胳膊上狠狠咬了一口。马国腾恼羞成怒,顺手抄起柜子上一个铜制花瓶,狠狠地砸在叶虹的头上,叶虹应声倒地,血流不止,很快就没了呼吸。马国腾赶紧搜叶虹的身,果然翻出了遗书,他把遗书藏到自己的裤兜里。这当儿,茶几上放着叶虹的两部手机,一部是她平时和别人联系用的;另一部是马国腾给她买的,是叶虹专门跟他联系用的。马国腾把那部专用手机塞进包里。他想,只要遗书和手机不落到外人之手,他和叶虹的关系就绝不会暴露!

接着,马国腾又擦了擦花瓶,塞在叶虹手里……楼梯上传来杂乱的脚步声,他赶紧扶起叶虹的身体,故意装出惊骇的神情……

惊现破绽

洪明跟着"110"的警察一起上来了。为首的是一个姓侯的警官,马国腾认识他,洪明跟他也相当熟悉。他们一见屋内的情景,都不由一愣。洪明惊愕地说:"马处,我们亲眼看到你把她救了下来,她这是怎么了?"

马国腾连声叹气,说:"我是把她救下来了,可她狠狠咬了我的胳膊挣脱了,还用花瓶砸自己的头,我根本来不及拦她……"在场的人都唏嘘不已,侯警官环顾四周,拿起茶几上叶虹的另一部手机翻看着。

马国腾虚脱般地坐下来,故作自责地说:"唉,我这不是帮了倒忙吗?"

侯警官安慰说:"马处,她非要自寻短见,你也是阻止不了的。"接着,他随口问道:"我听洪明说,你是去朋友家打麻将路过这里的?"马国腾点头称是,侯警官又说:"你们走吧,必要时我会联系你们的。"

马国腾苦笑道:"要不是老焦他们三缺一,我真不想去了,遇上这种事，哪还有心情呀？"为了把"戏"做足，马国腾打开手包拿出手机，煞有介事地打起电话："老焦，我在路上遇上突发事件了，还得晚一会儿到……"马国腾打的是空电话，他将手机放回手包里，对洪明说："洪明，还得有劳你送我。"

"等一下！"洪明突然开了口，他两眼盯在马国腾的手包上，说，"马处，可以打开你的手包让侯警官看看吗？"

马国腾一惊："洪明，你这是什么意思？为什么要看我的手包？"

洪明一语惊人："如果我没猜错，你的手包里有死者的手机！"马国腾心头一颤，虚张声势地嚷道："你胡说什么？我的包里怎么会有死者的手机？"说到这里，他猛然意识到了自己的疏忽：刚才自己假装给"老焦"打电话，顺手把叶虹的那个手机拿了出来，可是，叶虹的手机跟自己的手机型号、颜色完全一样，根本看不出破绽的呀！

这时，侯警官严肃地对洪明说："你这么说可得有证据，你凭什么说马处长的手包里装有死者的手机？"

洪明说："我在马处长身上发现两个疑点——第一，马处长，在我们来的路上，你给那个姓焦的朋友打电话时用的手机并没有手机链，而你刚才用的手机，虽然外观一模一样，可却多了一个手机链，这手机是哪来的？"

"岂有此理！"马国腾的应变能力也挺快，"难道我就不能带两部手机？我告诉你，我手包里是有两部手机，可它们都是我的，跟死者无关。洪明，你瞪大眼睛看清楚了，死者的手机在侯警官那里。"说着，马国腾指了指侯警官手里的手机。

"马处长，你说的不对！"洪明一笑，"这就是我要说的第二个疑点——我们来的路上，你一直把你的手包放在两腿间，你的手包很小，那时包是瘪的;而刚才,你开包拿手机时,我突然发现你的手包鼓了起来,接着你就从手包里拿出了一个带链子的手机。马处长,这前'瘪'后'鼓',你怎么解释?"

"这、这……"马国腾懵了,大脑一片空白。侯警官严峻地说:"马处长,为了证明你的清白,还是把带链子的那个手机给我检查检查吧!"

马国腾面如死灰,说:"洪明,没想到你的眼睛这么毒,我算是栽在你手里了!"

侯警官笑了:"马处长,看来你还不知道,洪明原来跟我是同行,破过不少案子呢,只是执行公务受了伤,才改行调到你们局里去的,今天你坐他的车,算是遇上克星了!"

(李雪涛)
(题图:杨宏富)

座位号

    黑木是东京一所大学的学生,他有个喜欢的女孩叫知纱子,两人都是京都人。开学前夕,黑木来到知纱子租的公寓,得知知纱子要和另一个男人结婚了,黑木很生气,一时冲动,把知纱子掐死了。

    杀死知纱子后,黑木很害怕,他慌忙将指纹擦干净,便逃回了家。

    回到家后,母亲喊住了他:"黑木,你不在家时,名古屋的早濑打电话来了,他乘明天下午两点名古屋发出的新干线回东京。我告诉他,你现在也去买火车票了。他的座位在九号车厢。你买到票了吗?是明天几点的车?跟他一班吗?"

    经母亲这么一说,黑木才想起来,上午跟早濑约好一起回东京,所以出门的时候就跟母亲说,去买火车票了。为了不让母亲起疑,黑木连忙回答道:"买到了,可能和早濑是同一趟车,在京都站是一点多发车的。"说完,他进了自己房间,急忙给京都站的售票处打了电话:"请问,明天一点多发车到东京的预售票还有吗?"

对方回答:"您要预购的对号票在中午已经售完,我们这里只有无号票了,如果您想购买的话,请尽快来售票处,由于近日大风雪天气,明天如果列车晚点两小时,我们将会退还给您部分赔偿费,而明天所售的无号票,将会盖上'已知晚点'的图章,这是乘客在知道列车将要晚点的情况下购买的,我们将不做赔偿。"

黑木心想:现在只能买今天的无号票了,如果警察来询问的话,可以出示今天买的票,证明自己上午去了京都车站。想到这儿,黑木的精神头又来了。他直接去车站买了一张无号票。

拿到票后,黑木终于松了一口气:如果到明天上车之前警察还不来找他的话,他就可以和早濑乘同一趟车回东京。如果下车时火车误点超过两小时,那么他们可以一起要求赔偿。只要他和早濑一起行动,早濑就会以为黑木拿的也是一张对号车票,那么早濑就会给他作证的。

傍晚,黑木回到家后发现,电视里正在报道知纱子遇害的新闻,她的尸体是未婚夫发现的,黑木慌慌张张地回到了自己的房间,看了看那张无号票,顿时脸色苍白。因为在那张票上还印着一大串序列号。如果警察看了这串序列号,定会发现这张票不是上午预售的,而是下午售出的。一想到这儿,黑木又有些坐立不安了。

就在黑木胡思乱想的时候,电话铃响了,来电话的是他的朋友大石,大石说道:"黑木,你上午特地来找我的吧?我没在家,真对不起,其实我在理发店,看到你正朝我家方向走去。我想赶快喊住你,可当我冲出去时,你已经没了踪影。"

听了大石的话,黑木脸色苍白,他想起来,大石的家就在知纱子住处附近。大石不停地解释着:"我本想马上给你打电话的,可你知道吗?我家附近出了一件杀人案,死者叫知纱子,是个美人呢!警察来搜集情况,也到我家来了,所以才给你打晚了……"

黑木尽量让自己冷静下来,盘算着:大石到底向警察说了些什么?幸好他不知道自己和知纱子的关系,但只要警察来找自己,他就会知道呀!黑木狠了狠心说:"大石,我们见个面吧,明天我想再来找你一趟……"

大石高兴地答应了。

黑木决定明天杀掉大石,他开始计划起来:自己坐的是"135号"新干线,由于暴风雪天气,一般新干线都会晚到一个小时,所以,在这一个小时里,他有足够的时间杀死大石,并且可以制造"不在现场证明"。

第二天,黑木按照乘车的原定时间出发,他把大石约到了一个建筑工地,然后用一根领带把大石勒死了。作案后,黑木仔细地检查了指纹及遗留物品之后,直奔车站。

来到车站时,135号列车还没有进站,站台里停着的是前一班列车。过了一会儿,车站广播里说:"发往东京的135号列车将晚点。"

黑木松了一口气,他来到站台的小卖部前,买了一个盒饭。在将要离开小卖部的时候,黑木还特意把提包"忘"在了柜台上。

不一会儿,小卖部的服务员拎着旅行包追到黑木身边,说:"对不起,您是不是把提包忘了?"

黑木连忙道谢,当他接过提包时,周围的人都在看他。黑木不觉地笑起来:行了,证人有了,下面要做的是在车上找到一个合适的座位。

135号列车晚了一个小时，才徐徐驶入车站。黑木上了列车之后，来到早濑乘坐的九号车厢，环视起来，可能是全线误点的原因，今天车厢里有三分之一的座位空着，一些买了对号票的乘客等不及误点的这班车，而乘了前一班列车。

　　黑木决定让乘务员帮自己找个座位。一般来说，找乘务员帮助，可以坐到指定的位子，这样就不会和名古屋上车的、有对号票的乘客坐同一个位子，而且，乘务员帮自己改签座位票时，会提供一张收据，在退赔时也能顺利过关。因为拿着无号票去要求退赔时，常常会受到盘问，比如：在哪儿上的车，几点发车等等。让乘务员在收据上写清是几车厢几号座就不会受到盘问。黑木想：只要让早濑看到自己坐在九号车厢里，他就会坚信，自己也和他一样买到的是对号席车票。

　　黑木走到车厢出入口时，听到了乘务员和乘客的争吵声。黑木心中大喜：这是个绝好的机会！现在乘务员一定光注意和那个乘客争吵，而记不住我的。想到这儿，黑木走了过去说："对不起，我打扰一下……"

　　乘务员又认为是来提意见的，拉着脸看着他。黑木接着问道："请问有没有空位子，我的一位朋友从名古屋上车，在九号车厢。我想求您在九号车厢给我找一个空座位。"说完，他便把100元钱和一张无号票递了过去。

　　乘务员像是松了一口气似的，取出收据本，想了一下，就开了一张标有座位的收据，写完后，说："你坐这个座位。这个座位是空的，名古屋上车的人是不会坐的。"

　　黑木接过收据，仔细看了看，收据上面写有"一月八日"和"135号列车九车厢四A座"的字样。

　　"太棒了！"黑木进了车厢，他故意大声嘟哝着："九车厢四A……啊，在这呢!"他心安理得地坐在座位上,迫不及待地给早濑打电话,对方说:"我在等车呢,新干线又晚点了,你是哪班车?"

黑木说:"我现在坐的是135号列车,和你同一班吧?我的座位号是九车厢四A……"

"太好了,我的座位是七B!待会儿见!"

放下电话,黑木开始眺望窗外。他忽然又想起什么似的:对了,为了证明我乘坐了这班车,我应该再拍几张雪景的照片!于是他马上取出照相机,开始拍起窗外的雪景来。

一会儿,列车到了名古屋站,早濑进了车厢,随后和黑木一起去车厢餐厅用餐。黑木说道:"这趟车还不知要晚多长时间到东京呢!"

"据说大约要晚点两小时,看样子票款要退给咱们了。"早濑把黑木想说的话抢先说了出来,之后早濑又谈起了最近才交上的女朋友。

一个多小时后,列车到了东京站。黑木和早濑一起去退赔处,两人都排在了对号票一队,不一会儿,早濑情不自禁地"啊"了一声。黑木抬头一看,早濑的女友在检票处正朝这边招手,早濑在黑木之前先办了退款手续。他一接过钱便飞也似的朝检票处冲去,所以,根本就没有看到黑木的票。

回到东京之后,警察来找黑木。警察问他:"大石君死了,你知道了吗?听说你们是朋友。"

黑木做出了适当的惊讶表情:"什么,大石死了?是事故吗?"

警察说:"不,是被人杀死的。你能说说他死的时候,你在哪儿吗?"

黑木想了想,说:"那天是我回东京的日子,中午我去火车站等车了。"

听到这儿,警察不知为什么忽然意味深长地笑了起来:"那天因为下雪列车晚点了吧?"

黑木有些紧张地说："是啊，晚点了两个小时呢！我在东京站还要求退赔了！"

警察开门见山地说："在大石死的前一天，还发生了一起命案，一个叫知纱子的姑娘被害。据说她和你在高中就是朋友，而且关系还不错？"

"是的，我们是同学！"

警察继续问："那么，在知纱子被杀的那天上午，你在什么地方？"

黑木做出了稍稍考虑一下的样子，答道："我上午去了京都车站，买好了第二天的对号票，中午回的家。"

"你的座位是几车厢几座？"

黑木说："九号车厢四A座，这你可以去问一下从名古屋上车的早濑，他的座位号是同一车厢的七B座。"

警察听到这里稍稍沉默了一会儿，又接着问道："你去买票时有没有碰到什么熟人？要知道，新干线的对号票可是从好多天前就开始预售的。"

"我和早濑约好一块儿回东京，那天早上才定下来的。之后早濑马上去名古屋站买车票了。在我去京都站买票时，他又给我家打了电话。"

"如果是在当天买的无号票，上车有空位子就可以坐，而且照样可以得到退款的。"警察一下子捅到事情的关键之处。

黑木说："如果我拿的是无号票，随便找个位子坐下的话，那么一定会被乘务员提醒注意的；早濑上车时，名古屋的乘客也会把我的座位坐掉；退赔时，服务员也会问我上车地点和列车班次，可是我和早濑一直在一起，没有遇上这些情况啊！"说完，黑木又提出，希望警察去向车厢里的其他乘客核实。

警察走后,黑木钻进被窝,回忆着,到目前为止,幸好还没有出现漏洞。警察为了推翻黑木所说的"事实",到处奔走,可是都没有找到可疑之处,黑木的"不在现场证明"是成立的。

半个月后,黑木已恢复了过去的状态,有一天,警察又来找黑木。黑木虽然非常紧张,但他心里却信心满满。警察问他:"你说知纱子遇害那天上午,你去京都车站买对号票了?"

黑木自信地说:"是的!"

警察接着问:"票的座位是九号车厢四A,不会错吧?"

"没错儿!"黑木坚定地点点头,但不知为什么警察又意味深长地笑起来:"现在我明白了,你在知纱子死时,根本没有去买什么对号预售票!"

黑木一脸吃惊:"怎么会?我买了对号票,坐在了对号座位上,还领回了误点的退款。难道那张票是假的吗?"

警察斩钉截铁地说:"对,是假的!九号车厢四A号是新干线上不输入售票计算机的座位号。那是为了防止计算机失误、座位号重叠、或遇有特殊用票人员时,各班车上都空出的座位号。新干线上的列车一般在普通车厢备有十个,在包厢内备有八个这样不输入计算机的座位号。因此,九号车厢四A是你想提前买也买不到的座位号!"

(改编:杨 君)
(题图:佐 夫)

谋杀植物

人们业余时爱好养花弄草,但有个人对植物却特别的恨,他家里养着一盆植物,却恨不得马上把它掐在手里,撕成一片片,然后放到下水道里冲走。这个人叫哈里。

哈里为什么这样恨植物?

原来,最近哈里的老婆玛丽不知从哪里搬回来一盆植物,从此,就像走火入魔一样,不是给它浇水、松土,就是施肥,喷药,上下忙个不停,就像照顾一个情人似的无微不至。玛丽还给它起了个好听的名字——"黛西"。

哈里越来越感到胸闷,难以忍受,加上他失业后正在四处找工作,而"黛西"似乎成了第三者,不仅抢走了一个妻子对丈夫的温柔,也粉碎了一个丈夫对妻子的体贴。每次当他偷偷站到那盆植物面前时,他的心态都会不平衡。

在家里得不到温暖,哈里就开始泡酒吧。没多久,他在那认识了个叫丽娜的风流女人，丽娜告诉哈里，她的丈夫刚刚跟一个女人私奔到国外去了。

混熟了以后，丽娜便邀请哈里到她公寓里做客。这天，两人在丽娜的公寓里喝了点酒，谈着谈着两个人就各自倾诉婚姻的不幸，不到一个小时，双方似乎发现只有对方才能弥补自己心灵的创伤。

哈里忍不住就把那盆植物的故事告诉了丽娜，丽娜听在耳里，忽然冒出了一个念头，提出来要去看看这植物。哈里虽然有点不乐意，但还是答应了下来。正好玛丽今天有事外出，哈里于是就把丽娜带回了家并让她参观了那盆植物。哈里在那盆植物面前恶言恶语，说了许多下流话，为了报复，哈里还当着"黛西"的面，与丽娜接了好几个响吻……

第二天一大早，哈里还没准备起床，玛丽已经悄悄坐了起来，一边梳头发一边自言自语道："我准备改变遗嘱！"

这话一开始并没有引起哈里的警觉，但他很快就回味过来，怔怔地沉默片刻之后，突然发问道："改变你的遗嘱？怎么改法？"哈里知道，玛丽手中有20万美元的遗产。

玛丽狞笑道："噢，你还是会得到这笔钱的，不必担心。但是如果我突然死去的话，我不想看到无人照顾黛西。"

"死去？"哈里听了忍不住笑起来，"你怎么突然想到死？"

"我有这种预感……噢，你千万别介意，我会把钱都留给你的——但要附加一个条件。"

哈里听后，背上有些阵阵发凉。

"你必须一个人住在这栋房子里，为我照看黛西，黛西在我死后至少要活一年以上。如果做不到这点，那么这笔钱将被捐给慈善机构。"

哈里开始颤抖起来，胸中交织着愤怒和沮丧："你……你不能那样做，我对照顾植物一无所知——"

"那你就好好学,不行吗?"她打断了哈里的话,眼睛眯缝着,"我也不希望你的女友住在这个房间里。"

哈里像挨了一记闷拳,猛地一缩:"什……什么?"

玛丽傻笑道:"你以为我不知道她吗?嘿,我什么都知道。"

20万美元和丽娜的形象同时在哈里眼前晃动,突然间他的眼前漆黑一片。

"不!"他猛地跳将起来,扑了过去,双手紧紧地扼在玛丽的脖子上。掐着,掐着,就跟自己以前在幻想中无数次演练过的那样。

玛丽双手在空中无力地垂了下来,她的眼睛瞪得圆圆的,喉管里发出最后一口喘息声。好一阵,房间里静悄悄的,只听见哈里自言自语道:"我杀死了她。我真的杀死了她。我得告诉丽娜去,不。等会儿——"

哈里慌慌张张地在一个个房间里走进走出,推翻椅子,拉出抽屉。然后从厨房里的小饼罐里拿出12美元。回到居室后,他又砸碎了窗子上的一块玻璃,拉开插销。

他想,他必须有不在犯罪现场的证据。想到此,他抬起玛丽的手腕,把她的手表拨快了一个半钟头,然后狠狠地向地板上摔去,砸碎了水晶表壳,让时间停滞在那里。

真是天衣无缝!

哈里这时才松下一口气,对自己的伪装安排感到有些飘飘然。他在门口顿了顿,转过头来重新审视着屋里,看看是否还有什么遗漏之处。他的眼睛扫来扫去,最后停顿在那株开着黄花的植物上。

"我要杀死你!"他一阵狂笑,迫不及待地穿过房间,手起盆落,"啪"那株植物翻滚下来,重重地砸在地上。

他匆匆赶到路边的电话亭，打电话给警察局，说他是哈里的邻居，经过那栋房子时听到里面传出打斗声和女人的尖叫声，请他们去那里看看出了什么事，然后他挂断电话。

做完这一切后，他来到一家职业介绍所打听求职情况，一位女士把他领到负责人面前。出乎意料的是，今天那位负责人居然给他提供了三个职业供他选择。他挑了其中一个，然后兴冲冲回到家中。

门是开着的，还未进门，哈里就大声嚷嚷着："玛丽，好消息，我找到工作啦！"可等他一抬头，他发现警察已经在那里了，正在等他。

"玛丽，死了？"哈里听到这个消息时，目瞪口呆的，一下子跌坐在一把椅子上，"这不可能，早上我和她告别时，她还好好的呀，警察先生，请问到底是怎么回事？"

"我们认为也许你能提供此事的具体细节，哈里先生。"

"当然可以。"

警察给他打开起居室的门。

玛丽张开四肢躺在地板上，跟活着时一样的丑陋，但这使他更惬意一些。在她身边是被他摔碎的那株植物的残骸，花盆摔得七零八碎，泥土都溅到壁炉边的地毯上。在散开的泥土中，有一个发光的黑色小玩意。它黑油油的，一根细小的天线从里面的一个小孔里伸出来。

哈里好奇地问道："这是什么？"

警察镇定自若地说："你妻子在花盆里安了个'窃听器'，哈里先生。"

"什么！"

警察掩饰不住笑容，说："很明显，她对你起了疑心，于是就用'窃听器'录下你所有的话。如果那个花盆没有摔到地板上的话，我们大家也许永远被蒙在鼓里。"

"不!"哈里哭喊着。

"你听说过吗? 中国有句古老的谚语,"警察脸上带着幽默的笑容,"叫'搬起石头,往往砸了自己的脚'。"

(编译:李 华)
(题图:箭 中)

铁证如山

背后的枪口

金风扬是工业大学有名的帅哥,女生视线的焦点,毕业后的夏天,他踌躇满志地前往特区投奔哥哥。哥哥叫金风飞,自幼与他相依为命,长得也很标致,在一家玩具厂搞管理。

见面后,他发现哥哥消瘦了许多。对他的突然到来,哥哥很生气,说这里不适合他,要他马上走。金风扬固执地说:"不,这里开放,发达,我一定能干出点名堂!"哥哥气得直跺脚:"咳!那你今后……就别往我这里跑,我不想再见到你!"金风扬大惑不解,无奈只好自己找工作。

他万万没想到,这竟然是他和哥哥见的最后一面,几天后,他突然得到了惊天的噩耗——哥哥死了!

哥哥死在自己的房间里,法医说,是自己注射过量的毒品导致了死亡。金风扬震惊了!哥赶我走,是怕我发现他吸毒呀!清理哥哥遗物时,他发现,哥哥已经吸得一无所有,连妈妈临终留下的那块特制的玉佩,也不见了。那玉佩哥俩各有一块,他抚着戴在自己脖子上的那块玉佩,欲哭无泪:料理哥哥后事的钱,到哪弄呢?

正为难时,玩具厂的厂长陈金宝及时赶来了,递给金风扬一个大信封:"这点钱,算我的一点心意。工作的事,要我帮忙吗?"金风扬很伤心,决绝地说:"谢谢您的关心,但这里我不想待了!处理完哥哥的后事,我就走。"陈厂长摇摇头,很惋惜。

料理完哥哥后事的那天晚上,走在霓虹闪烁的夜色中,金风扬格外孤独忧伤,不由自主地走进一家酒吧。

在萨克斯忧伤的乐声中,他很快就喝醉了,把高脚杯举在低垂的脑袋上,叫着:"酒、酒……来,来杯……酒!"

"金风扬,你喝多了,不要再喝了!"一个甜美的女声在耳边响起了,同时,他手中的酒杯被轻轻拿掉了。

这个陌生的地方,怎会有人叫自己的名字?金风扬睁开蒙眬醉眼,眼前是个白衣姑娘,他疑惑地问:"小、小姐,我不,不认识你,你是谁,谁呀?"

眼前的姑娘很漂亮,像午夜悠悠开放的一朵睡莲,她嫣然一笑:"我不是小姐,我是你工大的同学啊!我叫林影,我们不是一个系的,你不认识我很正常,可你有名气,我认识你呀!我来这里没等到我表姐,却见到你,真是高兴!别喝了,我们出去聊聊,好吗?"

金风扬点点头。走出酒吧,沿着僻静的林荫道没走多远,金风扬酒劲上来,有些跌跌撞撞,林影伸手扶住他,说:"金风扬,看样子,你不能走了,我送你回去吧。你住哪?"

正说着,一辆小车滑到他们身边,悄然停下。车内,两个戴头套的人冲出来,握着白亮亮的刀子,架住他们塞进车。车飞快地开走了。没等林影和金风扬反应过来,两人的手已被捆了个结实,嘴被堵住,眼睛被蒙上,手机也被搜走了。

不好!自己和林影被绑架了!金风扬大吃一惊,酒醒了大半。大约半个小时后,车停下了。金风扬和林影感觉被架着上了楼,进了一间屋,接着听到身后的关门声。黑暗中,他俩的脚也被牢牢捆住了,动弹不得。

"妈的,给老子放乖点!"一个声音嗡嗡响起来,"嘿嘿!就你们两个菜鸟,也敢敲诈我们老板?活得不耐烦怎么着?老子这就送你上西天!对了,老八,我来瞧瞧这小姐靓不靓,送她上西天之前,咱兄弟俩尝尝味道,可别浪费了资源!"

敲诈人?天哪!金风扬和林影明白自己当替死鬼了,剧烈地挣扎起来。果然,打火机啪地一响后,那个嗡嗡的声音又叫了起来:"这小姐好靓!不对……老八,坏了!抓错人了!这……怎么办?我们是不是把他们做掉?"另一个尖嗓门,大概就是"老八",说道:"做掉是肯定的,但别急,我得先去请示老大,再动手!你在这里看着,我马上回来。"

尖嗓门"咚咚咚"地走了。

金风扬浑身冰冷,死神的脚步似乎正在逼近。不一会,他从动静中听出来,留下的那个歹徒喘着粗气,拔掉林影嘴里的毛巾,强行要吻她,还伸手去撕扯她的裙子。无耻的歹徒!金风扬怒不可遏,却又无可奈何。林影挣扎了一会,哀求道:"大哥……别急,这样做……你我都不舒服的,给我的腿松绑吧,我们再做……好吗?"

"这就对了!好好配合,咱们都快活!"歹徒乐了,"我这就给你解开!不过,小美人,我劝你识相点,别耍什么花招!要不,可没你好果子吃!"放开林影的腿,歹徒好像迫不及待地扑了上去。突然,金风扬听到歹徒"嗷"地大叫一声,就没了动静。林影惊慌地说:"风扬,我用膝盖顶了他的……下面,他晕过去了!我们有救了!"金风扬说:"你快跑!要不就来不及了!""不,我们一起走!再说,我的眼睛还蒙着,怎么跑啊?"

是呀,怎么办?金风扬急得想挣脱手上绳子,突然发现手还能动,惊喜地说:"快蹲下来,摸出那家伙的打火机,打着后反过手,也许能烧断绳子!"

一阵摸索后,打火机"啪"地一响,林影兴奋地说:"烧……断了!"她又奔过来,烧断捆绑金风扬的绳子。

两人逃出门一看,原来他们被关在一个废弃的工地里。外面月色朦胧,不远处,是一块茂密的果园,黑糊糊的望不到边。冲进果园深处,回头见没人追来,他们蹲在地上,上气不接下气地喘着。

"别动!小心我的枪走火!"突然,身后一声低喝,硬邦邦的枪口顶在金风扬的后腰上。偏头一看,身后站着一个蒙面的大个子,金风扬以为歹徒又追来了,绝望地说:"你们绑错了人,为啥还要……杀我们?林影,你快跑!"林影咬着牙说:"不,我不跑!"大个子冷冷地说:"嘿嘿,还算明智!能比我的子弹跑得快?我一般不杀人,只对钞票感兴趣!快,把你们的钞票都掏出来!"

倒霉!又撞上了抢劫犯!林影的小坤包早丢了,金风扬掏得兜底朝天,只有几百块钱。

"妈的,穷鬼!怪不得,跑这来风流!"大个子咕哝道,"哦!你俩这身衣服,看样子还值俩小钱,给我脱!"

大个子气势汹汹,看样子不脱别想脱身!那帮歹徒要是追来,就更糟了。脱吧!金风扬脱得只剩下一条裤衩,脖子上的玉佩,也被大个子夺走了。奇怪的是,同时,大个子将一张折叠的小纸条,悄悄地塞进了他的手心,还重重地捏了捏他的手,掳起衣服消失在黑暗中。

金风扬狐疑地捏紧纸条,没吭声,抬头一看,林影只剩下"三点式"的迷人胴体,在月光下犹如玉雕。他穿个裤衩倒没啥,可林影抱着胳膊蹲在地上说:"你快去想办法给我表姐王燕打个电话,让她送衣服来!燕姐有车,很快就能来的!千万别报警啊,黑社会咱惹不起!"她说了个手机号,金风扬飞奔而去。

神秘的富姐

金风扬赶到不远处的公路,就着橘黄的路灯光,迫不及待地展开手心里的纸条,上面潦草地写着:

你想知道你哥哥真正的死因吗?请配合我,今晚的"绑架",很可能是个精心设计的圈套!你要装着什么都不知道,一切顺其自然,发现可疑情况,随时拨打我的手机,请相信我!

哥哥的死,难道另有隐情?金风扬默默记住了纸条上的电话号码后,撕毁纸条,心如夜色一样迷茫。

就在这时,一辆红色出租车停在他的身边,一位中年司机打开车门,朝他招手道:"上车,上车吧!"他尴尬地说:"师傅……我没钱。""出门不容易,我也是顺道,没钱没关系。快上来吧!"他心里一暖,钻进了车。车开了一程,金风扬发现路边有个店铺灯还亮着,挂着"公用电话"的牌子。他正要说下车,不料司机已将车停下,意味深长地说:"要打电话吧？给你一块钱，免得多磨嘴皮！对了，你朋友要我告诉你，我们帮你的事，对谁也不能说，否则你有生命危险，切记！"

望着渐渐远去的出租车，金风扬的后背一阵冰凉，感觉自己好像被罩进了一张无形的大网。他暗下决心，一定要把事情弄个水落石出！走进店铺，他镇定地拨通了燕姐的手机。燕姐听完情况，惊讶地说："怎么会……搞成这样？你现在在哪？"金风扬说了位置，燕姐说："你在电话旁等着，我马上过来，找不到你，我再打这个电话！"

金风扬守在电话旁，寸步不敢离开。大约二十分钟后，电话响了，他抓起电话，果然是燕姐温柔、关切的声音："你是风扬吧？门外有个手提袋，里面放着衣服、钥匙、一点钱，我今晚忙，不来了，林影认得我家，你们马上到我家去住。那伙人说不定到处找你们，安全要紧，我会尽快抽时间来看你们！"出门一看，果然，门外地上有个手提袋。为什么燕姐来了却不见面，搞得如此神神秘秘呢？

金风扬招了辆出租车，匆匆去接林影。林影可能是吓坏了，坐进车后，不由自主地抱住了金风扬。金风扬周身触电一般，脸也火辣辣的，很不自在，但他也不忍心推开林影。

进了燕姐的豪华别墅，林影熟练地打开灯，刹那间，满室金碧辉煌，她又按了另一个开关，室内一片淡淡的玫瑰色，热烈而温馨；再一按，眼前成了蓝色的海洋，迷幻而浪漫。

灯光下，林影好似一条诱人的美人鱼，金风扬怦然心跳。这时，林影似乎已从惊吓中回过神来，甩了甩长发，笑着问他："这灯光你喜欢吗？""挺好的！"

林影高兴地说："哦？真的？我燕姐也特喜欢，她对灯光很讲究，光安装这些灯饰，就花了几十万哩！"金风扬感叹道："你燕姐真阔啊！她是做什么的?""燕姐不喜欢人家打听她的事,她很有钱,但她并不幸福,离婚后,她不愿再结婚,四十了还孤身一人,心里很苦……"林影黯然说道。

真是个谜一样的女人!金风扬真想此刻就见到她。可是,大个子纸条中说的"圈套",会不会与她有关系呢?这个大个子,到底是什么人?金风扬正发愣,林影在一旁体贴地说道:"今晚累得够呛,你赶快去冲凉,早点休息吧!"

金风扬的确累了,冲凉后打开空调,躺上床很快酣然入梦。迷糊中,他忽然感觉有个温软的身体缠着他,按亮灯一看,是穿着暴露、身材迷人的林影!他吓得坐了起来:"林影,你怎么……"

林影柔软的小手捂住金风扬嘴唇,娇喘道:"我怕,一闭眼,老是做噩梦,一个人……不敢睡……"金风扬想挣脱她的搂抱。"可是,这样不好……要不,我到地板上睡吧!"

林影嘤嘤哭泣起来:"不!风扬!你是个好人,我……喜欢你!难道我就那么让你……讨厌吗?"金风扬有些慌乱:"不,不是!林影,我一点思想准备都没有,不能对你不负责任……"话没说完,他的嘴已经被林影的嘴堵上……

金风扬努力克制住内心的骚动,许久,林影安静下来,紧紧地依偎着金风扬宽阔的胸怀,忧郁地说:"风扬,真是缘分啊,今晚,我要是没去酒吧,就碰不上你,你也不会有机会见到燕姐。你的人品不错,燕姐最乐意帮你这样的人,你的好运来了!你一定会发达的!谢谢你,给了我一个美好的夜晚!今后,你还愿意……见我吗?"林影哽咽起来。金风扬安慰道:"别多想了,一切随缘吧!"

窗外,一阵电闪雷鸣,暴雨哗哗而下。金风扬辗转反侧,不能入眠,那个神秘的燕姐,究竟会给我带来什么好运?

尴尬的爱情

天将亮时,金风扬疲倦地睡着了。上午,强烈的阳光透过米色窗帘洒在床上,金风扬睁开惺忪睡眼,一下子惊呆了。

一个美艳的贵妇,坐在床沿上,浑身珠光宝气,看上去三十岁左右,粉面如花,脉脉含情的丹凤眼,正痴迷地看着他。金风扬慌乱地抓起被单,掩盖自己的身体:"你……你是……"

贵妇坦然一笑:"我就是你燕姐啊!昨晚你受惊了!我早就来了,林影求我帮你,别急,姐已经在给你想办法了。哦,对了,林影在北京找了份工作,已经去那边了,她看你睡得香,走时就没叫醒你。我给你买了套衣服,你试试。"

林影的不辞而别,让金风扬怅然若失。他穿好衣服,燕姐爱怜地打量他一番,高兴地叫起来:"哟,怪合身的!奇了,你身材跟我想象的一点不差,咱姐弟真有缘!早餐我带来了,别饿坏了,你趁热吃了,我再跟你说正事。"

燕姐的温情,让金风扬凄楚的心中涌起一股暖流。燕姐怔怔地看他吃罢早餐,说:"风扬,姐看得出来,你是个能干大事的男人,这里也很适合你发展,现在有个很好的机会,姐想帮你一把,你很快就能发达,干不干?""我行吗?""行!你行!我有个朋友的玩具厂要出租,姐想让你租下来,你一定能做得很好!""可是,租厂要钱,流动资金我也没有,我刚做,销路也是个问题……"金风扬顾虑重重。

燕姐嗔怪道:"瞧,还把燕姐当外人不是?这些问题不替你解决,姐还帮你什么!走吧,我们去见那位朋友,先谈谈再说嘛!"

车在市里转了很久,终于在一家古朴的茶楼前停下。进了一间包厢,金风扬一看等他们的人,惊讶地叫道:"陈厂长!是您?"真巧啊,燕姐的朋友,就是帮助他料理后事的陈金宝!燕姐问他怎么会认识陈厂长,他简单地讲了哥哥的事,燕姐听了,难过得眼睛都湿润了。

坐下后,燕姐快人快语:"陈厂长,事想好了吗?""想是想好了,有些问题怕不好谈啊……"陈厂长欲言又止。

燕姐不高兴了:"有什么不好谈的?说吧!""那我就直说了!"陈厂长放下茶杯,"厂租和流动资金,你燕姐给他解决没问题,但我打算今后只经销原料和产品,所以,风扬的产品必须全部由我包销!不过,价格随行就市,决不让他吃丁点亏!让他吃了亏,你燕姐还能饶我?还有,这厂子是老爷子的心血,厂名不能换,对外还得说是我的,风扬只不过是我请的经营厂长,不然老爷子那儿,我没法交代。此外,厂里有两个大仓库,风扬有一个就足够了,另一个我要放货。如果风扬能答应这几条,我们就把合同签了。"

好运说来就来了!这是好事啊!销路不用愁,至于厂名,不过是个面子,无所谓的。没等燕姐说话,金风扬抢着表态:"行,行!我没意见!"手续很快办完了。

陈厂长走后,燕姐递给金风扬一把钥匙,说:"你现在没地方住,就住我家好了,有你陪姐说说话,姐也不孤单。姐还有事,晚上尽量回去。我先走一步,这里茶不错,你慢慢品。"

茶香袅袅,金风扬恍然如梦。这一切会不会又是"圈套"?冷静一想,反正自己一无所有,怕什么呢?

小坐一会,金风扬走出茶楼不远,一个小乞丐跟上来,拽拽他衣角:"老板,有人给了我钱,让我把这封信交给您!""人呢?"金风扬急切地问。小乞丐指着远去的黑色轿车说："走了！"金风扬脑瓜飞转："那人，是不是大个子？""对，对，跟你差不多高呢！"

金风扬意识到：一定又是果园里那个蒙面人！拆开信封一看，里面有一张字条，还有两样东西。字条写着：

做得不错，顺其自然，取得那个女人的信任，才能揭开真相！信封里的两样东西，一个是针孔摄像头，隐蔽性强；一个是微型录音笔，可以连续录音16个小时，对你可能有用。

金风扬若有所思：这家伙紧追不放，矛头好像是对着燕姐，莫非是燕姐的什么商业对头？

夜幕笼罩的时候，燕姐回来了。她无力地靠在沙发上，满上一杯酒，一饮而尽，又点上一支烟，默默地吸着。海蓝色的灯光映照着她的藕色吊带裙，显得有点凄冷、忧伤。

"风扬，烟酒解愁，你坐下，陪陪姐。"燕姐拍拍身边的沙发，给金风扬满上一杯，又从小坤包里掏出一包烟，递给金风扬："这是外烟，抽一支。""燕姐，我不抽烟的……我知道你心里不如意，陪你喝酒吧。"金风扬咕咚喝了一大口，劝说道："燕姐，你不能这样折磨自己，该成个家。"燕姐愣了一下，收回烟，灌下一杯酒，泪汪汪地说："这世上还有好男人吗？还真有爱情吗？就算有，你姐人老珠黄，谁看得上啊？""不，不，燕姐，你不老，你还很年轻啊！""是吗？""真的！"

燕姐听罢，举杯说道："谢谢你看得起你燕姐！姐敬你一杯！"燕姐干了，金风扬仗着自己有酒量，也喝了个底朝天。

燕姐似乎喝多了，旁若无人地把腿架在茶几上，泪流满面地说："扬，给姐倒……酒，姐还要喝！"金风扬这会儿也觉得浑身热血沸腾："燕姐，你……喝多了，去休息吧！""是该休息了……"燕姐起身，差点一头栽倒，金风扬忙伸手扶住她。

燕姐双手勾住他脖子,丰满的身子缠绕在他身上,他扶着燕姐进卧室,觉得自己越来越不受控制了。最后一点意志告诉他最好快点离开,可燕姐紧抱他不放:"别走,风扬,你是第二个抱姐的男人,就这么抱着,别走。"金风扬再也控制不了自己了……

平静后,燕姐陶醉地伏在金风扬的胸前:"扬,姐是你的人了!我不求你和我结婚,但你要对得起姐,不能伤姐的心,你懂吗?"金风扬感动地点点头。

忽然,他惊讶地发现,燕姐的胸前,红丝带下挂着的一枚玉佩,和他的那个一模一样!他的玉佩,在果园里被"大个子"抢去了,怎么会在燕姐身上?

此时,金风扬猛地从刚才的迷糊中醒来,一把将玉佩捏在手里,不动声色地说:"燕姐,你这玉佩好漂亮啊!在哪买的?改天我也买个送你!"

燕姐动情地说:"这玉佩不是买的,是一个负心男人送我的,我虽然恨他,但还是不忍扔掉。唉,女人就是太重情了。"

就在燕姐说话间,金风扬发现:玉佩上刻有一只芝麻大的小鸟,取意为"飞"!——这玉佩不是他的,而是哥哥金风飞失踪的那个玉佩!

啊!这么说,哥哥就是燕姐的第一个男人!现在,他竟然又和燕姐躺在一张床上!金风扬异常尴尬,可他再一想,不对呀,听林影说,燕姐离过婚,而哥哥根本没结婚,她们谁在说谎?事情的真相,林影一定知道!可林影已去北京,怎么才能找到她呢?

肮脏的交易

三天后,金风扬接手陈金宝的宝乐塑胶玩具厂,他忙着熟悉情况,采购原料,安排生产。宝乐玩具厂位于远离市区的偏僻小镇,规模不大,只有20台生产塑料玩具的机器,原料主要是几种塑胶粒。好在陈金宝正在做这种原料生意,而且他的价格很合理,更有利的是,陈金宝的原料就装在厂里另一个大仓库中,进货方便,运费也节约。

陈金宝的贸易做得也很好,时常有大批新原料运进仓库,这时候陈金宝便催着要货,厂里就要加班加点。

虽然金风扬忙得团团转,但暗地里他在设法寻找林影。他请工大老师到学生处查询林影情况,意外的是,毕业生中根本没林影这个人!林影在撒谎!

这天晚上,厂里又要加班,金风扬守在办公室,桌上电话铃响了,他拿起话筒:"喂,您好!"话筒那头静默了会,传来一个微弱、含糊的女声:"有份商业传真,请您给个信号。"金风扬给了信号之后,收到了一份奇怪的传真。

对方传来的是一幅小小的夜景图画:月光下,两棵茂密的大树,投下一片阴影,一只没尾巴的小羊,正向阴影飞跑而去,画的下端有几个字:"海滨公园小景,作于八月七日二十二时。"

金风扬拧紧眉头,看了几遍图画,再看看手机上的日期和时间,八月七日二十一时,他恍然大悟,欣喜万分:发传真的女人,很可能就是林影!双木为"林",加上阴影,即为"林影";"羊"谐音"扬",即指自己。她是在暗示自己,今夜十点去公园找她,还要防止"尾巴"——有人跟踪。从来电显示的号码看,她根本不在北京,就在本市!

夜静人稀，公园暗处，偶见情侣们在搂抱密语。金风扬真的见到了林影！他们找了个僻静处的石凳坐下，林影像情侣那样，抱住金风扬的脖子，耳语道："别动，这样别人看不清我们，小声说话也方便！"金风扬只好生硬地搂住她，问道："你为什么不直接去找我，或者打电话给我，而要这样见面？""你那办公室装着监控系统，你的一言一行陈金宝和燕姐都了如指掌！他俩要是知道我跟你见面，我就会和你哥哥一样的下场，你也完了！"

听罢，金风扬大吃一惊："这到底是为什么？"

"交易，为了交易！"林影愤愤地说，"风扬，你没发现，和燕姐关系亲密的男人，都长得特别好看吗？你，你哥哥，还有陈金宝那个畜生，你们都是那种让女人着迷的男人啊！其实，燕姐是个生活很放荡的女人，被她看上的男人，就成了她永久的玩物。但她做事很谨慎，从不出面找男人，都是由陈金宝来寻找合适对象，再设个圈套，由我出面搭上那男人，和他在宾馆开房，录下我们俩床上的过程，第二天将录像带交给燕姐。男人表现得让她满意，燕姐就会同男人见面，再牢牢控制住这个男人。"

天哪，这怎么可能？那么富有的女人，怎么会做出如此肮脏的勾当？金风扬有了作呕的感觉，他不寒而栗地问："这么说，那天晚上我被绑架，真是陈金宝设的圈套？"

林影答道："不错！你在找你哥哥的时候，被陈金宝看中了，他把你推荐给了燕姐。因为你说你要离开这里，陈金宝就策划了'绑架'，为的是留住你。不过，果园里发生的抢劫不是他安排的。风扬，你在重演你哥的悲剧，你是你哥的替代品啊！"说到这里，林影的泪水沾湿了金风扬的脸颊。

"难怪哥哥要赶我走，原来是怕我落入陈金宝的魔掌呀！"夜空中，悬着一弯残月，几粒星星像哥哥的眼睛凝视着他，金风扬顿了顿，痛心地问："林影，你这么好的女孩，应该自尊、自重，为什么帮着他们这样干呢？我哥为什么不迷途知返呢？"

林影泪如泉涌："实话告诉你，我不是什么大学生，我高中毕业来玩具厂找工作，被陈金宝看上了，当他的秘书，后来，陈金宝又要我陪他抽烟，我不知道他给我的烟里有毒品，吸着吸着，我就上瘾了，我离开他，哪来的钱吸啊？你哥哥和我一样，都被他们这么给坑了，再也不能自拔！风扬，我今天找你。就是要告诉你这件大事！燕姐一定逼你抽她给的外烟了吧？那烟含有毒品，你千万不要抽啊！"

金风扬说："有次她是要我抽，我说不会，她就没再硬劝我。"

"这就怪了！"林影很吃惊，思忖片刻叹道，"那就只有一种可能了！她这次真的喜欢上你了，对你动了恻隐之心。怪不得第二天他们就给了我五万块钱，逼我远走高飞，还威胁我说，要是我再敢跟你联系，就杀了我！但他们没料到，我犹豫着一直没走，我害了你哥哥，不能再害你呀……"林影不知不觉地搂紧了金风扬。

事情越来越清楚了，金风扬想了想，问道："可是，陈金宝和燕姐是什么关系？燕姐到底是干什么的？他们又为什么要害死我哥哥呢？"

林影说："他们瞒得很紧，燕姐的身份我至今都不知道，但我隐约感觉到，燕姐是陈金宝的摇钱树，陈金宝一直很巴结燕姐。至于燕姐怎么帮陈金宝赚钱，我就不清楚了。还有你哥死得很蹊跷，有天晚上，我无意中听到陈金宝给燕姐打电话，说你哥想坏他们的事，要做了他，当晚你哥就出事了……"

"我知道了！"金风扬感激地说，"林影，谢谢你！我们萍水相逢，你为什么要冒着生命危险，告诉我这一切呢？"

"因为你是个好男人！你知道吗？我见过不少男人，只有你把我当人看，对感情认真，你是自己救了自己啊！我知道自己配不上你，今晚见面后，我真的……要走了！"林影哽咽起来，"但我一生都会记着你！"

金风扬愣了一下，他看到了林影的泪光在闪动。林影站起来，默默地转身离去，白荷色的连衣裙，渐渐消失在迷离的夜色中，只留下身上淡淡的荷香……

惊人的内幕

大个子送的摄像头和录音笔派上了用场。十天后，金风扬终于在燕姐的卧室里，摄录下了令他震惊的发现！

他立刻拨通了大个子的手机，大个子冷静地吩咐道："为了不让他们怀疑，也为了你的安全，你一定要……"

金风扬依计而行，马上给厂里打了个电话，说自己得了重感冒，要到医院吊水，然后直奔医院。门诊医生低声对他说："你拿过药，直接去二楼一号病房，有人在等你。"金风扬取药后进了那间病房，一个穿白大褂的大个子起身握住他的手："谢谢你，金风扬同志！"

金风扬很警惕，故意说："你是谁？怎么会认识我？"大个子笑了笑，拿出金风扬的那块玉佩："物归原主，我就是果园里'抢劫'你的那个人！现在应该放心了吧！那天我那样做，是迫不得已，只是为了逼出幕后人，那天晚上，那个燕姐虽然没有在电话亭和你见面，但还是被我盯上了！快让我看看你录的资料！"

录像和录音都很清晰，只见一个年轻漂亮的男子走进了燕姐的卧室，一阵缠绵之后，那男人说道："燕姐，这几年来，我可是对你一片真心，你答应我的话还记得吗？这次老李要退休了，你可得在孟关长枕头边多吹吹风啊！"燕姐道："放心，这次一定让你如愿，不会再让你干报关员了！不过，小朱，你可不能过河拆桥，得多陪陪我哟！"那个叫小朱的小伙子慌忙道："可我们这关系，要是让老头子知道了，他还不扒了我的皮？"

"他敢！我要是把他的破事抖出来，他得去牢里快活一生！"燕姐狠狠地说，"哦，小朱，陈金宝老板的事儿，你得多尽力办好，人家也没亏待你，他托我说一声，这次请你给他多进点原料，行吗？"那个男人连连点头。

看完后，大个子兴奋得一拍大腿："果然如此！金风扬同志，你明白了吗？"金风扬答道："我知道了，燕姐的老公是海关的关长，那个小朱是个报关员，他俩在做交易……"

大个子神情严峻地说："对，他们在做罪恶的交易——走私！"

"走私？"金风扬很惊讶。"是的！"大个子顿了顿，"实不相瞒，我是海关缉私分局的缉私警察，我叫吴雄刚。宝乐玩具厂陈金宝一直在干走私倒卖保税原料的勾当……"

吴雄刚介绍说，陈金宝以宝乐玩具厂为幌子，骗取到加工贸易的生产经营权，再通过关长老婆——燕姐，让报关员小朱为他们大肆进口原料，再高价倒卖出去。近两年来，宝乐玩具厂共申办了16个加工贸易进出口合同，进口的几种塑胶料三万多吨，货值达三亿多元，宝乐玩具厂只有20台机器，即使30家同样规模的厂家，全天候生产，也无法加工完这么多的原料，而且，陈金宝太贪心，只想轻松赚钱，厂子一直在出租，原料直接倒卖给宝乐厂的租赁人！两年来，他偷逃国家税款几千万元！

金风扬听得目瞪口呆："怪不得他要坚持厂名不变，对外，我还得说厂子还是他姓陈的,而且,我的产品得由他包销!我知道这是为什么了!因为进口的保税原料,必须在规定时间内生产成成品并出口,陈金宝不得不用我的产品冲数,是不是?"

"一点不错!"吴雄刚愤慨地说,"仅靠你这个小厂的产品,那是远远不够的。陈金宝还联系了几家没有出口经营权的厂家,代理出口他们生产的玩具。陈金宝就是这样瞒天过海的!要不是你哥哥举报,我们还蒙在鼓里呢!"

金风扬不解地问道:"我哥举报了?既然他向你们举报了,你们为什么不及时对陈金宝动手?他的死,是不是与举报有关?"

吴雄刚面露愧色:"有关。你哥出事的头天下午,我接到一个举报电话,举报人只说了一句话'宝乐在干走私',就把电话挂了。我查号码,发现举报电话是你哥哥办公室的,估计可能是你哥打的,准备第二天暗暗接触你哥,可是……那天晚上,他就出事了!"

"天哪!"金风扬惊叫起来,"我哥的办公室,就是我现在的办公室,陈金宝装了监控系统!我哥不知道啊!"

金风扬气得咬牙切齿:"情况都清楚了,你们为什么还不抓捕,让姓陈的逍遥法外?"

吴雄刚叹息道:"这个案子不一般啊!背景不同寻常,我们分局副局长肖天崖不让我向局长汇报,反复叮嘱我,局长有难处,没有确凿的证据,不可能同意我们侦查,肖局长让我和他一起搞暗查,那天晚上开出租车送你的那个人,就是我们肖局长!"

金风扬急切地问:"什么才是确凿的证据呢?""抓现行!"吴雄刚斩钉截铁地说,"我们跟踪陈金宝的货车,只要他把保税原料拉出了我们分局的监管区,被我们抓住,就有了铁证,黑幕就可以揭开了!"吴雄刚拍拍金风扬的肩膀,接着说道:"我有个计划,一定能抓住他们,但需要你继续支持啊!"

金风扬坚定答道:"你说吧!只要能让这伙禽兽落网,上刀山,下火海,我也没二话!"说话间,两双大手紧紧握在了一起。

悲壮的证据

真相浮出水面后,金风扬暗中留意了几天,果然发现了一个奇怪的现象,白天,从没见到陈金宝运货出去,深夜,却常见大货车进出。他和吴雄刚断定:这些深夜出厂的货车,正在悄悄拉走倒卖的原料!

本来,组织力量进行监控,抓住他们应该不难,但动静大了,容易走漏风声,再说,万一车上装的不是保税原料,扑了个空,打草惊蛇,那就坏大事了!因此,吴雄刚的方案必须万无一失。

这天上午,像往常一样,陈金宝运来一批塑胶粒进仓后,要求金风扬组织工人加班。凌晨,三辆加长大货车慢慢进了厂,开到了陈金宝的仓库停下。金风扬看看时间差不多了,按计划立即拨通了陈金宝的电话,说他的原料没有了,要立即提货,这样的事过去也有过,陈金宝没起疑,睡意蒙眬地说:"风扬辛苦啊,行,我仓库有人,你去提吧!"

金风扬带着工人匆匆赶到陈金宝的仓库。这些工人中,就有一位下午新招的"工人"——吴雄刚。昏暗的夜色里,趁着两边装货的忙乱,吴雄刚瞅了个机会,爬上缓缓开动的大货车,隐藏在货物里。车上装的正是进口塑胶粒,每辆车足足20吨,三辆车共有60吨!吴雄刚暗自高兴:计划的第一步顺利完成了!

陈金宝的手下的确很狡猾,那三辆货车保持着一定的距离,开到监管区边缘地带，兜了几个圈子，确信无危险后，突然加速，驶离了分局关区，也就是说，陈金宝的行为已经构成了违法。证据确凿，终于抓住狐狸的尾巴了！现在可以向分局长汇报情况，请他下达命令了！吴雄刚精神振奋，他掏出手机，低声说完，分局长震惊地说："好！你干得漂亮！我马上请求对方缉私分局，截查车辆！你在车上不要再打电话了，防止被他们发现，安全第一！"可是，吴雄刚不能自控，还是把消息告诉了肖局长，让他分享成功的喜悦……

这时，车驶上山间一条狭窄的柏油路，路上静悄悄的没有车辆。吴雄刚瞥了一眼手机，已经凌晨四点了，他刚收起手机，意外的情况发生了！

三辆货车忽然急刹车，戛然停下，接着传来打开车门、杂沓的脚步声，七八个押车的，慌慌张张地搜查着车厢。一个矮胖子阴沉地叫道："快！老大说了，揪出这狗日的，宰了，赶快把车开回去！"吴雄刚心里猛一沉：糟了，他们发现我了！这怎么可能呢？肖天崖是不可能通风报信的，难道是……分局长？他这才恍然大悟，对，一定是他！怪不得肖局长一直背着他暗查，这个缉私队伍中的败类！那一刻，吴雄刚心如刀绞，心在滴血，如果让这伙人逃回，那将前功尽弃啊！他迅速拨通肖天崖的手机，急切地报告："我暴露了，你快拦截他们退路……"

话没说完，两个彪形大汉已揪住他，把他扔下车。他敏捷地跳起来，掏出枪喝令道："我是警察，举起手来，要不我开枪了！""嘿嘿！狗日的瞎眼了？玩具枪也想吓唬老子啊？你不是执行公务，哪有权配枪？"矮胖子凶狠地命令道，"兄弟们，快，做干净点！"他说的不错，吴雄刚手里握的，确实只是支塑料仿真手枪。

歹徒们挺刀扑来，几把白亮亮的尖刀，一齐捅进吴雄刚的身体。

吴雄刚痛苦地挣扎了几下,就像沉重的麻袋一样,无声地倒在公路边……四野黑沉沉的,幽暗的天幕上,有颗流星划出一道明亮的弧线,转眼消失了。

歹徒们来不及处理吴雄刚的尸体,他们仓皇逃回。三辆车在狭窄的公路上慢慢掉头后,全速逃窜。只要回到望湖关区,缉私局只能看着他们干瞪眼了!很快,三辆车驶上高速公路,呼啸着往回赶!

就在三辆货车即将冲进关区的时候,前面的公路上,几辆缉私车飞驰而来,迅速一字排开,堵住了去路,车里跳出十几名缉私警察,一排乌黑的枪口,朝三辆大货车举起来。矮胖子一看不妙,掏出手机拨打起来……

领队的正是肖天崖,他高声喝道:"我们是缉私警察!我命令你们立即下车,举起手来!"

歹徒们磨蹭了好一会,才乖乖举手下车了,矮胖子咄咄逼人地叫起来:"我们犯什么法了?我们在规定的关区,你们没权拦截我们!陈老板会告你们的!"

"因为你们在走私!就在刚才,你们把保税原料运出了我们的关区!你们把警察吴雄刚怎么啦?他的电话,为什么我打不通?"肖天崖义正词严地斥责起来,叫道:"雄刚,雄刚!你在车上吗?快,过去几个人看看!"几个警察过去看看车厢,不见吴雄刚。

矮胖子阴笑一声:"什么话!你的人丢了,还找我要啊?这是哪条法律规定的?说呀!"

"说得好!"不知什么时候,陈金宝幽灵似的出现了,他走到肖天崖面前,高傲地昂着头,气咻咻地质问道,"肖大局长,抓人可得有证据啊!你的证据呢?"

肖天崖说："我们的吴雄刚同志，今晚就在你们车上，亲眼看见你们把货拉出了关区！""这不是陷害我吗？既然他发现了，应该当场抓哪！现在还放什么屁！"陈金宝得意地说。

话没落音，金风扬站了出来，指着陈金宝的鼻子，愤怒地吼起来："陈金宝，你别嚣张！我告诉你，你的老底我清楚，就是你害死了我哥哥！你和孟关长老婆，还有那个报关员小朱，干的见不得人勾当，我已经一清二楚。你的末日到了！我会提供证据的，比如今晚，你的车把货拉出厂，我是目击者！"

啊！这个小子怎么会知道这些？听罢金风扬的话，陈金宝浑身冒出了冷汗，色厉内荏地咆哮起来："你他妈的胡扯八道！小子，你挺有想象力，也挺会造谣的啊！远的不说，就说今晚吧，即使我的车拉货出了厂，没出关区，谁管得着！拿出证据来啊，哈哈！"

刺耳的笑声，激起了缉私警察们心中的怒火，正在这时，最后一辆货车尾部，传来一个警察的凄厉的惊叫声："雄刚，雄刚！你醒醒！肖局长，快来看雄刚啊……"

肖天崖飞跑过去一看，泪水止不住汩汩涌出。眼前，是何等悲壮的场面！吴雄刚乘最后一辆货车逃离的那一刹那，将自己的手铐在了货车的拖钩上！货车就这么把他拖到了这里，他的双腿背侧，皮肉几乎全被撕光，只剩下白森森的骨头；前胸赫然几个血窟窿，一片血红，双眼瞪得老大，惨不忍睹！吴雄刚是用自己一路上留下的血迹，证明货车驶出了关区！

几名警察放声痛哭起来，肖天崖瞪着血红的眼睛，吼道："哭什么！把陈金宝带过来，让他开开眼，见见我们警察的证据！"

陈金宝过去只看了一眼，就绝望地叫了一声，晕倒在地！

这时，天已经亮了，如血的霞光穿透微明的曙色。肖天崖伸手抹上吴雄刚的双眼，抱起他的遗体哽咽着说："雄刚，好兄弟，放心走吧！那些罪犯，一个也溜不掉！"

"走好，雄刚兄弟！"缉私警察们撕心裂肺般呼喊起来，路上车笛齐鸣，行人挥泪……

（夏启萍）
（题图：杨宏富）